U0894682

在阅读中展开，人生的可能

CONTENT
肯特文化

青 春 的 成 人 礼 / 成 长 的 十 年 祭

十年锦灰

清扬婉兮 ——— 著

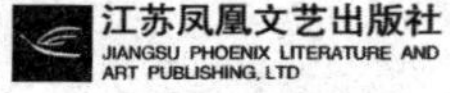

江苏凤凰文艺出版社
JIANGSU PHOENIX LITERATURE AND ART PUBLISHING, LTD

图书在版编目（CIP）数据

十年锦灰 / 清扬婉兮著.-- 南京：江苏凤凰文艺出版
社, 2018.4
ISBN 978-7-5594-1191-4
Ⅰ.①十… Ⅱ.①清… Ⅲ.①长篇小说—中国—当代 Ⅳ.①I247.5

中国版本图书馆CIP数据核字（2017）第246424号

书　　名　十年锦灰

著　　者　清扬婉兮
选题策划　盛世肯特　　出 版 人　黄小初
出版统筹　柯利明　林苑中　　特约监制　准拟佳期
责任编辑　牟盛洁　李　黎　　特约编辑　夏　之
特约校对　布　里　　营销统筹　刘　源
营销推广　刘　源　　责任印制　法成海
封面设计　枝　椏　　版式制作　枝　椏
出版发行　江苏凤凰文艺出版社
出版社地址　南京市中央路165号，邮编：210009
出版社网址　http://www.jswenyi.com
印　　刷　三河市华东印刷有限公司　　开　　本　880mm×1230mm　1/32
印　　张　9　　字　　数　217千
版　　次　2018年6月第1版　2021年7月第2次印刷
标准书号　ISBN 978-7-5594-1191-4
定　　价　49.80元

本书若有质量问题，请与本公司图书销售中心联系调换。电话：010-69737280

目录 CONTENTS

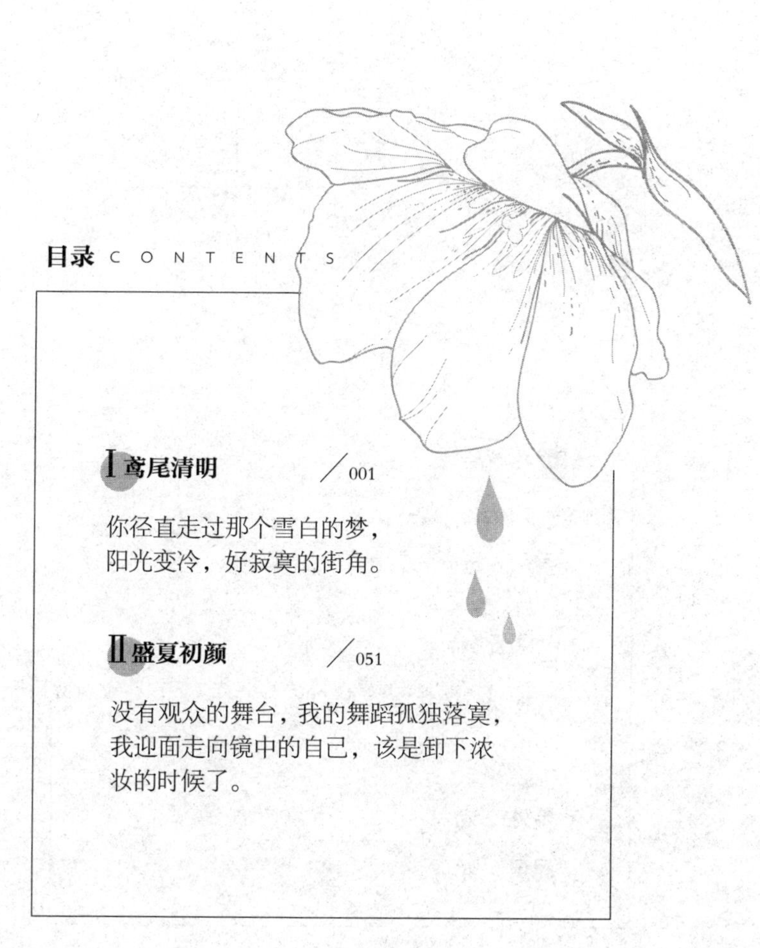

目录 CONTENTS

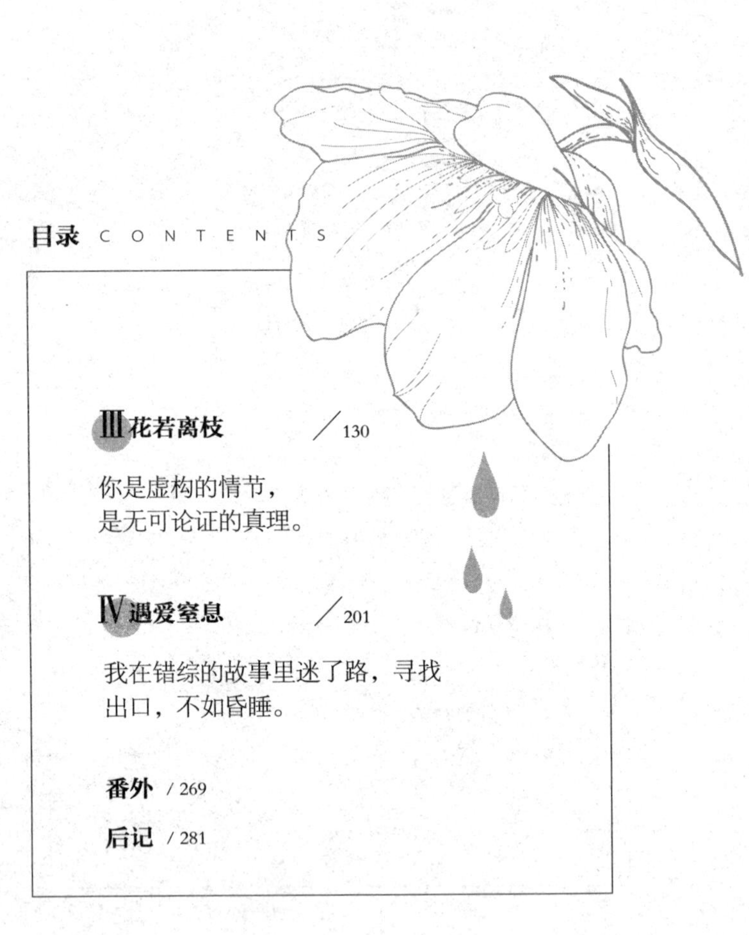

I

鸢尾清明

你径直走过那个雪白的梦，
阳光变冷，好寂寞的街角。

1

我依然常常跌入那个雪白的梦里。

白色的床单和墙壁像一个无限伸展却没有出口的牢笼，白花花的灯光在头顶灼灼地亮着，她拉着我的手，嗫嚅地重复着一个名字：

“苏岩，苏岩，苏岩，苏岩……”妈妈的声音持续而微弱。白色的灯光忽然炸裂，四散开来，转瞬被黑暗包围。周遭安静下来，黑暗中，徒留她那张美丽绝伦的脸。她一直是那么美丽，即使已经三十多岁，皮肤依旧白皙纯净宛如少女，像半透明的花瓣浸在水里，呈现一种蒙蒙的蜜白，她的眼梢自然地飞起，有一股说不出的味道，睫毛卷曲着，此刻，像一把安静的小扇子覆在眼帘上。她睡着了。

忽然，我看到她的脸在扭曲变形，那张雪白的床，如一艘随波逐流的船，载着她，在无边的黑暗里飘啊飘。我蹚着冰凉渗骨的黑暗，在后面追喊着：“妈妈，妈妈！”回声涌动，最后转入寂静无声。迎头撞入一团厚重的云，将我裹挟进混沌之中。我从那诡异的梦中惊醒，手心湿漉漉的。是四月的春夜。窗外是皓月朗朗的暗蓝天空。一梦成谶。妈妈在那个夜晚，在与我一墙之隔的房间，哮喘病复发，永远离开了我。这一年，我十四岁，妈妈三十五岁。

梧桐巷本是一条无名的小巷子，因为种满梧桐，大家为了方便，就叫这里梧桐巷。很小的时候，她会抱着我靠在窗后的暖气片前，望着窗外树木的灰色枝丫，教我念：“缺月挂梧桐，漏断人初静。”下雨的时候，又教我念：“梧桐叶上三更雨，叶叶声声是别离。”

念诗的时候，她的声音低低的、哑哑的，仿佛远方一辆听不到声音的缓慢行驶的火车，慢慢地，开到了那洞开的隧道里，开到了我的心里。

别的妈妈教孩子念“鹅，鹅，鹅，曲项向天歌”的时候，她教我念绮丽凄美的宋词。后来我才知道，那样的时候，她是在想念一个男人，苏岩。她念诗的声音，有一种我无法领会的悲伤。

苏岩是我的爸爸。妈妈说，他有一双深邃的眸子，像星光落入深海，他是一个优秀的摄影师，拍的作品获过全国大奖，他爱妈妈，妈妈爱他，他们很相爱，总之，在妈妈口中，他哪里都好。即使是他在我三岁那年，忽然不辞而别，她也从没说过他一句不好。

但是三岁孩童的记忆太朦胧，对爸爸的印象，只存留于几张照片之中，爸爸对我而言，就像是阴晦夜空里一抹昏黄的月光，混沌不清，没有温度。爸爸离开了我们。现在，妈妈也离开了我。她晚上吃了太多花生，她知道自己有哮喘病，但已很久未犯，就忘记了忌口。哮喘病人吃花生是大忌。她在夜里独自挣扎了很久，我早上起床上学去她房间告别，发现她已冰冷的尸体，我吓坏了，光着脚便跑出去向邻居求助。邻居帮我打了 120，又通知了舅舅。

舅舅家住在和梧桐巷隔着两条街的地方，不知为何，妈妈从不和他们来往，偶尔在街上见了，亦只是淡淡地打个招呼。

大人的世界，总是错综复杂。

救护车很快来了，几个医护匆忙地检查，妈妈的身体连方寸也未挪动，就宣布了死亡。

我发现自己竟然没有哭。

我很少哭。在妈妈独自为我打造的童年时光里，我几乎是和泪水绝缘的。她努力地守着一家花店，她挣钱给我买最好看的裙子，给我买钢琴，送我去少年宫学画画，即使偶然在学校里我被不怀好意的小朋友嘲讽是没有爸爸的野孩子，妈妈也总会不动声色地帮我摆平。过儿童节的时候，她送班里每一个同学一朵红色绢花。那天，我们十几个女生穿着白色的公主裙轻盈地跳《花仙子》，红色绢花和红脸蛋开在雪白的裙子上。从此，谁也不好意思说我坏话。

窄小的梧桐巷挤满了人。舅舅一家人都来了，丧事办得很简单。客厅里很小，妈妈的遗像就摆在我的钢琴上，紫色天鹅绒的钢琴套衬托着妈妈的黑白照片，有一种诡异的美。

舅舅四十多岁，身上散发着一股咸涩的鱼腥味，穿一件不甚洁净的灰色外套。他望着妈妈的照片，眼睛湿湿的，却没有眼泪掉下，盯了很久，眼神复杂。很久，他走过来，拍拍发怔的我，说："茆茆，想哭，就哭出来吧！"我看到他搭在我肩头的一只残缺的手，只有四根指头的手，触目惊心。心里很酸，又好像有千斤棉花压在胸口，泪水却仿佛被棉花吸吮了，没有一滴泪。我大口地喘着气。这时，不知谁家的小孩，在拥挤的客厅里蹿来蹿去，不小心，触碰了天鹅绒下我忘记盖盖的琴键。一个闷重的低音，怆然响起。

我心里的一处堵塞，仿佛瞬间被打开。那声闷响，仿佛过去明媚与忧伤参半的生活，一个长长的回响。

我知道，从此，那一半明媚也将离我远去了。我走过去，抚摸着妈妈的照片，泪水落在妈妈的笑容里。

舅舅家在菜市场卖鱼。

所以家里总有鱼汤喝，但是鱼汤总有一股挥之不去的腥味。因为每次的鱼都是黄昏时卖剩的，已死了一两个小时。舅妈说，刚刚死掉，没什么关系。

怎么没关系呢？如果是妈妈，肯定会在市场挑选最活蹦乱跳的鱼，每次去商店，她总记得给我买蒙牛的草莓味牛奶。她说，小孩子正是长身体的时候，别怕，妈妈有钱。

妈妈到底有多少钱我不知道，可是那些钱总不会在她死后也一并消失吧？

我的钢琴课停了下来。舅舅说每节课一百块的课时费太贵，他负担不起。钢琴在我和妈妈的家里空置了半个月，舅妈说，反正也不弹了，不如卖掉。不久，有几个人去搬琴。琴被卖了五千，可是，我记得，买琴的时候，是两万。舅妈讪讪地拿着那五千，说，小茆，这钱，我给你存起来，等你以后上大学了用。可是不久，我就看到我那个张扬跋扈的表哥叶明，脚上穿了一双阿迪达斯的新球鞋。其实我并不喜欢弹钢琴，每天对着黑白键弹奏两个小时的《巴赫练习曲》，心和手指会一起僵掉。过去几年我一直在和妈妈抗争，企图放弃这门所谓的艺术。可是，当这天真的来临了，心里却空落落的。就像童年被我遗弃在角落的玩具，当妈妈将它洗干净送给别的小朋友时，心里却有那么多不舍。

妈妈的花店也被转让了，不久后变成一家脏乱的小吃店。我常常在放学后绕道到那里，久久地站在小店对面，闻到有隐约的花香，穿越了嘈杂的人群，穿越了隔世的时光，浩浩荡荡地钻到我的鼻腔里。我站在那里，缅怀我再也回不去的时光。

我开始变得爱哭，有时在路上走着，泪就不知不觉地掉下来。

我成了舅舅家的一员，住在那个永远飘满鱼腥味的家里。所以，我和妈妈的家也空了下来，房子被舅舅租了出去。他说，空着也是空着。

我知道，那样一套两室的房子，在我们这样的小城，月租是五六百。可是，有了这凭空的几百块，舅舅却从来没买过一次牛奶。

我喝着日复一日散发着腥味的鱼汤，几乎得了胃痉挛。我和妈妈的物件，全被打包堆积在小小的阳台上，而那里曾经种满了妈妈喜欢的花，君子兰、文竹、常春藤、绿萝，在妈妈去世后，植物因为疏于照料，都枯萎了。搬去舅舅家的时候，我只背着自己的书包，抱走一盆苟延残喘的鸢尾花。因为它还活着，春天的时候，会开紫蓝色的花，听妈妈说，它的花语，是，想念你。妈妈，我终于知道，你浇花时的喃喃自语，你一定是在想念他，对吗？可是，他毕竟还在这个世上。可是，此刻，妈妈，我好想你，怎么办？

四月的早晨，小小的窗户，阳光和鱼腥一起涌进来。

我在小院里的一个水龙头下洗脸，水很冰，淌在手背上是刺痛的，就像往而不复的时光，倔强地朝前走去。

不知道中国何时出现了“城中村”这个名词。城中村就是滞后、破败、脏乱的代名词，而城市改造仿佛遗忘了这里。参差错落的房屋，像一口烂牙，没有廉耻地龇着，早晨惨淡的日光和敝旧的街道辉映，白是白，灰是灰，如同一幅灰扑扑的木刻画。

我现在生活在这里。一个叫吉村的城中村。我拿起餐桌上一个微温的包子，还好，不是鱼肉馅。叶明和我一起出门，他骑着一辆蓝色的捷安特脚踏车，一脚蹬地，

他将车头一别挡住我的去路，轻佻地吹了声口哨，说：“茆茆，我载你。”“不用了，谢谢！”事实上他的脚踏车根本没有后座。

他牵动嘴角，痞气地笑了笑。我看到他下巴上新生的黄色胡须在阳光中清晰地颤动，心里忽然厌恶得很。

叶明，是舅舅的独生子，我应该管他叫哥，事实上自从我来他

家之后从来没叫过。他每天放学后就骑着脚踏车和一帮混混四处游荡，打架、喝酒、抽烟，蹲在巷口冲女生吹口哨。他也上初三，成绩应该不会好到哪儿去，在一个不是很好的学校混日子。

他一抬脚骑车走了。踩着路面的坑洼，贴着阳光，我走出巷口，眼前豁然开朗，出现熙攘繁华的街道。阳光像大片蜜汁慷慨地泼洒下来，卷走了所有的阴暗和不适。蓝色的 15 路车远远开来。竟然还有座。我的前座，是一个有着干净利落的短发，耳朵上戴着白色的耳机，正在摇头晃脑陶醉其中的女孩。

“央央！”我惊喜地叫道。

前座转过头来，揪掉耳机：“嘿！”她咧嘴，对我绽开一个灿烂无比的笑容。我的心，仿佛被那笑戳开一个小口子，莫名其妙地蹿出花来，车窗外的阳光哗啦啦地灌进来。

莫央是我在一中最好的朋友，同班，也和我在少年宫同一个培训班里学画画。她家住在小城西头一座叫作雅晴花园的小区里，父母是这座城市最好的医院的资深眼科大夫，夫妻恩爱，女儿乖巧，家庭和睦，让人羡慕。比如我。

莫央自顾自将一只耳机塞入我的右耳，里面传来苏芮的老歌《亲爱的小孩》：“亲爱的小孩，今天有没有哭，是否朋友都已经离去，留下了带不走的孤独；漂亮的小孩，今天有没有哭，是否弄脏了美丽的衣服，却找不到别人倾诉……”

曲调忧伤，落寞瞬间纷沓而至，却仿佛有一股暗涌的力量，悄悄地冲撞我的胸口。

我鼻子一酸。从此，这世间就剩下我小小孩童一人，所有微小或盛大的喜悦、沮丧、欢笑、泪水，都要独自担当，可是妈妈，你说过要陪我一起长大的。妈妈，我恨你，将我独自留在这孤单的人世间。

莫央仿佛听到了我心底的话，忽然说："你不是孤单的一个人，你还有我。"她目光笃定，闪着湛湛星光。四月的晨风从开着的车窗沁入，隔着薄薄的校服，有丝丝凉意。我的心，却一暖。她从书包里掏出一盒奶递到我的手上，又从口袋里掏出一颗糖，撕掉半透明的糖纸，露出甜蜜乳白的内核，不由分说塞入我的嘴里。很甜，很甜。是薄荷的微凉被甜润的白巧克力包裹，沁人心脾的甜。就像我们的友谊。

我噙着那颗糖，脸上荡漾着甜醉的笑，跟着耳机里的音乐，和莫央一起摇头哼唱起来。

原来，一直，我想要这样的情感：我想要一颗糖，那人恰好就从口袋里掏出一颗糖来。

5

下午，有我喜欢的音乐课。学校要组织红五月文艺汇演，每个班都在音乐课上紧锣密鼓地排练节目。我们初三 (3) 班的节目是话剧《小王子》。我扮演玫瑰，古灵精怪的莫央扮演那只等爱的狐狸，也非常出彩。下课了，我们仍意犹未尽。

"对我而言，你只是一个小男孩，和其他成千上万的小男孩没有什么不同。我不需要你。你也不需要我。对你而言，我也和其他成千上万的狐狸并没有差别。但是，假如你驯服了我，我们就彼此需要了。对我而言，你就是举世无双的；对你而言，我也是独一无二的……"

莫央仍在努力记台词。音乐老师追了上来。"苏茆茆，过几天就正式演出了，你记得准备一双绿色的长筒丝袜，记得啊，要深绿！"我点点头。班里已经用班费为所有的演员租借了服装，但这种小物件，要自己准备。放学后，为了晚点回家，我一个人逛市场选绿色丝袜。记得妈妈从前总穿“浪莎”。出门的时候，拿一双肤色长筒丝袜，卷到脚底，双手从脚踝处一层层从褶皱中抚上大腿根部，腿上细微的汗毛和瘢痕消失无踪，一双修长的腿在裙底露出藕白的一节，曼妙得很。她说，丝袜是女人的秘密武器。

那么，我也需要这样一件秘密武器，才能在台上充分展现玫瑰深绿的枝干，娇柔的身段。

寻遍了市场，终于在一家小小的摊位上找到绿色的。老板娘操着四川口音，懒洋洋地回答：“快关门了，算你便宜点，一双二十。”

我摸摸口袋，口袋比脸还白。刚刚买了英语辅导书，只剩下一角五角的几张毛票。

老板娘催促着。

我悻悻地挪开脚步。每天傍晚要经过的那条小巷，此刻已经完全被黑暗吞没。偶尔有几家后窗的灯光惨淡地亮着，像一双糊满眼屎的睡眼。寂寥的空气里，有寒意从后背侵入，我加快了脚步。黑暗的拐角，是一处视觉盲区，还未靠近，我便听到窸窸窣窣的声响。

是后退？还是继续前行？通往舅舅家的路，可只有这么一条。此刻，我多么怀念梧桐巷的灯光。深橘黄色的路灯像一双双温暖的眼睛注视着我，光线拨开浓密的树叶，静静地流淌在地上，和我的影子纠缠在一起。家里客厅的灯永远亮着，堇色的窗帘后面，有妈妈等待的目光，楼梯里有声控电灯，我亮一嗓子“嘿”，头顶就绽开白花花一片光亮。“谁？谁在那儿？”我犹疑着向前迈了一步。忽然，一个黑影跳出来，我听到一阵车链子的哐当声，和一个粗重的男子的大喝：“站住！”我的心陡然一惊，尖叫了一声，撒腿就跑。黑影仿佛驾着风追了过来，一边追，一边戏谑地笑着：“别怕啊！

茆茆，是我，我来接你。”是叶明的声音。

我停下脚步。看到他那张被光线和阴影扭曲得变形的脸，非常气愤，便大喊了一声：“你有病啊！”

6

“舅舅，给我五十块钱！”被叶明惊吓后，我蓦然有了底气，仿佛要把受到的委屈都补回来。

索性，多要三十，再过几天，是莫央的生日，我应该买一份礼物给她。

舅舅正在水池边洗脸，还未及回答，舅妈就问：“要钱干什么？前几天不是刚给过你二十吗？”舅妈是一个每天在树荫下的麻将桌上消耗时光的臃肿妇女，她每天在麻将牌的摆阵上锱铢必较，却无心关注自己像饼一样粗壮的腰身。她看我的眼神，仿佛藏了一把暗器，随时想趁人不备时偷袭。

“班里排节目，我参加，要买一双袜子。”

“什么袜子要五十？”舅妈尖叫起来。

“我们排话剧《小王子》，我演玫瑰，所以老师让买一双绿色的袜子。”我极其耐心地解释着。

“那也要不了五十啊，什么袜子这么贵？”舅妈嘟囔着，就是不肯拿钱。舅舅忍不住喊了一声：“她要你就给她吧，怎么那么啰唆！”

舅妈陡然抬高声音：“你有钱你给啊！就你会做好人，可别忘了，当年是谁把你……”

“闭嘴！”舅舅的脸一下沉了下来，将毛巾狠狠一摔，扔进盆里，溅起水花，随即气汹汹地进屋去了。舅妈的半截话被打断，可她分明想挑起一个复杂故事的开端。大人的世界，总有孩童无法触及的禁忌。

院门外，响起车链哐当的声音，叶明骑着车滑了进来，一把将车子推倒在院门旁的角落，然后挤到水龙头下咕嘟地喝凉水。他挑衅般扬扬眉，看了我一眼，对舅妈说："妈！给我一百块钱，老师让买英语磁带。"

"钱钱钱，都是讨债鬼。"

"给不给啊？"叶明不耐烦的语气。

舅妈很快温和起来："给给给，只要是为学习，我给。"我尴尬地站在那里，仍不遗余力地小声追问："舅妈，我的钱！"她不耐烦地从口袋里掏出几张钱，一张最大面额的给了叶明，剩下一张十块、一张二十，扔到桌上，说："就这些了。"我含着怨气撇撇嘴，像一个乞丐一般飞快地捡起钱。走进黑暗潮湿的房间时，蓦然发现手背冰凉，不觉已落了一把委屈的泪。生命如同千军万马浩浩荡荡，却不知如何才能攀过这悬崖绝壁。

7

深绿丝袜裹在腿上，像妈妈温柔的手抚过皮肤，暖暖地、柔软地贴在腿上。剩下的十块钱，买了一条绿色蕾丝发带，准备在莫央生日的时候送给她。

那次演出很成功，我穿着深绿丝袜，上身包裹着红色花瓣戏服，骄矜地蜷曲在花瓣里，将一朵娇柔而骄傲的玫瑰演绎得淋漓尽致，穿着长袍的"小王子"拿来屏风为"我"挡风，带来那种踏实妥帖的温暖；而因为玫瑰的骄横，小王子负气离开了她。当小王子满含深情地怀念着"我"，说："我心爱的花在那里，在那颗遥远的星星上。”蜷在花心里的我流泪了，颤抖的泪滴，凉凉的，滴落在脚下的舞台上，我看到了十四岁少女早熟而敏感的心。那一刻，我那么盼望长大，渴望有一个王子一般的人，也这样爱我。我那样渴望爱。

我们班的节目获得了一等奖，为班里赢得一张大大的奖状。那段日子真是风光，莫央和我从楼梯口走过，常听到有男生女生在议论，扮演玫瑰的女孩好可爱啊！那是她吗？下课后，常常有男生探身到我们班的窗口，在一个好事者的指引下，目光朝我的方向挪移，指指点点。我会收到一些字条，上面写着奇奇怪怪的话，我和莫央一起看了，嘻嘻哈哈一番，然后撕掉。

那双深绿色丝袜，仿佛成为一个象征，是我失去母亲后，一块用快乐和荣誉编织的锦缎，我将它压在枕头下，枕着它入睡。

少年宫的画画课，是我和莫央的天堂。目光浸染在藤黄、石青里，空气也变得斑斓，闻着颜料的味道，心会沉静下来。我喜欢用靛蓝色调，画一片纯净的蓝天，天空下是红色屋顶的小房子，被绿荫覆盖的小路，一直蜿蜒到远方。

那节课老师讲了油画风景写生，要在下一次课程组织我们到距离城市半个小时车程的南山去写生。自然，要额外缴纳车钱和餐费，而且，我的颜料也快用完了，需要买新的。那将是比买一双袜子更多数目的钱。

我犯了难。原来，要向不爱你的人索取，是这样艰难。莫央伸出沾染着颜料的手指，细细地抚开我蹙着的眉心，说：“别担心，我借你啊！”我们坐在画架下的空地上，我像一个恶毒的怨妇一般，开始对莫央控诉淡漠的舅舅、抠门的舅妈和乖张的叶明的种种罪行。莫央像个女侠一般，豪爽地拍拍我的肩，说：“放心，我帮你报仇，我罩着你！”

8

我选在舅妈心情很好的时候，向她要钱。她刚刚看完一集好看的电视剧，胖屁股坐在穿堂的八仙椅上，像一个和气的舅妈一样，亲切地叫我：“小茆，给我倒杯水！”

我毕恭毕敬地倒了水，也像一个乖巧女孩那样，说：“舅妈，下周我们少年宫要去写生。”

“写就写呗！去就去呗！”舅妈眼皮一抬，扫了我一眼。“要车钱和餐费，还有，我要买新颜料！”

她忽然尖叫起来。这个女人，仿佛被针刺了一般，几乎从椅子上跳起来，一把将杯子墩在桌上，她的脸变了形，指着我的鼻子说：“我就知道，你一张嘴，准没好事。你和你妈一样，就是这个家的祸水、扫把星、白眼狼！”

胸口有一团火，噌地被点燃。我不允许这个“胖屁股”诋毁我的妈妈。我一把挡掉她指着我的手：“不许骂我妈，你凭什么骂我妈？你们卖了我的钢琴，出租了妈妈的房子，我只是要买一双袜子的钱，和一次外出写生的车费，你凭什么不给我？”

舅妈被气得嘴唇发抖，被质问得一时结舌，但理屈词穷的她不甘示弱，更多的恶毒言辞从那双薄薄的嘴唇里像子弹一样射出：“不给你怎么了？骂你妈怎么了？你就是和你妈一样的精明鬼、自私鬼、讨厌鬼！”舅舅刚刚收摊回来，见到此种情景，连忙用那双散发着鱼腥味道的手捂住她的嘴，连拖带推地把她带进了屋里。为什么？她和妈妈有什么恩怨情仇？他们之间发生过什么？过往就像一道谜题，谜题总是被恶毒的舅妈呼之欲出，而最后又被舅舅生生抹去。其实我没兴趣知道。

头顶忽然一闪，停电了。

我站在黑暗中，久久不动，像一尊雕塑，坚硬的没有喜怒哀乐的雕塑。隐约的谩骂声依旧不绝于耳。

黑暗是暴露羞耻和脆弱的最佳场所。泪水在眼眶里打转，然后，一波一波地涌出来。

叶明进来的时候，看到我在黑暗中隐约的岿然不动的影子，吓了一跳。

昏昏的夜色中看清是我，他才气急败坏地骂了一句："有病啊！吓唬谁啊！"

我没有说话。那个夜晚，就这样过去。车费、餐费的事，就不了了之了。第二个周末来到少年宫，我嗫嚅地正要上前向老师解释，却被她热情周到地招呼着："赶快上车！上车！"我看到鱼贯而上的伙伴里，莫央在队伍的尾巴对我招手微笑。

山里的风景很美，去时的路上下了雨，山中五月天，烟雨渐次散去，安静的大山里空气清甜丰润，天地一片灰青，阳光拨云偷看。我们坐在一块大石上勾勒描画，时间仿佛停止，烦恼尽消。我画大山深处的一角白屋，莫央画奇枝别出的一棵大树。时间过得很快。

中午休息的时候，我和伙伴们一起，在半山腰的农家，也吃到了美味的农家饭。油亮酱香的腊肉隐藏在碧翠的西芹里，浓香与寡淡覆盖在瓷碗里，煞是好看。当然，是莫央为我交的钱。

我喜欢夏天。夏天是少年的白衬衫在巷口一闪而过，是蝴蝶飞过去落在女孩的花裙子上，是手上迅速融化的冰激凌从指缝流下，是碧翠的树木染亮从罅隙里穿过的光影；夏天是孩子们常常在大人们午睡以后，蹑手蹑脚地溜出家门，结伴去干点恣意妄为的坏事。

比如现在，我和莫央。

我们不约而同地穿了利落的七分牛仔裤，蹲在一棵老槐树的枝干上。这棵老槐树长得很好，主干粗壮，从主干分叉出五六根枝丫，像一只从大地深处伸出的大手，一只乞求的手，向蓝天索要着阳光雨露。现在，我们蹲在“手掌”中心，扒开浓密的树叶，准备干点坏事。

老槐树正对着舅舅家的后院墙，屋顶一个简易竹晾衣架上，晾晒着刚刚洗过的衣裳。舅舅的裤子、叶明的球衣，还有舅妈的内衣，那内衣像两团皱巴巴、湿漉漉的卫生纸一样团在一起，挂在细绳上，在夏季的热风里，荡秋千般，忽悠悠地摆荡。

莫央的手里，是一根她爸爸的伸缩鱼竿。她一边娴熟地操作，一边扭头狡黠地眨眨眼睛：“是那个吗？看好了！”

蝉鸣，叶翠，天蓝蓝，以及初夏阳光里炙热的宁静，记录了那刻我狂跳不止的心。原来做坏事能带给我们这样强烈的快感和刺激。我屏住呼吸，看到鱼竿有的放矢地伸出去，轻轻一挑，又准确无误地收回来。

我们心照不宣地相视一笑。那个丑丑的文胸，被莫央嫌恶地提溜在手里，她左右打量一下，然后，扒开树叶，将文胸扔了下去。白色物体被一枝细细的树枝钩住，垂死挣扎一般，最终却无法改变命运，轻飘飘地掉入一条被残羹剩饭和烂菜叶子拥堵的下水沟里，棉质的文胸喝透了脏污的水，终于沉沉地没入水中。我兴奋地抬起头时，发现莫央正目不转睛地看着我。她麦色的肌肤被阳光灼晒，泛着油油的亮红，忽然，她神秘地靠近我，小声问道：“茆茆，你那里，长了没有？”

我一头雾水，看到她盯着的部位，瞬间明白了。我脸一红，却装作懵懂不知，反问：“哪里啊？”

她又更近地靠过来，呵气如暖暖的羽毛，丝丝缕缕地撞击着我的耳膜，她说：“就是胸部啊！你长了没有？”

我低头看看自己胸前，平坦如原，还没有一点发育的迹象。而班里有的女生，已穿上了像舅妈那样款式简单的棉质文胸，细细的带子在衬衫里若隐若现，有的女生，已来了例假。我亲眼看到一个愚笨的胖女生，被骤然而至的例假弄污了裤子，一整天，她坐在自己的座位上，遮遮掩掩，一动不动。而几个好事的女生，像看热闹一般，直到放学也不肯离去，悄悄地绕到窗户后，看那个可怜的女生如何收场。

莫央见我低头不语，又说：“我妈妈说，那里发育了，就是大女孩了。”她压低声音道，“你摸摸！”

她兀自伸出手，将我的手拉过去，轻轻地覆在她胸前。我感到浑身的神经绷紧了，像一张弓被满满地撑起，我张大嘴，无法呼吸。

成长是一个神秘又让人略感羞耻的过程。我触电一般迅速收回手，支吾着：“赶快走吧！被发现就不好了。”我俩相互扶持着下了树。

晚饭后，舅妈去收衣服，随即听到她的谩骂声：“哪个变态，连胸罩也偷！给他老娘拿回去戴头上当飞行员啊！”舅舅小声地劝着：“兴许是被风吹掉了，再找找，别在这儿丢人了！”“给他老娘拿回去戴头上当飞行员啊！”正在喝水的我，扑哧笑出声来。这时，叶明啪一声，将几本皱皱巴巴的书本扔在桌上，准备应付作业。为了节省电费，舅妈要求晚上我们同坐客厅的一张八仙桌上写作业。而通常，叶明随便划拉两下就溜得没影了，八仙桌，就是我的地盘。难得见他会用功。

“哎！苏茆茆，把你的作文借给我抄一下。”

“不行！”

“为什么不行？”“又不是一个学校，也不是一个老师布置的作业，不一样。”

“怎么这么多废话。这次是随便写，哦，就……就是非命题作文。”他声音软了一下，恳求道，“就你那作文，随便让我抄一篇。”

“不行！要抄，你还不如抄作文书呢！”

叶明恼羞成怒，将文具袋狠狠地摔了一下，叫嚣道：“有什么了不起啊！牛什么牛啊？苏茆茆，你给我等着，有你好看的。”他摔完东西气势汹汹地骑着那辆捷安特自行车出去了。

我不以为然地撇撇嘴，继续做作业。我实在不是个聪明的孩子，不是吗？一个星期后，我看到了叶明口中说的“有你好看的”。

那天，我和莫央如法炮制，又顺利地钩走了舅妈晾在楼顶的另一件胸衣，粉红色的，还有一圈白色的花边。我俩狠狠地嘲笑了舅妈的品位后，将那件胸衣扔给了街口一个有暴露癖的女疯子。莫央真胆大，平时除了警察，谁也不敢靠近那个疯子，而她将胸衣递给那女人的时候，我看到疯子黑红的脸上绽开奇异的笑，然后她穿上那件胸衣，遮住了胸前那两坨如黑面袋子一般的肉，又向川流不息的人群跑去。想到舅妈发现新胸衣又不见后气急败坏的叫骂声，我觉得浑身的细胞都颤颤地唱着歌。原来，每个孩子内心深处，都有想做坏孩子的想法，做坏孩子，原来会获得更多的快乐。和莫央分手后，我直接回了家，因为我兴奋的小心脏急于感受偷窃后那种让别人着急愤恨所带来的快感。可是，有点让我失望。她在穿堂和几个女人打麻将，天已经黑了，她大概忘记了收衣服。自从上次为要钱的事吵架，我和舅妈除了非说话不可的交流之外，已经很少说话。

我看到她，就低头沉默地走掉，她看到我，就厌恶地瞪一眼。

看见我，她抬了抬眼皮：“饭在锅里，回家吃完把锅和碗洗了。”

我忽然心里微微动容，其实，这个家也没那么糟糕，她也没那么坏，至少每天还给我做饭不是吗？

我轻轻地哦了一声，从阴影中走过去。

我到家迅速吃完饭，洗完锅，准备装作浑然不觉的样子，回到自己的八仙桌那里去学习。是的，我要好好学习，才能早点离开这个家。

八仙桌的上方，是一盏黄黄的灯泡，一拉灯绳，光线明亮刺眼，很快便有许多小蛾子绕着灯飞扑盘旋。桌子上，有我的摞得整整齐齐的书，而今天，在我常常趴着的地方，有一张废旧的破报纸躺在那里，不是“躺”，是支棱着，大概是没有叠好，报纸翘起老高。我心里暗骂着，一定又是叶明这个邋遢鬼扔在这里的。

然后，我伸手去拿，准备团起来扔掉。

那团白花花的软体动物，就这样猝不及防地出现在我眼前。一条蛇，被规整地盘成几圈，头在最上端，翘翘的。我腿一软，尖叫起来，甚至没有看清它是死的还是活的，就从那个地方逃了出来。几个打牌的人都吓了一跳，回过头来看我，舅妈吼道：“有病啊，大喊大叫的！”我蹲在门口一棵树下，手在瑟瑟发抖。那只握过钢笔、握过画笔的手，刚刚触碰过那条蛇，那是世间最恐怖的冰冷，从指间，一直蔓延到心底。我感到身体一阵打战，泪水像水库开闸般不停地往外冒，刚刚用手背擦去，又有新的泪水涌出来。

我喘着粗气，大口地呼吸着。舅妈还嘟囔谩骂着往家走，不一会儿，也尖叫一声跑了出来。那天我在门口蹲了很久，直到舅舅回来把那条死蛇拿走，我也没进屋。夏天的夜，门口的穿堂风很凉爽，月亮躲在厚厚的灰白的云层里，像一个破碎混沌的蛋黄，却没有一汪热油将它煎热，彻骨的冷从头顶的暗蓝天空倾泻下来。

我仍蹲在门口的一簇地雷花旁，抱紧了双肩。舅舅走过来，温和地说：“回家吧！没事了！”

我没动。舅舅就蹲在门口的石凳上，沉默地抽烟，陪着我，红色的点，一明一灭，像一个温暖却闪烁其词的小眼睛。我们像在打一场旷日持久的战争，在门口对峙了几个小时。很晚的时候，叶明才骑着自行车吹着口哨回来。舅舅没说话，紧跟着进了屋子。叶明的自行车大约还没停好，传来一阵倒地的哐当声，然后是杀猪一般的号叫，拳头落在身上的闷重声，巴掌落在脸上的清脆声，然后是叶明的求饶声，舅妈护短怒骂舅舅的声音……我仿佛忽然失聪，什么也听不到了。只听到仿佛从很远的地方，传来轰轰的喧嚣的音乐。许久，世界安静下来。舅舅站在门里，有些不耐烦地叫我：“回屋，睡觉！”那扇洞开的门，像一个黑洞，张着大口，仿佛准备随时将我吞噬到无尽的寒冷和黑暗中。我站起来，脚底发软，踉跄地走过去。那晚，我梦到更多的软体动物，蠕动着，争先恐后地往我的梦里爬去。我一身冷汗，将绿色的小碎花睡裙浸得湿透。

我抬头看看窄小的窗外，月亮依旧是一个破碎混沌的蛋黄，又冷又硬。

叶明被舅舅打了之后，和我结了更深的怨。他眼里像是长了刀子，看到我，恨不得剜一块肉下来。我们再也不用一起坐在八仙桌上写作业了，他本来就讨厌学习，自从那次被打之后，就更是放任自流四处浪荡，谁也管不了。而我，只要一靠近那张桌子，眼前就不断闪出一堆白花花冰冷冷的死蛇尸体，令人不寒而栗。

我每晚趴在自己小屋里的一张旧木桌上，就着一只小台灯，温书做习题。

那条死蛇，像一个噩梦，长久地盘踞在我的脑海里。

舅妈的文胸接二连三地离奇失踪，让她郁塞难填，产生了破案的欲望。她连着两天周末中午不睡觉，将新文胸搭在衣架上，等待着想象中的“变态”光临。

我和莫央就躲在浓密的老槐树里，吃着冰棒，心照不宣地笑。有一天傍晚，舅妈去街口的小商店买酱油，一张黑红的干裂得起皮的脸骤然闯到她面前，哧哧地傻笑。她看到那个疯癫的女人，穿着一件粉色带花边的胸衣，包裹着胸前的两坨黑肉，在她眼前搔首弄姿，说着她听不懂的语言。那件胸衣虽然遭受了女疯子几天的蹂躏，已变得肮脏不堪，可舅妈还是一眼认出了它。因为买它时罩杯上有一处明显的脱线，像一道伤疤，所以，舅妈以极其便宜的价钱买了来。

舅妈撒腿就跑。

我放学进家门的时候，正听到她惊魂未定地向左邻右舍讲述刚才的遭遇：那个变态的女疯子，不知用了怎样的手段偷走她的胸衣，然后穿在身上招摇过市。

我抿着嘴，偷笑了一下。

可那个不明显的表情，不知怎么被眼尖的舅妈发现了，她厉声叫道：“笑什么笑，有什么好笑的。”

我控制着内心那点促狭的小情绪，正正色，进了屋。

再一个周末，当我和莫央守候在老槐树上时，发现舅妈再也不将衣服晾在屋顶上了。光秃秃的屋顶，支棱着电视天线，横着一根细绳子，了无趣味。

我俩的报复行为，就这样被迫中止了。

莫央帮我交的外出写生的那次车费和餐费，我一直没有还上，而且每天早上我还喝着她给的牛奶，虽然她从来没说过让我还，可是，这种不对等的友谊，让我不安。

在我心里，友谊就是，秘密交换秘密，笑容交换笑容，菠萝味棒棒糖交换草莓味冰棍，这友谊，才地久天长。

而我现在除了悲伤和泪水、自卑和脆弱，没有什么可以交换她明亮的笑容，甜蜜的糖果。于是我更自卑了。舅舅在某天收摊后，忽然推门进了我的房间。天还没黑，屋里没开灯，逆着光，我看不清他的表情，只闻到一股鱼腥味道从他那件刚刚买来没有来得及脱掉的工作服上传来。“舅舅！有事吗？”他现在是这个家里我唯一肯称呼的人。他把手伸进裤兜里，掏啊掏。那件皱巴巴的脏污的大裤衩，裤兜里大概装满了烟盒、钥匙、记账小本和零散毛票，所以掏起来很费劲，可是他坚持不懈。终于，他从掏出的一把毛票里，捡出一张干净点的五十块，递给我：“这个，你拿着。”那只少了一根手指的右手，直直地伸到我面前。

我迟疑地接过来，这张散发着鱼腥的钱，此刻，在我的眼中，如此斑斓芬芳，我恨不得立刻将它放在鼻子前，狠狠地嗅一嗅。窄小的窗户仿佛忽然阔朗起来，黄昏的天光流淌进来，折射着五彩斑斓的光线，世界仿佛一下子亮了起来。

“她那个人，其实不坏，刀子嘴豆腐心，你别和她计较。”他说的“她”，当然是指舅妈。

好吧！看在舅舅这微小的慈悲上，我原谅她。

我点点头。这五十块钱，可以给莫央重新买一份像样的拿得出手的礼物，也可以给我买一盒新的马利牌颜料。我是这样计划的。

12

如果人生都可以这样按照计划来就好了。第二天一放学，我就发现窗台上少了东西，花盆。那盆种着鸢尾花的花盆，不知去向。几个月来，它在我的精心照料下，依旧不死不活，苟延残喘。我常常梦到在某个我无法预料的瞬间，一个静悄悄的夜晚，它忽然开了花。那么，我就可以像妈妈一样，对着它说话。可是它一直没有开花。即使没有开花的鸢尾，也应该一直和我彼此守候。它不能这么不翼而飞。我在楼顶上，找到了那盆花，确切地说，是尸骨。那个精致的黑色陶制花盆，已经被舅妈种上一棵叶片肥大的植物，后来我才知道叫富贵竹。她见我上楼来，大概因为用了我的花盆，对我的态度出奇地好，拍拍手上的土笑笑说:“怎么样，好看吧！这叫富贵竹！你那个花好像死了，我就种上了这个。”

这个肥胖愚蠢的女人，妄想种一棵莫名其妙的竹子就能富贵的老屁股，将我的花连根拔起扔在一旁。我听到有一辆愤怒地怒吼着的火车突突突地开到我的心里，将我的怯弱冲撞得七零八散，我的愤怒和暴戾总会在无法预知的一些时刻揭竿而起。

我尖叫了一声，一把揪掉那棵竹子，一根刺扎到我的手掌里，我却浑然不觉。我像一头发怒的狮子，恨不能扑上去将这个女人撕碎。她租掉妈妈的房子，卖掉我的钢琴，现在，又拔掉妈妈留下的最后一盆花。

“谁让你动我的花，谁允许你动我的花！你还我的花！”

我的暴怒吓坏了眼前的女人，她不甘示弱地大声辩驳：“这花都死了啊！”

“你才死了，你全家都死了！”我承认这话很恶毒，可是那一刻我想不出还有什么话才能表达我的愤怒。我只是个无助的孩子，用微弱的可笑的力量维护着最后一点慰藉，虽然这慰藉在别人眼里那么微不足道。几个月前，我是多么沉静美好的女孩子，连一句脏话也不会说，而现在，我会用这么恶毒的话来骂人。

手上的鲜血一滴滴落下去，在斑驳灰白的楼顶上，开出一小朵一小朵的花，泪水落上去，却和花朵一起，迅速干涸了。我恶毒的话也激怒了她，她一反手，一个响亮的耳光落在我的脸上，我的脸微微发麻，耳朵嗡嗡作响，一颗颗小星星，在黄昏的流光里，一闪而过。我眼前一黑，跌坐在地板上。她仍不解气，上前再推搡了我一把，一把揪掉我的书包，狠狠地摔在一旁，说："你这个白眼狼！"不一会儿，有闻讯赶来的邻居将舅妈拉走了。

屋顶剩下我一个人。

世界变得很安静。我一边流泪，一边将那棵被揪掉的鸢尾花重新栽到花盆里。手上的伤口涌出血来，很快被泥土糊住，脸上的泪水流下来，很快被一阵燥热风干，心里仿佛有个声音在对我喊，离开这里，离开这里。

对！我要离开。

在这个家里，连要零花钱都艰难，离开几乎是不可能的事。要等考取大学后再离开这里，这么漫长的时间，我等不及了。

我现在就要离开。

我给花培好土，开始收拾散落的书包，心里开始计划。是不是应该和莫央商量一下对策？可是，怎么离开，离开这个家，我又能去哪里？

这时，我看到被摔坏的文具盒旁，一张叠成心形的纸，躺在那里。这个高档的文具盒，是妈妈让朋友从外地给我捎回来的，上面有很多机关，比如一按，装着橡皮的机关盒就弹跳出来，还会唱歌。这个文具盒，不知羡煞多少同学，我爱不释手，从小学四年级，一直用到现在，也不肯换掉。

现在，那个小小的心形不知从哪个机关里弹跳出来。

我想起冬天的某个黄昏，放学的时候我发现妈妈的花店关着门，回到家里，她也不在家。桌上有一盒桶装的康师傅方便面和一张字条，是妈妈娟秀的字体，她说有事晚点回来，让我饿了就自己煮方便面吃。

我没有煮面，趴在窗口等她。那天下了雪，门口的一盏路灯坏了，雪地在月光下是幽幽的惨白。妈妈回来的时候，头顶着一层毛茸茸的雪花，脸蛋红扑扑的，落上去的雪花融化了，水润润的，非常好看。她看上去有点惆怅，是的，就是惆怅，惆怅就是心里有话要说，却不知道要找谁说。那晚，妈妈给我做了很好吃的香菇肉丝面，放了很多肉丝。我们对坐吃完，她用亮亮的眼神看着我，然后说："真漂亮，真像！"我莞尔一笑。在每个母亲眼里，自己的孩子都是最漂亮的。我知道，她又在想爸爸了。她说"真像"的时候。我不明白，一个女人，对一个弃她而去的男人，怎么能一点不恨呢？至少我，在偶尔被同伴嘲笑没有父亲的时候，是有点恨他的。

洗完碗，妈妈又给那棵鸢尾浇水，我坐在书桌前开始写作业。养花的窗台没有灯，逆光的妈妈和植物一样，身影孤单落寞。她没有回头，忽然说："茆茆，你想爸爸吗？"

"不想！"我回答得很干脆。对一个几乎没有印象的人，回忆都没有线索。

妈妈叹了口气："如果有一天，妈妈不在了，你记得，他是这个世界上，你最亲的人，你去找他，他不会不管你的。"

我警觉地抬起头："不在了，你去哪儿？"

妈妈转过头，看着我焦急的样子，笑笑，用沾着水滴的手指刮刮我的鼻子，"我要去一个没有人的地方，一个人玩去，甩掉你这个烦人的小尾巴！"

我放下手里的书，撒娇地抱住她依然纤细的腰：“不行，你哪里也不能去！”我是在后来很多天后，才明白她所说的一个很远很远的地方，就是天堂，是去了再也回不来的地方。

和妈妈玩闹了一会儿，临睡前，她从口袋里郑重地掏出一张字条，叠成一个心形，塞入我那个文具盒的某个机关小盒里，说：“这是爸爸的地址。”那张字条，我压根儿没打开看过，第二天就忘记了。那个晚上，妈妈睡得很晚，她的房间里，一直回荡着一首伤感的歌曲，是粤语，我听不懂，只是觉得，伤感而已。就像软软的棉花饱饱地吸满了水，连空气也变得沉重哀伤。后来，在我长大后的后来，我在某处听到过那首歌，是王菲的《迷魂记》。她被爱迷了魂，失了魄。我在那一刻，瞬间理解了妈妈那晚落寞迷惘的心情。

现在，这颗“心”忽然从文具盒里跳出来，似乎预示着什么。

我打开那张字条，是妈妈娟秀的楷书：“春里市清水街幸福花园A区08栋，苏岩。”

我想起妈妈的话：“他是这个世界上，你最亲的人。”苏岩，我的爸爸，现在是我最亲的人。我抬头看看波谲云诡的黄昏天光，流霞漫天，像一幅藏着玄机的藏宝图，而我要的自由，不知藏在哪一片云朵背后。沉沉的落日，在我眼中，分明是一轮喷薄而出的日出。心像一张瘫软的帆，被黄昏的风鼓鼓地吹起。

请你帮我看看美丽的花冠有没有戴歪

华丽的南瓜车是否备好

王子舞会的钟声已经敲响了吗

可是，拉南瓜车的小老鼠你们怎么还不来……

莫央在自由活动的体育课上，坐在操场旁的大树下，给我讲《灰姑娘》，并且声情并茂地朗诵着一首自创的歪诗。她在得知我想出走的想法后，用这样的方式提醒我，爸爸的家里，常常有一个女巫一般恶毒的后妈，或许还有一两个不太善良的姐姐，我投奔的命运，很可能像灰姑娘一般。

“你以为生活里也会有仙女帮助你吗？小心刚出虎穴又入狼窝。”

“什么虎穴狼窝，舅舅也没那么坏！爸爸家里，也不见得有坏后妈，至少，爸爸是亲的吧？”

“不听老人言，吃亏在眼前！”莫央如小大人一般故作成熟地说。

我亲昵地拢住她，笑笑地看着她道：“你是不是舍不得我，才故意这样危言耸听吓唬我？”

“是啊！舍不得你啊！你舍得我吗？”一个篮球飞过来，莫央稳稳捉住，又潇洒地扔了出去。她虽然说得云淡风轻，可我看得出她对我的珍视。我也难以想象，在一个新的环境里，没有莫央，还要去认识新的同学，结识新的朋友，是多么艰难的事。

好吧！我刚刚燃起的蠢蠢欲动的小苗头被扼杀在摇篮里了，我愿意被她危言耸听的话吓到，为了天长地久的友谊，让那个离家出走投奔父亲的梦暂时搁浅吧。

“周末上完画画课，我们去放风筝吧！”

“好啊！”

14

我终于还是决定离开舅舅家，是在与莫央约好放风筝的日子来临前的一个晚上。夏至已至，木槿在院子中蔫不拉几地打着卷，风扇在头顶轰隆隆地转着，却止不住一身黏稠的汗。热浪蒸腾，我拿了条干净的睡裙和毛巾，去卫生间洗澡。卫生间只有一盏昏黄的灯，地面很滑，年久失修的墙面因为潮湿而斑驳氤氲，像一幅难懂的抽象画。卫生间用老式的燃气热水器，打开水龙头能看到热水器里呼呼的蓝色火焰，有一种莫名的紧迫和潜在的危险感，好像随时有爆炸的可能。事实上它没有爆炸过，只是常常在打上香皂之后水忽然变冷，这样冷热交加心惊胆战地锻炼几次之后，我洗澡变得很快。

那天我依旧很快，快到我顶着湿漉漉的头发回到房间时，叶明还没来得及逃开。他看到我，故作轻松地嘻嘻一笑，说："我想借你那本作文书看看，你不在，我就自己来找，没找到。算了，不要了。"

他从我身边侧身而过，投射来的目光仿佛是破碎的冰碴，哗啦啦落在我的皮肤上，又扎又冷。

我厌恶地关了门。

环顾四周，小小的房间，一床一桌一椅，一个放衣服的樟木箱子，没有什么能隐藏暗器猫腻的地方。但是，对上次死蛇事件心有余悸，我还是将每个角落小心翼翼地翻了一遍。

没有死蛇，没有蟑螂，没有毛毛虫。

书也没被翻过。唯一异样的，是我一直放在枕头底下的绿色丝袜。那是一个少女渴望做一朵玫瑰被王子疼爱的全部梦想，是我十五岁里所有的荣光。现在，它皱巴巴地耷拉在床边，像一根死气沉沉的上吊绳，它平滑得没有一丝划痕和线头的身体上，沾了一团白色的浓痰一般的东西。一股腥臭弥漫了小小的房间，那些气味变成一群群慢吞吞黑压压的爬虫，排着队，浩浩荡荡地爬过我的皮肤，我的青春时光。

那不是浓痰。在生理卫生课本里，我有着隐约模糊的认识。我没有办法尖叫或哭泣，我害怕一张嘴那些罪恶的气味会钻进来，我捂着嘴，胸口激烈地起伏着。我甚至再没有勇气看那双袜子一眼。头顶的风扇依旧哗啦啦地转着，不断折射的凌乱光影，却又如何能够吹散少女紧锁的眉弯？上帝做证，在莫央的劝阻后，我已下决心在舅舅家做一个谨言慎行的“灰姑娘”。可是现在，我宁愿马上跑到遥远的陌生的爸爸家里，宁愿有一万个可恶的后母和姐姐欺负我。

真的。

我在床上蹲了一晚。

晨光熹微，晨鸟鸣啾，五六点是一天中最清醒的时候，我背起书包走出门，丝毫没想回头。

15

十五年，我从未出过远门。

这时我忽然想起，我应该和妈妈告个别。我抱着那盆花，上了一辆公交车，一直到郊外，下了车一路小跑上一段长长的土坡。

那是一片新开发的墓园，既非清明，也非祭日，偌大的墓园一个人也没有。树木稀疏，植被如破碎的绿色丝绵四散披覆，妈妈的墓地在土坡的中央，一花一木也无，因是新坟，黄土依旧松软。我跪下去，用一根断裂的树枝刨土，将手中的花种下去，又跑到坡下的水龙头下，找到一个废弃的饮料瓶接了满满一瓶水浇花。这盆花在我的照料下一直不死不活，它应该重新回到主人的怀抱。

妈妈，从此，月朗星稀的夜里，你想念他的时候，又可以对着鸢尾花轻轻吟哦:“缺月挂梧桐，漏断人初静。”又可以深情地念:“梧桐叶上三更雨，声声叶叶是别离。”或许只有这正在抽枝打苞的花，才能懂得你的悲伤。妈妈，再见！

从此每个鸢尾花开的季节，我都在思念你。

我要走了，那么至少，也应该对莫央说一声。

我已经想好她劝阻我时，我该说的托词：莫央你要相信我，我们是最好的朋友，不管到哪里我都不会忘记你的。莫央你别担心，我会时常写信给你的，放暑假了你来我的新家玩。

可是，她家的门，是紧锁的，我按了很久的门铃，也没人来开。她家我来过无数次，不会找错的。

这个时候，怎么也没有一个好事的好心邻居出来，告诉我这家人是去晨练了？还是去吃早点了？或者是加班了？

我悻悻地在门口等了半个小时，终于放弃了。

再过几天，就是莫央的生日了。我一直没有零花钱给她买一个更好的礼物。

我将那条绿色蕾丝的发带拿出来，挂在防盗门的一根栅栏上。我不会忘记你。

我会给你写信。我亲爱的。莫央！

在偌大的长途汽车站，我终于找到会开往爸爸的城市的车。那个地名贴在车窗玻璃上，闪闪发光。再有几天，我们就该期末考试了，再过几天，我们就放暑假了，如果不出什么意外，过完一个暑假，我就是高一的学生了。现在，正是一部分孩子在周末的大头觉中酣畅淋漓的时候，也是一部分孩子被父母从梦中叫醒磨磨蹭蹭地走在上辅导班的路上的时候。这种要抛弃固有现状即将面临动荡的感觉，和畅想未来的新鲜与不确定感，让我莫名兴奋起来。

窗外是一幅流动的油画。蓝天打底，金黄的麦浪在阳光下闪着光，藏在绿树中的鸟扑棱棱飞起，窗外的空气夹杂着麦香与鸟语，被烈日炙烤，翻滚成热风涌进来。

我用舅舅给的那张钱买了票。我已经打算好了，如果找不到爸爸，或者他不要我，我也不回来，我就先找一份工作，然后，再作打算。

就这样忽然想起舅舅那些微小的好来，但那种小小的感动一闪而过。

我的目光流连在窗外的美景上，微微闭上眼睛，像一个缺氧的病人，狠狠地呼吸着空气里自由的味道。

车子在嗖嗖地向前。

心飞走了。

“嘿！你是第一次出门吧？”旁边有人说话。

我睁开眼睛，才发现他是在对我说话。

我看到他，和童话中的场景一模一样，仙女的魔法棒一点，英俊的少年凭空而降，坐在我身旁。我怔怔地盯着他，第一次知道了什么叫剑眉星目、风采神秀。他穿一件土耳其蓝的短袖，米色七分裤，黑色的书包斜背在肩头，阳光反射在他的脸上，连下巴上的茸毛也清晰可见。一个正在成长的少年。

这么好看的男孩在对我说话，我是理，还是不理？不要和陌生人说话，这道理我懂，可是印象里，坏坏的陌生人，不都是大人吗？见我愣了半天没回答，少年自嘲一般笑了。他一笑，嘴角便漾着一抹似有似无的弧线，仿佛有一层光浮在上面。我这才慢半拍地嗯了一声。车子一直朝北。

见我有了反应，少年来了兴致，狡黠地眨眨眼睛：“你是从家里逃出来的吧！离家出走？”

我一惊，警觉地看着他，想否定，却傻乎乎地反问：“你怎么知道？”

他牵动嘴角，呵呵一笑，故作高明：“看你兴奋的样子就知道了。”

原来在我刚才闭眼享受自由阳光的时候，他一直在偷瞄我。莫名地，我觉得车厢里热起来，脖颈、脸颊都灼灼的。

被他猜对了，我不置可否地笑笑。我喜欢聪明的男孩，相比之下，从前班里的男生和那些来“瞻仰”玫瑰的仰慕者，都是那么愚蠢可笑。

“可是，你爸妈可能都急坏了吧？”

哈——这次他猜错了。我有点促狭地瞥他一眼：“你猜错了，我是从舅舅家逃出来的，我去找爸爸！”天底下还有我这样的傻瓜吗？刚刚见面就把自己的来处去路交代得清清楚楚。还好，他不是坏人。少年不知听懂还是没听懂，只是若有所思地点点头，轻轻地哦了一声。“你呢！你去哪儿？”

“外婆生病了，我去看她，现在回家。”车子继续前行，驶入一段林荫遮蔽的乡间公路。

“嘿！我叫江辰，你呢？”少年忽然又转头问道。我迟疑了一下：“苏茆茆。”

“毛毛！”他自以为是地重复了一遍。我生气地纠正道：“是茆！不是毛！”

“哪个字呢？”他饶有兴趣地凑过来。我伸出手，在椅背上划拉着。

“哦！很特别啊！什么意思啊？”

“妈妈说，本来叫这个卯。”我在手心继续划拉着，“我属兔嘛，卯兔，这你懂吧？后来妈妈想，小兔兔没草吃，怎么行啊，于是就给上面加了个草字头。”

“哦！这样啊！看得出你妈妈很爱你。可是为什么跑出来呢？”少年江辰，看上去是一个很不错的听众。而对一个陌生人诉说，是没有负担和压力的，我一下子便打开话匣子。我用自己不甚精彩的语言，无比哀伤地诉说着自己多舛的身世，添油加醋地描述了舅舅的懦弱、舅妈的刻薄，以及叶明的猥琐。我说得义愤填膺，口干舌燥，甚至看到了自己的唾沫星子飞上天空，天哪！那样子一定丑极了。

他歪着脑袋盯着我，眯着眼睛笑。我这才发现，原来我很啰嗦。我为什么要对一个刚刚认识的男孩说这么多？于是，我不说话了。

一定是阳光太过于烈艳，我只觉得双颊灼热微烫。

他递来一瓶康师傅纯净水，轻轻旋开盖子，看我犹豫，自己忽然仰脖子喝了一口，说："没迷魂药，喝吧！"

我接过来，抿了一口，因为真的很渴。

江辰坏笑道："没有迷魂药，可是有我的口水了哦！"原来男生的坏笑，也是这样迷人。

我脸一红，窘迫地活动活动身子，转脸，只是偷笑。后来，很多年后的后来，在我上班坐公交车的后来，听到两个初中女生的对话，我才明白自己这一天的行为。女生甲说："你是不是喜欢那谁啊？"女生乙说："没有，我每天还和他正常说话呢！我要是喜欢谁，就和他一句话也不说。"女生甲又说："那我不行。我喜欢谁，一定要告诉他，对他好，让他也喜欢我，对我好。"很显然，我属于乙女类型。那一刻，我站在两个女孩身边，仿佛看到自己过往的青春年少，那纯真的脸颊上，初恋是最动人的胭脂，我忍不住，想伸手抚摸那如花的脸庞。那一刻，我明白了遇到江辰的路上，为何畅所欲言，转而又沉默安静。原来，在相遇的最初，也是心动的最初。最初的心动，就是这样，你忽然变成一个絮絮叨叨的老太太，恨不能将祖宗八辈的事都说给他听，把所有的幸福和忧伤与他分享，后来，你又变得沉默寡言，小心翼翼地捧着自己那颗心，却不让他看到。

17

两个小时的车程。很短暂，我不讲话的时候，江辰在一边讲笑话，时间过得很快。我甚至还打了个盹。我梦到亲爱的爸爸很欢迎我，我像小鸟一样飞奔过去，那道门，忽然变成打开的闸门，汹涌的洪流朝我劈头盖脸地砸过来，然后我醒了。

车子也到站了。

两个小时车程后，我站在了一片陌生的土地上。我从来不知道，其实我离爸爸这么近，近到只要两个小时就可到达。

江辰也紧随我身后下了车。我长长舒了一口气，很礼貌地和他说再见。他却迟迟没有移动脚步要走的意思，而是用一种怪怪的目光看着我，一副忍俊不禁的样子，问："苏茆茆，你书包里有没有换洗衣服？""有，有一条裙子。"我一头雾水。天！他忽然拉起我的手奔跑起来。少年的手，温暖干燥，我觉得自己的手指、胳膊、皮肤都起了火星。

我本能地抗拒喊叫："干什么啊？你疯了吗？"耳边风声呼呼，吹起他的衣服，带着一股微微汗味的少年味道，汹涌地扑向我，当终于停下来时，我发现自己的手心全是汗。江辰喘着气，指着眼前的厕所："去，把衣服换了。"

天底下还有我这样糊涂的女生吗？当我看到裤子上那团鲜红，顿时蒙了。触目惊心的红，在这个我开始新生活的路上，不期而至。如果不是江辰看到，我还会带着它招摇过市，想到江辰第一个看到，那种后知后觉的羞耻让我的脸霎时灼热发烫。

我蹲在厕所的便池上，心里空荡荡的，面对这一团红，和正在涌出的液体，让我手足无措。

忽然想哭。

如果妈妈在就好了。车站的厕所便池，是没有遮挡的一大排。旁边一位中年妇女站起来，看着窘迫不安的我，大概是想起自己的女儿，生了怜悯之心，从自己随身的包里掏出一个白色小纸包递给我，温和地说：“来那个了啊，给！”

我低着头羞愧难当地小声说，谢谢。那个女人走后，只用了三秒钟，我就搞清楚了那玩意儿的用法。我褪下血裤子，穿上书包里的一件连衣裙，走出厕所，又变成一个没有秘密的女生。他竟然还在门口等我。我低着头，声音小得像蚊子：“谢谢你！”

他忍俊不禁，终于憋不住，不客气地笑笑道：“不要客气！”

我想起初二时和一群女生围观一个女生“血染的风采”，那个坐在教室里无法守住自己秘密的女生，就像我此刻想死的心情吧！此刻，我一定像一只被烤熟的螃蟹，红彤彤的都要把太阳点燃了。

我低着头往车站外走。

他跟上来：“你不买一包……那个玩意儿吗？”

还好，他没有将“卫生巾”三个字口没遮拦地说出来。此刻江辰看起来很讨厌，我希望他马上消失在视线里。

毒辣的阳光霎时点燃我胸口的一团无名之火，我喊道：“你很烦啊！”

他的嘴角立即扬起来，促狭地笑着。我加快脚步，很快甩掉了那个烦人的小子。

站在熙熙攘攘的街头，掏出那张小字条，我这时才发现，应该找个看起来不像坏人的人问问路。可是在路边等了很久，也没有经过一个慈眉善目的老爷爷或老奶奶。

这时，我看到那个蓝色身影正在横穿马路。

“哎！”我没忘记他的名字，只是，一时还不好意思叫出口，仿佛叫了名字，就拉近了距离，很熟似的。少年转过头，笑笑地看着我："叫我吗？"

我扭捏起来，哼哼唧唧："这个地方，你知道坐什么车，怎么走吗？"

他的目光停留在已经被我弄皱的字条上，眼睛忽然一亮，若有所思地问道："苏岩是你爸爸？"

"关你什么事啊？"我没好气。

"问路还这么横，不告诉你，我走了。"

"哎！"他不顾我的哀求，果真走了。

我站在路口，听到头顶自由的风声，却发现自己依然无法接近那所谓的自由。公交车哼哧哼哧缓慢地在车流中挪行，载着倦怠表情的人们，带他们上班下班，上学放学，到自己想去的地方。而我，还是一个没有找到家的孤魂野鬼。我站在一块站牌下，茫然地寻找和字条上相似的地名，又警觉地审查着身边的行人，准备逮住一个问路。江辰走了几步，又转过身回来，口气温和下来，脸上的促狭也不见了，又变成车上那个爽朗纯善的少年。他指指站牌："瞧！坐这路车，到终点站，然后过了马路，大门口写着幸福花园的地方，就是了。"

我感激地点点头，看着他朝相反的方向走去。

这个夏天，苏茆茆遇到江辰，江辰遇到苏茆茆。

他讲过好玩的笑话，他有可爱的下巴和坏坏的笑容，其实他的促狭也没那么讨厌，他拉着我的手一起奔跑，陪我度过最尴尬的成长。我确定，就是在这一天，我长大了。

那一刻，我多想手边有一支画笔，我想画一幅画，将那个挺拔的背影画下来，永远留在我的画纸上。

他是我在流离的路途上，遇到的最初的温暖。我的青春，是从遇到他的那一刻开始的。

18

幸福小区一点也不小，叫“幸福花园小区”这样一个大众化的名字也显得太过于低调。

我站在一群错落有致风格迥异的别墅建筑群里，仿佛走进了原始森林，差点迷路。没人告诉我，这里原来是有名的富人区。和吉村比起来，和梧桐巷比起来，这里简直是天堂。小桥流水，绿树浓荫，假山上绿萝袅袅娜娜，池里红莲初绽，岸边丁香吐香，孩子们在草坪上玩耍，年轻的妈妈推着婴儿车走过。我走在鹅卵石铺成的小道上，心里的怨恨忽然如雨后苔藓一般，一茬一茬地冒出来。在这里生活的孩子，是多么幸福，可是，苏岩，你竟然抛下我和妈妈，你竟然让我在吉村那样的地方被人刻薄。苏岩，你总不会是这里看大门的吧？

苏岩，我恨你，可是，我又那么迫不及待地想见到你。

几分钟后，在一个小孩的指点下，我找到了 A 区 08 栋。黑色的铁栅栏门虚掩着，推开门走进去，是一个小小的庭院，院子中间有一棵高大的桂花树，树荫下，是一组古朴的木质桌凳。苏岩，我的爸爸，秋桂飘香的时候，你是不是在这里喝着苦酽酽的茶，偶尔想起我和妈妈？

我走上台阶，按了门铃。心里仿佛揣了一万只兔子，它们蹿来跳去七上八下，让我惴惴不安。

门打开，门后闪出男人的半个身子，嘴里犹在喊道：“来了来了，出门又不带钥匙啊？”

抬眼一看，他微微一怔，温和地笑问：“你找谁啊？”

他，就是我的爸爸吗？曾经照片上的年轻男子，依然不失俊朗，只是眼底沉淀了忧郁，嘴角有一抹笑，是属于中年男子的沉稳亲切。他穿一件普通的白色 T 恤，却显得那样妥帖，风姿神秀依然可以形容他，身上有淡淡的剃须水的青草味道，和吉村那些满口粗话脏话散发着浓浓汗味的市井男人，决然不同。而这样一个男人，是我的爸爸。

刚才还在心里翻江倒海的怨恨，瞬间消失了。

我像一个大人一般对他说：“你是苏岩吧？我叫苏茆茆，我妈是叶青青，她让我来找你。”

从他瞬间石化般的表情我可以断定，他就是苏岩。他用那双被妈妈形容为星光落入深海一般的眼眸打量我，他的嘴唇颤抖着，嘴里念叨着：“茆茆，你是茆茆吗？”

我点点头，谢天谢地，他记得有一个我。

万物都屏住了呼吸，还是时间停止了？他一把将我揽在那个散发着青草清新气味的怀里。我只听到两个心跳，他的，我的，剧烈起伏的心跳，一拍紧似一拍，像墙上忽然耗完电池的钟表，走着没有章法的步调。我要瘫软掉了，我要死掉了。像初雪融化在第一缕初霁的阳光里，像腐朽的树枝在雨水洗过的空气里泛出一截新绿。要怎样形容我的心情呢？我是第一次真实地感受来自父亲的拥抱。他不会不要我，因为他把我抱得这么紧。

他终于松开我，将我领进家。这是家吗？这里简直是天堂。宽敞的客厅，就足以抵上我们梧桐巷的房子一般大，有一段楼梯，通向我还未曾涉足的去处。他正在看午间新闻，偌大的液晶屏电视，像一个小型的电影屏幕挂在墙上，墙上是时尚手绘，枝枝蔓蔓，荷花宛然盛开，藤制的沙发、缎面的抱枕和茶几上的紫砂茶具，都在彰显着主人的品位。小小的茶杯里，还有一掬淡黄的微温的茶汤。

他正在喝茶看电视，度过一个惬意的周末清晨，他失散多年的女儿，却风尘仆仆地来投奔他。

他拉我坐下来，手忙脚乱地拿香蕉、杧果、樱桃以及别的我叫不出名字的水果给我吃，然后，定定地看着我："妈妈怎么了？"

我低下头："死了！"

"怎么死了，怎么会忽然，年纪轻轻的，就死了？"他几乎从沙发上跳起来，身子在发抖，嘴唇在发抖，那修长干净的手指也在发抖。

我一下子就哭了："你那么关心她，为什么不要我们，为什么不管我们？她生病了，哮喘病，一个人，谁也不知道，就突然死了。"

他低下头，一下子瘫软在沙发上，像一个犯错的孩子，接受我愤怒的审判，许久，才抬头问："什么时候的事？"

"四月。""那这几个月，你在哪儿？"

"舅舅家。"他的目光涣散开，一下子明白了我泪水中所有的含义。他伸出手，用大拇指划去我眼帘下的泪水，姿态惘然地看着我，我看到那星光落入深海一般的双眸涨了潮汐，他哽咽着："爸爸对不起你！茆茆，没事了，没事了。"

我就知道，他不会不要我，而这么伤心的男人，我该原谅他。我饿了，于是抓起一个苹果，咔嚓咔嚓地咬起来。这时，听到外面汽车电子锁的嘟嘟声，然后，是窸窸窣窣的开门声。一对母女，手提大包小包，进了客厅。

19

那女孩真是美丽，我第一次明白了气场这个词，就是她安静地站在这里，周边的空气却仿佛在噼里啪啦地开花，漾在一道道无形的光圈里。瓷娃娃就是用来形容这样的肌肤吧，光洁的额头，连一颗痘痘也没有，小鹿一般纯净的眼睛上，扑闪闪的睫毛如两把打开的小扇子。她身上穿的裙子的牌子，是叫“淑女屋”吧！我们班就有女生穿，贵得要死，那些花边和蕾丝穿在她身上一点不落俗套，立领的小碎花衬衫，将她的脖子衬得修长，她站在那里，像一只骄傲的仙鹤，然后冲我爸爸喊道：“爸！我们买了你喜欢的咖啡哦！”

她的目光，轻轻从我身上扫过去。我拘谨地站起来，自卑得像只鼹鼠在黑洞口探头探脑，心里慌成一片被风吹乱的杂草。

原来，爸爸早已再婚，还有了这么漂亮的女儿，女孩看上去和我一般大，证明爸爸在妈妈怀孕时或更早的时候，就有了别的女人。我刚刚对眼前这个陌生的男人建立的好感，瞬间荡然无存。像莫央预想的那样，我投奔的未知命运，终于揭晓，后妈、姐妹，一样不少。女孩身边的中年女子，就是爸爸的妻子吧！她看上去并不特别漂亮，人到中年，却有很好的身材，还有一双弯弯的、会笑的眼睛，不像是坏后母的样子。她正在玄关处低头换鞋，熟稔地对爸爸说：“苏岩，帮我把车停到车库吧！”隔窗望去，门外的甬道上，停着一辆银灰色的轿车。

女人一抬头，看到我，微微一怔，很自然地打招呼：“来客人了啊！洛秋，是你的同学啊？”

原来女孩叫洛秋。

洛秋正往冰箱里放食物：“不是。”

苏岩尴尬地笑笑，伸手将我的肩膀揽了揽，说：“她，是茆茆，我和叶青青的，女儿。”一句话，爸爸分成几段来说，是一种反复肯定的语气。女人的身体僵了一下，只是淡淡地哦了一声，然后走过来，坐下来，用一种柔和的猜谜一般的目光看着我。

“茆茆，叫云姨。”

我怯生生地叫了声“云姨”，女人和气地点点头，依旧用猜谜一样的目光看着我。

在冰箱旁整理食物的洛秋听到爸爸的话，惊愕地转过头，那小鹿一般纯净的目光看着我，排斥、抗拒、怨怼、诧异，各种情绪在空气里蔓延。

爸爸看到她的目光，有些尴尬，看看她，又看看身边的云姨，说:“哦！茆茆，叫姐，哦，不，不知道她俩谁大，茆茆属兔，四月的。”云姨温和地回答：“洛秋比她大一岁。”爸爸正要再次吩咐我叫姐姐，只见女孩用眼白狠狠地剜了每个人一眼，然后拿了一个冰激凌甜筒，噼里啪啦上了楼。气氛诡异，瞬间沉默起来。我手中的半个苹果，因为咬开长时间暴露在空气中，已被氧化成淡淡的一层黄。我拿在手中，吃也不是，扔也不是。肚子在这时不争气地咕噜了一声。云姨善解人意地拿掉我手中的苹果扔进垃圾箱，又剥开一个香蕉递给我，说：“饿了吧？我去做饭。”

爸爸将遥控器递到我另一只手中：“想看什么自己换台。”然后跟着云姨进了厨房。是那种半开放式厨房，一转身，就能看到客厅。在抽油烟机轰轰的工作声和哗啦的流水声中，他们一直在絮絮叨叨迂回婉转地说着什么，听不真切。

女儿来投奔，总要和现在的妻子说一声。

我拿着遥控器，半天也没找到节目按键，不敢乱按，只好盯着屏幕，看那档新闻过后的一个法制节目。

忽然怀疑自己跑来这里的意义。

阳光照进来，微尘在一束光柱中飞舞，眼前的一切，豪宅、美食、爸爸，仿佛都是一个华丽丽的梦境，那么不真实。我坐在那里，惴惴不安，就像一个做美梦的人，很害怕美梦太短很快醒过来。

我被遗忘在客厅里，忽然很害怕那个温婉可亲的女人让爸爸改变主意。

有那么一瞬间，我甚至有一种冲动，我像一个可耻的逃兵，准备放弃眼前的一切，弃甲而逃。

我刚挪动一下屁股，爸爸就出来了。刚才一脸尴尬的表情已不见，取而代之的是春风满面。

他手里端着一盘松鼠鱼，一边往餐桌上放，一边招呼我："茆茆，去，到三楼，叫洛秋下来吃饭。"那口气熟稔得仿佛我是这家里再平常不过的一个成员。

敏感早熟的孩子，当然明白爸爸的苦心，他是想让我和那个叫洛秋的女孩早点相识，像姐妹一样相处，他想让我快点融入这个家庭。我依言上了楼。扶着铁艺雕花旋转楼梯拾级而上，我的步子，轻而缓慢，楼梯的墙壁，俨然一个画廊，挂满了大小不一的摄影作品，都是爸爸的作品吧！这些年，他或许去过很多地方，可是，唯独没有回过梧桐巷。我现在却要和这个男人生活在一起。上了三楼，洛秋的房间正对着楼梯，门开着，整个房间是一种粉纱的柔媚，那种韩式风格的装饰和她相得益彰，而最引人注目的，是一架黑色的钢琴。洛秋斜斜地倚在床上，正在翻一本花花绿绿的瑞丽杂志。

"嗯……嗯……那个，爸爸叫你下楼吃饭。"我嗯嗯了半天，还是不能把"姐姐"叫出口。那太怪了不是吗？

她漫不经心地抬起头，忽然尖叫起来："啊呀！你怎么不换拖鞋就进来，把地板都踩脏了。"

我低头看看脚上的一双平底凉鞋，光脚因为半天的奔波，已汗腻不堪，甚至指缝里有了泥垢。一时间，我脚下如踩了荆棘，刺痛痒麻，不知道该往哪里放。我刚才就这样走进来，没有人告诉我应该换鞋。

"好了，我知道了，马上下去。"洛秋不耐烦地冲我挥挥手。我离去的那刻，看到淡粉的墙壁上，有一片毫无章法的褐色圆点，

像大片的苍蝇飞扑在那里，目光再一路向下，木地板上，是一摊融化的巧克力冰激凌。她摔了那个冰激凌。

20

吃饭的时候，爸爸不停地给我夹菜，他每夹一次，洛秋就会用她的眼白剜我一眼，爸爸又讨好般夹菜给她。云姨也夹菜给我，她的无名指上，戴着一枚璀璨的钻戒。而妈妈没有，她只有一枚刻着梅花的银戒指。

"茆茆，多吃点！"云姨的善意和温情，让我怀疑童话里的后母是否真实存在。洛秋又用眼白剜她的妈妈。

爸爸在一边絮絮叨叨地安排我的"后事"，准备收拾我离家出走这个烂摊子："你也初三了吧，快中考了吧？我还要带你回去一趟，户口啊，转学啊，升学考试，好多问题。别着急，今天先洗个澡好好休息，明天我带你去办！"

我沉默地扒拉着饭，点头。

晚上，云姨领我上楼睡觉。三楼，紧邻洛秋的房间，是一间客房，有一张很大的床，厚厚的席梦思。我很累，有一种扑上去就要睡着

的欲望。

在浴室洗澡的时候，身下的月经血还在不断地流。我很想找云姨要一个卫生巾，却不好意思开口。很后悔白天在车站没有听江辰的话，买一包“那个玩意”。

想起江辰，心里忽然一暖。他也在这座陌生的城市，以后还会遇到吧！

云姨在浴室外轻轻地敲门，我浑身湿淋淋的，将门打开一条缝，一只纤细的手，递进来一件棉质睡裙：“你先穿这个吧！等安顿下来后，我带你去买新的。”我接过，透着扑鼻的热气，对她说：“谢谢！”我仿佛看到女人在暗影里的莞尔一笑。你是否也有过这样尴尬的青春，将卫生纸折叠成厚厚的纸包，吸吮身体里源源不断的秽血和悲伤。

21

空气里有灰尘的味道和花朵的暗香，陌生而让人兴奋的味道。睡不着。楼下仍隐约传来谈笑声。我蹑手蹑脚地将门打开一条缝，朝下窥去。

洛秋坐在爸爸身边，双手搂着他的脖子，娇嗔地说：“爸爸好讨厌，白天都忘记了我什么时候生日，还要问妈妈。”

“爸爸老了，一时糊涂了嘛！”

“爸爸不老！”

我轻轻地掩上门，心里一阵黯然。什么时候，我也可以这样，搂着爸爸的脖子撒娇？我在关上灯瞬间降临的黑暗里，看到自己的心，原来那里一直有一个洞，一个空凉的大洞，需要很多很多的爱，才能填满。

我承认，那一刻，我非常嫉妒她，那个叫洛秋的女孩。

“小小少年，很少烦恼，眼望四周阳光照；小小少年，很少烦恼，但愿永远这样好。一年一年时间飞跑，小小少年在长高，随着年岁由小变大，他的烦恼增加了……”

车里响起了音乐，这是我很小的时候倚在妈妈怀里常听的歌曲。爸爸随着歌声一起唱起来：“小小少年，很少烦恼……”

我惊奇地叫起来：“啊！你也会唱！”

“当然会唱，记得有盘磁带，还是我买的。”我看到，他深邃的眼眸里有一层霜。银灰色的车子在公路上奔跑，阳光从高大的树冠缝隙折射下来，像破碎的水银，滚落在他的肩头、脸上，阴影让他的脸看上去悲戚无比。十几年前的事，他记得一清二楚，可他，却能抛弃得一干二净。

“为什么，不要我们，离开我们？”他沉默地开着车，仿佛没有听到我的问话，很久，才说：“茆茆，有些事，你不懂。”

“你说了我不就懂了。”他苦笑一下：“等你长大了，恋爱了，你就懂了。”说起恋爱，我的脸莫名地红了一下，于是，不再问了。身体下，忽然又涌出一阵温热。我眉头一皱，这烦人的“大姨妈”，到底什么时候走？我让他停了车，撒谎说要上厕所。因为恰好看到路边有个小超市，超市旁边，有一个公厕。一进超市，我随便抓起一包“那个玩意”，就匆匆钻进厕所。一个女孩终会学会轻车熟路地使用卫生巾，没有羞涩，没有慌张，可现在的我是那么笨拙。但是某天真的长大了，你会知道那些童贞的过往，丢手绢、躲猫猫的时光，也一同一去不复返了。

再回到车里，我耸耸肩："走吧！"

我看到他正定定地看着我。

"怎么了？"

那眼神里，仿佛是把各种颜色混合在一起，混沌又复杂。他忽然伸出右手，抚着我的脸，说："茆茆，爸爸对不起你，对不起你！"

我知道，他一定看到了我兵荒马乱地买一包卫生巾，他一定洞察了从昨天一直到现在一个初潮的少女在没有妈妈的关怀下，如何度过忐忑不安的岁月。

"茆茆，我要给你最好的一切。"如此动听。我莞尔一笑，好想像个乖巧的女儿那样搂着他的脖子亲上一口，可是，我没有。眼前这个男人，从我三岁的生命中就离席的男人，对我来说，还很陌生。

一踩油门车子继续前行，他的话渐渐多起来，多数是他问我答，问题琐碎而无趣。比如：你喜不喜欢吃排骨？你喜不喜欢紫色，洗澡的时候一起洗头发吗？睡觉流口水吗……所有的问题在得到我的否定回答后。

"你妈妈特别喜欢我做的排骨，有空我做给你吃。她就特别喜欢紫色，窗帘啊，床单都买紫色的，还喜欢紫色的鸢尾花。你妈妈有个毛病，洗澡的时候不洗头发，头发要平时单洗，怪不怪。对了，她睡觉还流口水，每次醒来枕巾都湿一大片。"他开着车子，仿佛慢慢驶入一条漫长的时光隧道，他看到年轻的自己和相爱的女子，那些点滴汇集成一条长河，一波一波涌来，舔舐着他的心。我歪着头看着身边这个男人，蓦然发现，他老了，一个将十几年前的事记得清清楚楚的人，真的老了。他见我在看他，不好意思地笑笑，沉默了，然后认真开车。

事情办得并不顺利。

车子停在吉村舅舅家的巷口，我下了车，是舅妈先看到我。她仍在若无其事地打牌，一抬眼看到我，马上尖叫起来：“你这死孩子，死哪里去了？你还知道回来啊？”再看到我身后从车上下来的男人，她马上沉默了。

我不由自主地拉住了爸爸的手，跟着他往前走去。

舅舅躺在穿堂的一张躺椅上，正在唉声叹气，一听到我回来了，马上直起身子，但看到爸爸，也像舅妈一样，沉默了。先是沉默，然后，那双浑浊的眼睛里，肃杀升腾。原来爸爸当初并未和妈妈正式办理结婚手续。妈妈怀我的时候，不足二十岁，却执意要生下我，我长到三岁，他又离开，我是作为私生子的身份来到这世间的。妈妈去世，舅舅成为我的监护人，现在，他要带走我，有很多烦琐的手续，并且，要经过舅舅的同意。三人坐在八仙桌前谈判，而我始终不离爸爸左右。舅妈开门见山：“要带走她可以，叶青青的房子，得留给我们。”

舅舅也没有发表反对的意见，只是沉默地等待他的回答。

我心里是不肯的，我希望梧桐巷的房子一直空着，那里的空气里，有妈妈的笑声，尘埃里，有她吟诗时曼妙的气味，而那些气味和声音，只为我保留。

而他也犹豫了一下：“我想，青青是想留给孩子的。”

他只是稍微一犹豫，舅妈马上尖锐地喊起来：“这房子留给她哥哥怎么了？这是你们欠他的。要不是她当年那么自私无情，他能成现在这个样子吗？他会被人追债砍掉一根指头吗？你现在开着好车，看来过得不错，还在乎那么一套旧房子？”

错综的谜题，舅舅的断指，上一代的恩怨，在舅妈如铅笔刀一样薄薄的嘴唇里怨怼地揭开谜底。

当年只有十九岁的叶青青，她为参加一家工厂的招工，去照相馆照一组证件照，认识了我年轻的父亲，两人迅速坠入爱河。而后，双双回到吉村，想结婚，并期待父母的祝福和认同。外祖母像大多数母亲一样，觉得世间再好的男子都配不上自己绮年玉貌的女儿，反对原因有点来路不明，不过也无外乎我的父亲一穷二白。

在二十岁姑娘的眼里，爱情是天大的事。妈妈和外祖母赌气，就与苏岩一起，在梧桐巷开了一家店，先卖小家电，后卖摩托车。可能天时地利与人和都聚集在小店里，他们很快赚了钱，我也急不可待地赶来了，年轻的小夫妻俩在小城里热闹喧嚣地生活着。

就在那一年，一直游手好闲的舅舅因为欠下赌债，被人追杀，外祖母和舅妈齐齐来恳求妈妈救舅舅一次，借钱给他摆平那群人。妈妈的绝情让众人心寒，尽管她的拒绝，是看似冷酷之下的一种清醒，她说："帮他一次，就会有第二次，这结果都是太纵容他的缘故。男人要有担当，要为自己惹下的祸负责。"

妈妈果真没有借钱给他。在唯一的儿子被人砍断手指后，外祖母脑溢血突发撒手西去。妈妈连参加葬礼的资格也没有，她被手缠纱布的舅舅挡在门外，怒斥为"白眼狼"，然后，那道黑漆木门，向她永远地关闭了。从此结了怨，老死不相往来。

这些让人不堪回首的过往，是爸爸在晚上住酒店的时候，向我描述的。而事实证明，从某种意义上来讲，妈妈的拒绝，虽然略显无情，却是有益的。舅舅从此决心戒赌，从一个混世魔王，变成一个普通的居家男子，老实地守着一份小小的生意，清贫度日，这未尝不是一件好事。或许他在之后漫长的日子里，已渐渐原谅了自己的妹妹，而现在，他依然会像一个世俗底层的平常人家一样，觊觎一份遗产。

爸爸在舅妈一串机关枪一般突突突的发泄之后，妥协了。他富足的境遇，当然不会在乎一套房子，犹豫的初衷，也只是想留给我一个念想罢了。

“好吧！就这样吧！”这个普通的下午，我跟在爸爸身后，看着他和舅舅签一份文件，然后，又同舅舅一起，到学校与学校的领导交涉，到户籍科给工作人员赔笑，为我办理各种琐碎的手续。原来一个人的存在，需要这么多繁杂琐碎的文件来证明，而一个人的离开，也并不是一走了之那么简单。未尽事宜，只好留到第二天再办，因此必须在小城再逗留几日。爸爸带我住在这里最高档的酒店里。

洗完澡，在酒店里的餐厅吃过饭，已是暮色四合。

小城寂寂，连些许的霓虹灯影也驱除不了骨子里的那份冷清，只因，再没有曾经与爱人相守的那份爱之繁华吧！他在暮色中点燃一根烟，这是我从见到他那一刻起，第一次见他抽烟，小小的红点在他脸前一闪一闪，看不清他的表情，他说：“茆茆，妈妈葬在哪里？带我去！”我顺从地上了车。他若真的一直不这样要求，我一定会对他失望。

六月的郊外夜风清冷，月光给裸露着黄土表层的坟头涂上一层霜白，那些生前躁动不安或被欲望俘虏的灵魂，如今都安静地躺在这里，被时光审判，偶有黑色大鸟被脚步声惊起，扑棱棱地从浓密的草丛里飞起，消失在夜色中。一块块黑色墓碑，有一种诡异的整饬之美。妈妈的坟头没有墓碑，但我认得，那天离开的时候，我亲手将鸢尾花种在了她坟前。隐约看到，它竟然开花了。迟开的鸢尾花，花苞酝酿很久，蓄积能量，仿佛与时光长久地对峙，终于选择在六月末的夜里开放。妈妈说，它的花语，是：想念你！现在，她终于等到了想念的那个人。花都开好了。紫色的花瓣在霜白的月色中，有一种半透明的美感。

风来，硕大的花影摇曳在他脚下。我看到，他缓缓地低下去，低下去，坐在坟前的一块空地上。我清晰地看到，一颗一颗的泪，落在他身下的土壤里。千山万水的光阴，无法泯灭的爱恨，到底一晃而过，他终于来了。

23

后面的事办得很顺利，大约他也花费了不少钱。临走的时候，我们又回了一趟梧桐巷。他从车里下来，引来一些老住户的侧目和遐想。那个抛弃妻子的陈世美，又回来了，人们一定这么想。

他却一脸云淡风轻，不惊不动，牵着我的手从人们的目光中走过。

这里一点没变。逼仄的楼梯里堆满蜂窝煤、自行车、废弃的装修材料，墙面斑驳，脱掉的墙皮在地上堆积了浅浅一层粉屑。宠物粪便的味道、午饭时分谁家飘出的红烧肉的油腻香味、楼梯里潮湿发霉的味道，各种味道混杂在一起，却令我瞬间平静下来。我们的房子还住着租户，爸爸敲开门，在门口解释很久，才被允许进入。我们坐在杂乱的阳台上，像寻宝的孩子，在一堆旧物中搜罗。旧卡带、旧碟片、旧书信、旧报纸、旧影集，一切都是旧的，一切都是旧人的，却仿佛在尘埃里散发着迷香。他一共装了满满两大箱，然后费力地抱下楼。

我跟在他身后，看着他吃力地仰着下巴将箱子抱住，脚步摸索着寻找台阶。那一刻的可笑样子，却令我发现，其实我离这个男人依旧遥远，我依然不认识他，不了解他。譬如我想不通，他可以对旧人弃之如敝屣，却能对那旧人的旧物，视如珍宝。

开车离开的时候，我才蓦然发现，在学校办转学手续的时候，竟然忘记去班里看望莫央。

“爸！我想去雅晴花园，看一个朋友。”已是放学时间，她应该已回家了吧！他掉转车头，朝我说的方向驶去。站在莫央家门前，还是令我失望。按了很久的门铃，依旧没人开门，那日我临走前挂在门上的绿色蕾丝发带，已不见了踪影。还好，这次有邻居出门倒垃圾，看到我，说：“莫医生一家搬走了，你不知道吗？”

这一句话，使我心里一直存留的美好愿望瞬间被一击而碎。

我说过，我会写信给你，但从此传递友情的信件，我要寄向哪里？到底哪里出了错，竟让我们彼此在路上错失。爸爸从开着的车窗里，看到我的一脸落寞失望。

“怎么了？”“她家搬走了。”他亲昵地揉揉我的头发，说：“茆茆，每个人来到这个世界上，都是孤单的，身边的人也只会陪伴你一段路程。到新学校、新环境，还会认识新的朋友。走吧！”我心内惘然，却无可奈何，连日来奔波又惴惴不安，现在终于有了明确的归处，觉得很累，便在车上睡着了。醒来的时候，已经在幸福花园的家门前。

云姨依旧端庄可亲地迎接我们，帮忙一起搬我们带回的旧物，然后，带我来到三楼的房间，推开门，那晚我睡过的房间，此刻已焕然一新。粉嫩的壁纸，堇色软纱窗帘上细碎的蔷薇花弥漫，阳光折射成晃动的几何图案映在白色的韩式公主床上，白色的细纱幔帐还在随着午后的风轻轻动荡。少女的心，如何能克制才不动容？

这样的恩宠，比起洛秋，有过之而无不及，我心里那样欢喜。他抱着最后一个箱子走进来，有点沾沾自喜地邀功：“喜欢吗？我走之前特意交代的。怎么样？”我的亲生父亲，和继母，用足够的温情与爱意迎接我。我报以他们一个甜美而克制的笑。妈妈，你在天国真的可以看到吗？我是不是从此会幸福？保佑我吧！我知道，你会保佑我。

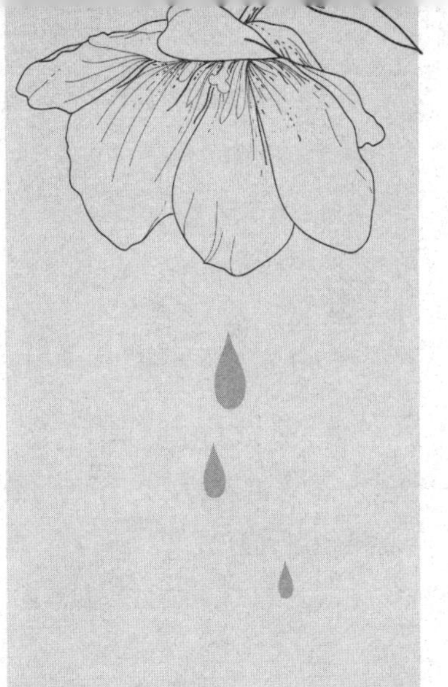

Ⅱ

盛夏初颜

没有观众的舞台，我的舞蹈孤独落寞，我迎面走向镜中的自己，该是卸下浓妆的时候了。

1

人生中全然不同的一个夏天，我有了父亲，有了一个新家。

这种感觉，就像一个濒死的人抱着救命的浮木，飘啊飘，飘啊飘，终于眼前陆地浮现，潮水将你自远方送来，弃舟登岸，你踉跄而惊喜地朝绿意葱茏落英缤纷的前方跑去，发现，脚下的土地，其实是一座孤岛。

我现在仿佛置身在那座美丽的孤岛上。

来到新家后不久，被爸爸安排在洛秋的学校，去参加了中考，考得不好也不坏，如果不出意外，我将毫无悬念地升入爱知中学高中部。

然后迎来漫长的暑假。

爸爸大多数时间很忙，应酬、加班、奔波，那是一个我无法懂得的成人的世界——他并没用太多的时间陪我。

云姨像大多数贵妇那样，逛街、购物、去美容、练习瑜伽。她依旧那么温婉可亲地待我，做好一日三餐，恰到好处地嘘寒问暖。但也只限于一个不坏心的后母那样，亲切而疏离。我还能怎样奢求？洛秋，是叫苏洛秋吧！而她从来没有正眼看过我，总是斜斜地从眼角溜出一丝光来，那种轻慢的睥睨，仿佛头顶一道烈阳劈头而下，将我的影子压得又矮又小。即使她不得不和我说话，也只是轻描淡写地喂一声，当然，残存的自尊心也从来没有让我能叫她一声姐姐，我叫她，也是若无其事的一声“哎”。

也是有快乐的时候的。

一家人，爸爸载着我们一起去百盛，他和云姨热络而亲切地怂恿我试穿淑女屋的一条碎花裙。我含羞而欢喜地钻入试衣间，窸窸窣窣地将它套在身上。镜子里，短发女孩也有一番清新味道，我看着镜中的自己，想起那个在舞台上被绿叶簇拥的“玫瑰”，被宠爱和艳羡的目光围绕的“玫瑰”，我是她吗？她是我吗？

“真漂亮！喜欢吗？”爸爸问。我按捺不住心里的喜悦，正要绽开一个笑脸，使劲点点头，这时，

一直站在一边的洛秋，用白眼轻轻地剜了我一眼，只是轻轻的一点余光，我心头的喜悦，立刻偃旗息鼓。我扭捏着对爸爸笑了笑，低声说：“还好！”

“那就是喜欢了，那就买吧！”他一边对我亲切地笑着，一边对售货员说，“小姐，这件衣服装起来。哦，对了，茆茆、洛秋，你们再选选，看还喜欢什么，我等会儿一块去结账。”

洛秋又迅速而不动声色地白我一眼，转头对爸爸一副言笑晏晏地娇嗔：“爸！我都不喜欢这家衣服了，我要买一条LEE的牛仔裤，好不好？”

“什么‘li’？你又要乱花钱。”云姨小声埋怨。

“哎呀你不懂。”洛秋说着又拉长声音撒娇道，“爸！买不买嘛？”“买买买，都买。”爸爸付了钱，我接过导购员手中那个精致的袋子，仿佛提着谨小慎微的幸福，跟在那对父女身后。洛秋挽着爸爸的胳膊，爸爸慈爱，女儿漂亮，身边还有端庄的妇人，看上去多么和谐的一幅天伦图，可惜多了一个跟屁虫一样的我。那天晚上，我在自己的房间，黑暗中，将那件觊觎已久的碎花裙穿了脱，脱了穿，反反复复，不厌其烦。所有女孩对物质和奢华的贪恋，都是天生的吧！那种拥有了一件美丽衣服的甜蜜，就像贪吃的孩子偷偷打开藏起的糖果，暗地里舔上一口，又用糖纸裹上，下一秒，又忍不住打开，再舔上一口。

可是，这种喜悦和甜蜜，在洛秋的逼视下，都不敢露头。

当然也有悲伤的时候。

当夜晚将城市裹挟入巨大的黑暗和岑寂，当我无法融入楼下一家三口的言笑中的时候，我就会独自蜷曲在柔软的床上，闻着房间里我依然无法适应的陌生味道。家俱的木香，被褥洗过后残余的某种花香，云姨悄悄打扫房间后喷洒的清新剂香，各种味道混杂在一起，形成一股暗流，我沮丧到想哭。我怀念梧桐巷的房子，橘色的路灯被雨水清洗后的水光潋滟，昏暗的楼梯里有晚饭时各家锅灶奏出的交响，胸前的钥匙打开家门，微弱的一声咔嚓，妈妈在厨房里忙碌，在哼着歌拖地，在灯光下看书，在窗台边发呆，各种镜头如默片在我脑海中闪过，然后，终于遁入黑暗之中。妈妈，我想你！有时我也会在沉睡中梦到苏岩，从前那张模糊的脸，在梦里渐渐清晰。在梦里，我变成小小的女童，芳香纯稚，趴睡在他宽宽的背上，他背着我，扭头和我说话，吻我的额头，我嗲声嗲气地问他："爸爸，我们去哪里？""回家啊！"我从梦中醒来，沮丧却一点没有减少。你一定知道，孤独就是这样，喜悦无人和你一起欢笑，悲伤无人送上纸巾，只有你自己。现在，我就在这样一座喧嚣的孤岛上，自言自语中，独自消化所有情绪。

苏岩并不是粗心的父亲，他从梧桐巷帮我搬东西时，看到妈妈存留的我儿时的许多画，知道我一直学画，于是为我在市少年宫报了名，暑期的每周一、三、五，我会跟着一位美院的老教师学油画。他也曾问我是否愿意学钢琴，在我面前轻描淡写地说洛秋学钢琴三天打鱼两天晒网，他说把洛秋的琴搬过来，或者再给我买一台，我

摇头拒绝了。我害怕面对洛秋凛冽的眼神，因为她曾经那么毋庸置疑地拥有着爸爸全部的爱。

从少年宫上完课，我喜欢在街上漫无目的地走走。

这座城市的盛夏，满城满街铺陈着深绿浅绿，绿荫如盖，木槿花不遗余力地开着，与市声混成一片。破碎斑驳的斑马线上，来来回回着成群的少男少女，他们去打球、去游泳、去图书馆，去任何一个地方，总有朋友陪伴。我常常期待有人忽然拍一下我的肩膀，扭头一看，是莫央的笑脸；我也会常常想起路上偶遇的少年江辰，总会有刹那的恍惚，仿佛前面的街角，下一秒，他会忽然出现。

而现实不是电影，即使在我意念中被安排了无数次的桥段，依然没有上演。我常常是在大街上逛荡够后，在冷饮店里，吃一份冰凉甜蜜的红豆冰沙，然后恹恹地回家，再挂出一个假装快乐的笑脸，奋力挤进客厅里一家三口的温馨里。中考分数公布了，如我所想，我将升入洛秋所就读的爱知中学的高中部。我开始期待开学，因为苏岩说，到了新的环境、新的学校，会认识新的朋友。

八月将尽，下过几场雨，满街的风声雨气里，我的心情陡然畅快起来，因为，再上完两次油画课，就要开学了。老师说我的画进步很快。整个暑期里，我完成得最好的作品，是那幅《温暖》。金色的麦浪翻滚，如沃土深处流出的甜蜜汁液，晴空一碧如洗，蜿蜒的路上空无一人，两道长短不一的影子，并排映在地上，像两个意味深长的感叹。

情窦初开，无法忘怀。温暖如昔，深刻心底。

恍惚间，第一节课结束了，十分钟的休息时间，同伴们三两结伴，或清洗调色盘，或下楼买零食。我独自走出教室，站在走廊尽头的窗口旁透气发呆。窗外有一棵四季桂开花了，淡黄微白的花蕾掩映在阔绿的叶片里，气味清幽袅绕，伴着幽香，一阵少年的笑声自身旁的教室传来，我听到，恍惚有人叫道：“江辰，来一段听听。”

江辰！江辰！是他吗？

我悄悄挪步过去，身旁这间教室，是吉他培训班。从半开的门窥去，几个少年正围坐在一起，拨弄着各自手中的吉他。是江辰，他穿一件米色T恤，裸露的脖颈和手臂，是被盛夏阳光晒过的栗色，他微低着头，修长的手指落在吉他上，在众人的怂恿中，拨弄出一串并不流畅的音符。我听出，是《献给爱丽丝》。

他弹得很认真，但并不熟练，时不时有数秒的停顿，然后，抬起头，自嘲地笑笑：“不行不行！还没练好，献丑了。”身边有男生调笑道：“就这水平，什么时候才能打动你的爱丽丝啊！”众人哄笑。江辰牵动嘴角，淡淡一笑，脸上忽然闪现一丝稍纵即逝的羞涩天真。我站在门外，脚下如生了根一般，无法挪动。我没有勇气故作自如地上前打招呼：“嘿！真巧啊！江辰，你也在这里上课？”可我也没勇气离开，我怕一转身，那个身影就消失了。

这时，油画班的一个同学恰巧经过，叫我：“苏莳莳，站那里干什么，上课了。”

我一激灵，仿佛从一个短暂的午睡美梦中醒来，愣怔地应道：“哦！来了。”然后匆匆紧跟几步，进了油画班。

将近一个小时的课程，我恍恍惚惚的，不知道老师讲了什么，也不知道自己画了些什么，只听到心里有一个声音时而微弱时而聒噪地叫道：“那是江辰，那是江辰。”

可是，那是江辰，又能怎样？为何这样激动？一恍惚，笔下的一团铭黄落在画纸上，氤氲一团，是黏稠的金黄色，像一颗灼热的心，躺在质感厚重的阳光里，熊熊燃烧。

我的心，和我的脸，都燃烧起来。我恋爱了？

终于挨到下课，我却磨蹭地收拾画笔颜料，迟迟不肯离去，偷眼朝斜对门的吉他班望去，他们也下课了，彼此呼朋结伴而行。终于，江辰也和几个同伴一起出来，他站在门口，左顾右盼，仿佛在等人，等待无果，被同伴催促，只好无奈离去。

我迅速抓起书包画夹，悄悄尾随在他们身后。

你是否像我这样，跟踪过一个初恋的少年；像小时候的自己在巷口尾随捏糖人的老头，期待他青筋突起的手中，下一秒变出另一种甜蜜；像多疑的小妻子一般，尾随他，诚惶诚恐喜忧参半地企图接近真相；又像机警狡猾的特务，以为可以截获不为人知的情报？

而我，到底想干什么？我跟着他们，走过三条街，等过两次红灯，终于，少年们三三两两地在站牌下告别。江辰落单，朝我常去的那家冰饮店走去，我迟疑着，紧随几步，又踟蹰不前，忽然，他转过头，惊喜地叫道："苏……茆茆，苏茆茆，真是你啊？"

"啊！嗯！是你啊！"我几乎结巴起来，竭力装出自如的样子，"好巧啊！"

他推开冰饮店的玻璃门，我着魔一般就随他进去了，坐常坐的位子，不一会儿，他端着两碗红豆冰沙过来，说："这家的红豆冰沙很好吃，我每次下课都过来吃一份，你也尝尝。"

我愣怔地拿起小勺，忽然想起"缘分"来，缘分就是，我们或许坐过同一辆公交车，踩着同一段楼梯走向各自的教室，在同一家冰饮店里，在不同的时间里，坐在同一个座位上，吃过同一位甜点师傅调制的冰沙，看着同样的街景，然后，终于相遇了。

"刚才在教室门口听到有人喊苏茆茆，我出去看了看，不见你，还以为自己幻听了，没想到，真的是你啊！"

"是啊，我在那里学油画，你呢？学吉他？"我明知故问。江辰又不好意思地笑了笑，笑意惘然："学了半个暑假了，还是不能弹好一支曲子，本来是答应一个朋友，要在她生日的时候弹给她的，现在还是一塌糊涂。我真是没有这方面的细胞。"

一个朋友，"她"？还是"他"？我想起刚才在门口偷听到的话，原来"爱丽丝"真的确有其人，能让江辰如此不辞劳苦来学习一首吉他曲的朋友，一定很重要。在生日上，听一首他用心学来的曲子，即使是锦绣片段，也很幸福。

"怎么会呢？我听你弹得很不错了，多练习就好。"一语既出，我后悔莫及，吐吐舌头，连忙低下头。他诡秘狡黠一笑，如同勘破我心中事："你听到了啊？刚才你真的在门口啊？""我……我刚好路过。"

"你也真是的，也不进来报个到，害我下课还在门口瞅了半天。"原来，刚才下课后他左顾右盼，是在寻我。我的心忽然涨潮如春水，漫漶汹涌，四周的空气，瞬间如花开明艳照眼。

"哦！对了，找到你爸了吗？"

"找到了。"

"还真是啊！"江辰若有所思，搅动着手中的冰沙，若漫不经心地问道，"他们，对你还好吧？"

"嗯，好！"

他一问，我一答。话语的空当，我只顾低头吃冰沙，一盒红豆冰沙很快见底，只留一团融化后的残碎冰屑。

抬起头，看到江辰正盯着我看，他笑问："怎么样，好吃吧？"我点点头，跟着他一起走出店门。正是大人们的下班高峰，人潮汹涌，行色匆匆。我和他并肩站在路口，踟蹰不前，不知向左，还是向右。不道别，也不说话。

许久，他空茫地看着人群说：“我不想回家，你呢？”

“我也不想回家。”

这座城市的西头，有一座荒弃的烂尾楼，灰青色钢筋水泥框架，岿然独存，工地上杂草丛生，走进去，草深齐腰，忽有大鸟从草丛中扑棱棱飞起，吓人一跳，平添一份惊悚诡异气息。

我不知道江辰为何带我来这里，也不知道自己为何随他来这里，这个我只见了第二面的少年，我怎么如此，心无戒备，不设防。

或许，这种不辨和盲目，才是爱的迷醉之处。他拉着我的手上了几块水泥板，两人并肩而坐。当我抬头那刻，我才知道他来此地的意义。黄昏，一日之尽，一日光华的式微，在这光明和黑暗的温柔交接时刻，从喧嚣到沉静，从燥热至微凉，从繁忙到闲适。波谲云诡的余霞为幕，一排白杨在风中婆娑，如大师随手抹下的一道浓墨，浓墨之下，一条小河蜿蜒而去，听不见声响，如同寂静独自担当的人生，不起回声。黄昏中那种深藏不露的美，让人瞬间沉静下来。

“你为什么不想回家？”我问。

“家中一到晚上，总是有很多人来，烦死了。”他的口气中净是厌倦。后来，我从同学口中的议论得知，江辰的父母，皆在市政府任要职，位高权重，自然，家中少不了拜访送礼逢迎之人。一个人人羡慕的官二代，对自己的家庭，却时刻想逃离。

“你呢？你为什么不想回家？他们对你不好吗？”他又扭头问我。

“也不是。谁知道，也许只是因为孤独吧？不是有人说，人生来就是孤独的，到哪里都逃不开。”

“呵呵！小哲学家。好吧哲学家，听我弹吉他吧！”他打开吉他包拿出吉他，纤长的手指轻轻拨弄，一串音符自指间流出。弹奏几句，他恍似忘记谱子，于是翻出谱子来看。在大多数学校追求升学率，视体音美为副课的应试教育时代，即使他上过小学六年初中三年的音乐课，依然无法迅速辨识那些密密麻麻的豆芽一般的五线谱。

他皱皱眉，自嘲地笑笑："它认识我，我不认识它。"而对学过数年钢琴的我，这自然不是难事。我告诉他，哪里是弱起小节，哪里有休止，甚至每一个音符的唱名。他惊奇地看着我，旋即低下头拨弄，随着我的唱谱和打拍，《献给爱丽丝》在他的手下，虽然微显不畅，却渐入佳境。习习祥风，寂寂如梦。少年何事？爱如初生。几遍下来，曲子已流畅许多。年少耐心差，如我幼时练琴，总是弹过《巴赫练习曲》三两遍之后，便寻着由头，上厕所、喝水、吃零食，诸此种种。他终于不耐烦，停下来，半含戏谑半是惊叹："没想到啊，你这么厉害，学过什么乐器啊？"乐器，钢琴？那是我童年的噩梦，同样，也是我的少年噩梦，我不愿提及，于是不以为然地笑笑："哦！学过一点钢琴。"

"多才多艺啊！没看出，灰姑娘还真有两把刷子。"

"你才灰姑娘呢！"我略带娇嗔地推了他一把。

他也不怒，重又胡乱拨弄着琴弦，夸张地唱道："你并不美丽，但是你可爱至极，哎呀灰姑娘，我的灰姑娘。也许你不曾想到我的心会疼，如果这是梦，我愿长醉不愿醒……"

我低下头，绯红的羞怯笑意与最后一丝暝色相融，隐匿在黄昏之尽的初生夜色中。

我如此迫切地盼望暑期的最后一次油画课的到来，我想把画的那幅《温暖》给他看，想听他在夕阳下蹩脚地弹吉他，想听他戏谑

地叫我灰姑娘。我想。

我穿上了一件新买的粉色连衣裙，在门口的穿衣镜前暗自臭美的时候，洛秋也噼里啪啦地从楼上下来，看到我占据了穿衣镜前的位置，立刻鄙夷地瞪了我一眼：“让一下，臭美什么啊！”

她力道很轻但又不容置疑地将我推到一边，旋即又扭头对沙发上的云姨说：“妈！我穿这衣服好看吗？”

她大概穿着那条叫“栗”还是叫“李”的牛仔裤，上身是一件简单的右肩印花的白色 T 恤，清爽的衣服包裹着年轻的身体，臀是臀，腰是腰，胸是胸，高束的马尾披散下来，如暗夜里墙头纷披的藤萝，沾着月光闪着幽光，如此之美。她说得对，我臭美什么啊？云姨没有回答她的话，轻愠道：“洛秋，不许对妹妹那样说话。记住，我们是一家人。”洛秋被云姨轻斥，微露不快，但很快调出另一张面孔，对我莞尔一笑，说：“对不起啊茆茆，我刚才太着急了。妈，茆茆才没你那么小心眼呢，是吧茆茆？”

我从来不知道一个人的面孔可以瞬间变幻各种表情，我一怔，不知如何应对，便胡乱支吾着，提起书包和画夹，和云姨告别：“云姨，我去上课了。”

“路上小心点哦！”身后依然是云姨温情而疏离的叮嘱。

室外依旧热浪蒸腾，盛夏的蝉鸣一浪一浪袭来，我依然脚步轻快舒畅无比，被甜蜜包裹的少女，能将燥热拥挤的街道，看作 4 月的落英缤纷。

走进少年宫的大门，上楼梯，三五少年正相拥而上。侧身而过的瞬间，江辰冲我粲然一笑，像明亮而略带禁忌的光影，瞬间笼罩了我，我腼腆一笑，算作回应，随即匆匆进了教室。

或许任何艺术在经历最初的技艺培训和强度练习时，会趋于枯燥之味，我从来不相信达 · 芬奇画出《蒙娜丽莎的微笑》，是童年画了太多鸡蛋的缘故。

终于下课，同伴们起身收拾工具，我也将近来所画的画打叠收起，准备拿给江辰看。我喜欢他用略带惊奇的口气叫道："呵！多才多艺啊！"

出门去，却见吉他班已空无一人，他并没有等我。是啊！我们并未有约。心中无比失望落寞，于是恹恹地背着画板朝楼下走去，隐约仍有期待，以为他会从某处拐角忽然跳出来，吓我一跳。我走出少年宫的大门。阳光忽然躲在云朵背后，地面的白炽烈艳幻为一地阴影。我怔在原地，看着前方两个颀长的熟悉身影，少年英挺，少女窈窕，洛秋如一只漂亮的白色蝴蝶，停落在他身边。江辰一边和身边的其他同伴道别，一边甜蜜而尴尬地回应他们善意的戏谑："江辰，你的爱丽丝啊！"他并不反驳，只是转头回望着洛秋，眼含肯定和疼惜，爱意一览无遗，神情中又有一番少年身边有漂亮女孩陪伴时，特有的骄矜和自得。

她是他人群中的，那个朋友，而我呢，一个黄昏里的秘密树洞，暗地里的一个灵魂找补。或许，什么都不是吧？只见过两面的熟人而已。

江辰个子很高，低着头和洛秋说话，姿态温和，语气低缓，深情专注，和我眼中不羁落拓的幽默少年判若两人。我一下子被刺痛了，这就是爱情吧？真正的爱是端然严肃的，快乐也是患得患失，甜蜜也是谨慎怯畏的，爱情，必须以真诚做外衣，以庄重为内里。原来，那些轻佻亲密，谈笑风生，只是暧昧。

我挪步，他一抬眼，看到了我，正要笑笑地打招呼，我却装作不识，扭头离开。

我步履滞重，寂然地走在路上，走，一直走，经过一个个闪烁的红绿灯，一个个人潮涌动的路口。天色向晚，那些潜藏的孤独又向我袭来。

所幸，就要开学了。

4

“爱知中学”四个鎏金大字在朝阳里熠熠闪光，两排梧桐如整饬的列队。西风走过，铺一地碎金，踩上去，有眩晕之感。

“梁洛秋！”

“到！”目光循着声音望去，与我一桌之隔的少女了站起来。洛秋，梁洛秋，这个与我同父异母的姐姐，我与她相处数月之久，竟不知道她姓“梁”。

是随母姓？不可能，我听爸爸曾对云姨直呼姓名，云姨姓“方”。

我心里微微惊动，一阵茫然。

同学们的目光都落在洛秋身上，她骄傲地挺挺胸脯，即使千篇一律的校服，在她身上，也能穿出不同的味道。忽然，她仿佛意识到什么，将脸转过来，惶惑地望向我，我仿佛看到她内心的一条河流，波澜不定，慌张不安。我看到她竭力隐藏的一丝心虚和畏怯。

她不是父亲的女儿？

“杜薇蓝！”

“到！”

点名依然有序地进行。

“郝时雨！”

“到！”

呵！好有趣的名字，“好雨知时节，当春乃发生”——“郝时雨”。

与我同桌的女生站了起来。我从未见过如此好看的侧脸，细长凤眼，浓密睫毛，栗色肌肤，高挺鼻梁。梁洛秋的美，是娇而不妖，就像水塘中的胭红莲花，清洁自持，而这个叫郝时雨的女生，又娇又妖，是墙头纷披热闹的蔷薇。我觉得如果用画来形容，洛秋是一幅淡雅通透的水粉，郝时雨就是一幅色彩浓烈鲜明的油画。

我闻到一阵浓郁的香水味，从她身上荡漾开来，她右耳上的一串耳洞，和起立时松懈落拓的姿态，泄露着某种信息。很快，在上厕所时再遇到她，印证了我隐约的判断。我进去的时候，郝时雨正和几个女生恣意笑闹，吞云吐雾，手指间的香烟明明灭灭，红点一闪一闪，一阵呛人的烟雾，和厕所的气味混杂在一起，令人眩晕作呕。偶然有乖顺温良的女生对她们侧目反感，立刻招来郝时雨一番白眼和虚张声势的恐吓：“看什么看？”我匆匆整理完毕，正要往外走，被她惊喜万状地叫住：“嘿！茆茆同桌！”我停下脚步，她上前，亲热地一把揽住我，烟味和香水味混成一股强大的气流，几乎令我窒息。她薄薄的唇瓣一张一合：“茆茆，好同桌，上节课的笔记，等会儿自习课的时候，借我抄一下。”

“哦哦！好，好。”我像被鬼子挟持的怯弱百姓，战战兢兢地回答着，然后落荒而逃。

自然，自习课，她抄了我的笔记。在抄笔记的同时，她低声絮叨，自报家门，毫不设防。她说，舅舅家开服装店，以后买衣服可以找她，打对折；她说，念书真他妈烦，看到书就头疼；她说，茆茆，你的眼睛真漂亮。

她说“真他妈”的时候，有一种嚣张凛冽的美，却是我不敢靠近的纬度。后来，我知道，她浑身散发的那种异质，叫作风尘。

有些人，你见他第一面，就相信会此生相携永不分离，却无奈始终疏淡离散；有些人，你见他第一眼就几乎认定，是永不交叉的平行线。谁知，平行线，也会有交会的一天。

后来，我和这个叫郝时雨的问题女孩，成为朋友。而彼时，我的心情，正被梁洛秋的姓氏和出身扰乱。洛秋一整天平静地上课下课，我也平静地上课下课。放学，各怀心事的少女一前一后走着。她的脚步缓慢滞重，行至人流稀薄处，忽然转过身，杏目圆睁，恶狠狠地喊道："你为什么跟着我？"

"我回家啊！"

"你不会走别的路啊？"

"回家就走这条路啊！"

"你心里在想什么别以为我不知道！"

"我想什么？"

"好吧！我告诉你，我为什么姓梁！为什么？因为我的父亲姓梁，因为我不是苏岩的亲生女儿，我只是他的继女，我有一个可恶的抛妻弃女的姓梁的亲生父亲，我有一个吃喝嫖赌现在在监狱里的亲生父亲，你满意了吗？你高兴了吗？"洛秋漂亮的脸上，忽然滑落两行泪，她说完，便朝前方跑去。

这是她第一次在我面前示弱，那个骄傲的少女，被人窥见灵魂幽暗之处，像被揭去画皮的狐，生命的残缺、真相的狰狞，令人不忍卒读。

而我，并没有感到快乐，我的悲伤，并不比她少——苏岩用心养育爱护别人的女儿数十年之久，对我却不闻不问。

云姨依旧用一桌荤素搭配营养可口的饭菜迎接我们，爸爸也按时回家了。饭桌上，像位称职的父亲一样向我们询问新学校新学期新同学二三事，洛秋话很少，匆匆扒完饭就上楼去了，从三楼传来一阵凌乱无章的琴声。爸爸和云姨不明就里，面面相觑，我装作浑然不觉，继续埋头吃饭。

“爸！云姨，我也去做作业。”关上门，闭合窗帘，拧亮台灯，方寸斗室里，就是只属于自己的一方天地。我摊开课本，密密麻麻的黑点如虫子一般，在眼前蠕动，悲伤如心里一处水源丰沛的泉眼，一触即发。这时，门被轻轻推开，室外的光线投射进来，苏岩逆光而立，手持茶杯，笑容温和：“茆茆！我可以进来吗？”我点点头。他进来，坐在书桌旁的椅子上，随手翻动着我桌上的课本，依旧闲闲地问学校的事，依然是刚才问过的那些问题。我假装是那个乖顺听话与父亲关系亲密的女儿，一一回答，终于忍不住，忽然叫道：“爸？”

“嗯？”

我酝酿了一整天的诘问和讨伐，最终，只是低声淡淡一句：“为什么？”

“嗯？”

“为什么她姓梁？”

“你说洛秋啊！她和你云姨以前，她父亲……”

不待他答完，我的泪忽然簌簌而下，他并未打算骗我，他的回答和洛秋不差分毫，而我真正想问的是：“为什么？为什么你养着别人的女儿那么多年，对自己的女儿却不闻不问？为什么你对她那么好？”

我的诘问和泪水一起，汹涌泛滥。苏岩见状，忽然慌乱起来。他拉近椅子，伸手拢住我因抽泣而微微颤抖的身体，用那根经常按动快门的手指，轻轻抹去我的泪水，语气疼惜：“乖！茆茆，不哭，你听爸爸说，不是你想的那样，不是爸爸不爱你，抛弃你们母女，有些事，你还不懂。你记住，爸爸从来没想要抛弃你们，也一直很爱你和妈妈，只是有些事，是身不由己，身不由己。你相信我，我一直很爱你和妈妈。”他语无伦次地重复着几句话，眼眶潮湿，一片惶然无助在眼底弥漫。一个中年男子的脆弱，被执拗的少女一把撕开。

我忽然对他生出同情，于是语气低缓下来：“可是，你为什么对她那么好呢？”

“茆茆，我们每个人，生来就是孤独的，孤独是人与生俱来的原罪，因为孤独，所以我们不停地去爱别人，去换取别人的爱，彼此依靠，彼此慰藉。一个童年惨淡的孩子，因某种缘分成为我的家人，她又那么乖巧懂事，我有什么理由不对她好一些？有时候，我也在想，或许，对别人的爱，也算是对远方的你的某种无形补偿，也是对我自己的救赎。茆茆，你懂吗？”

我懵懂地点点头，又似懂非懂地摇摇头，但这样的回答让我的悲伤稍稍纾解痛感。他棱角分明的脸，在台灯光线的折射下，呈现为线条模糊的画面，眼角纹、黑眼圈、重下巴。我猛然惊觉，这个男子，他正在渐渐衰老。衰老而脆弱的男子，应当得到宽宥。他更紧地拢住我，我闻到那里传来的剃须水和烟草混合的气味，我幻想了无数次的属于父亲的气味。我娇娇地靠在爸爸的肩头，喃喃又略带委屈地叫了声：“爸！”

他哽咽着：“对不起！茆茆！都怪我，是我做得不够好，让你觉得我厚此薄彼，是我没有让你感受到更多的温暖和爱。茆茆，你相信我，爸爸会补偿你，加倍补偿你。”

多么奇妙而美好的夜。

怀抱温暖。

睡梦香甜。

5

自此，洛秋看我的目光，少了凛冽轻慢，但也并没有多几分友好，我们之间，始终隔着一条无声涌动的河流，无法逾越，隔河观望。

她身边围绕着各色男生女生，昔日好友、爱慕她的男生。洛秋并不是爱学习的孩子，热衷谈论服饰品牌、明星八卦、流行歌曲，以及帅气体育老师的女朋友。些许同学渐渐得知我俩的关系，充满窥私欲和膨胀的好奇，但我和她对此都讳莫如深从未提及，在外人眼中，我们是一对关系疏淡但各自安然无扰的异母姐妹。

高中的课程自然紧迫繁重，数理化、三角函数、各类公式、变幻莫测的符号，比起赤橙黄绿，比起五线谱表，自有奥妙之处，令我苦不堪言。可是，第一次月考，我竟然跃入年级名次榜，第五十名，在五百多名高一新生里，这样的成绩已足够骄傲。沿着红底黑字的榜单依次寻去，在更靠近顶端的位置，我看到了那个名字——江辰。前十名，重点班，高一(5)班，一定是他。可是，开学这么久，一直再没有见过他。咫尺天涯的距离。

拜我所赐，以及郝时雨高超的偷瞄作弊技术，她也取得了自己“理想”的成绩，将得到舅舅承诺的一辆山地车的奖励。那些自习课在我耳边的絮叨倾诉，构筑出问题少女郝时雨的身世轮廓。

五岁父亲病亡，留下妻女相依为命，正在邻里众人感叹这对母女命运的时候，她年轻的母亲在父亲离去后的头七，服药自杀，她决然赴死的时候，没有一丝生之留恋。那一年，舆论以两种不同姿态报道了那件事，《痴情妻追随亡夫殉情自杀》和《狠心母不顾幼女殉情自杀》的新闻充斥了两日的报纸版面。她对我讲起的时候，说她恨她，恨她赴死之时，丝毫没有想起，身边年幼的女儿。

郝时雨每每说起这段，总是目光投向窗外，意兴阑珊，幽幽地说：“小时候，妈妈总是把他们玩具厂做坏的玩具小熊拿回来给我玩，我总是玩几次就不喜欢丢掉了，我总期待自己能有一个新的漂亮的玩具。后来，妈妈死了，我就在想，会不会，我也是上帝不小心做坏的一个小孩，所以，连自己的父母都不喜欢我，丢掉我自己走了。”

她说这话的时候，我很想伸出手去抱抱她，我看到她坚硬外壳包裹的脆弱内核，如我一样敏感易伤。会不会，我也是上帝做坏的小孩，才会先后被父亲和母亲丢掉？

友谊和爱情的相同之处在于，两个慢慢靠近的人，总有一处相似，或共鸣。我开始不那么讨厌郝时雨了。

现在，她也和舅舅一家人生活，但较之我，就幸运许多。舅舅只有两个儿子，都已长大成人，舅母和善，年轻时一直希望再生一个女儿，因生育政策而不被允许，年幼的孤女郝时雨进了家门，被她视若己出，一家人对她宠溺无比。

她说：“我也很想捧一张漂亮的成绩单给他们看，可是，有些人天生就不是学习的料你懂吗？所以，茆茆，谢谢你，这次多亏你，舅舅看到我考得不错，一定会很高兴。哪怕是假的。”

取得好成绩的郝时雨心情大好，拉我去足球场看球。看踢球？她哪懂足球，其实是看踢球的男生。奔跑的少年，漂亮的进球，时时赢得看台上一群女生的喝彩。郝时雨也对其中一个男生议论不休，无比痴迷。这时，一个穿蓝色球服的少年一脚凌空抽射，场外又起一阵尖叫，少年转头，得意地振臂。那样熟悉，是他，江辰。

郝时雨又开始指点江山："那个男生，看到了吧？就他，好多女生都喜欢他。又高又帅，学习又好，尤其是打球的时候，瞧刚才那个进球，多帅！听说，他爸妈都是当官的。哎！你有没有听我说话？真是个木头。"

我没有听到她后面说了些什么，因为，上半场结束了，我看到，江辰朝这边走过来，我感到紧跳几拍的心脏剧烈地在胸口起伏，我几乎喘不过气来，手心不停地出汗。他走过来了，他笑着朝我走过来了。

我抓着郝时雨的手，准备站起身："回教室吧！我好热。"

这时，一个轻盈的身影从我身边飞过，贴到了江辰身边："渴了吧？喝点水！"是洛秋，她温柔细致地扭开矿泉水的盖子，递到江辰手中。

"走吧！"我站起身，自顾自地朝场外走去。他也看到了我，惊喜地叫道："苏茆茆！"我拉着郝时雨，落荒而逃。"他认识你啊？什么时候认识的啊？跑什么啊？他在叫你。"

"没有，你听错了。"江辰，光之尽头的温暖，梦之深处的祈愿。云端的少年，我该用哪种姿态，去爱？

回到家的时候，洛秋正在门口的庭院里给几盆菊花浇水，我经过的时候，她叫道："苏茆茆。"我停住脚步。她的脸上，又浮现一丝若隐若现的嘲讽，问道："你认识他？"

"谁？"

"江辰。"

"嗯！"

"什么时候？"

"刚来那天，在车上。"我像一个早恋被家长察觉的孩子，小心翼翼地接受审问。可是，我为什么告诉她？我的坦白，却让她无所适从，她沉默了。

“还有事吗？”

“没了。”

莫名其妙。

爱与被爱的年少，都是这么莫名其妙吗？看得出，她在乎这个少年，于是特意在我进门的甬道堵住我，她带着一股兴师问罪的无名之火，最后在我无辜地坦白后偃旗息鼓，无从下爪。她的无所适从向我泄露了某种信息，就像女童手中一盒专属的漂亮糖果，她想紧紧地抓在手中，想告诉每个人，这是我的，这是我的，但是，那些觊觎的人，连糖果的名字和产地、品牌，都不配知道。

别那么骄傲，你的东西我才不想要。

我如此坚定地告诉自己。于是，在校园里再遇到江辰，无论是他和其他人三五成群，或是落单，抑或与她在一起，我都毫不犹疑地掉头走掉。有几次我看到江辰远远地启动微笑，准备向我打招呼，我都视若无睹，扭头就走。

终于，小组值日，我和郝时雨在紫藤花架下扫落叶的时候，正在挥动的扫把被人一脚踩住，他黑着一张愠怒的脸，站在我面前。“苏茆茆！你什么意思？”我又准备丢掉扫把转身走掉，却被郝时雨一把紧紧箍住，然后，她很识趣地躲到不远处的树下抽烟。我沉默地站在原地，轻轻用脚揉搓地上的一片落叶，几只蚂蚁被我惊扰，不知所措地爬上爬下，惶惑不安。

“为什么？为什么明明认识，却假装不认识？”他平和了语气，却依然流露出不忿。

“没有啊！”什么时候，我变成了一个善于伪装和表演的孩子？

我佯装无辜的语气，听起来像真的一样。

“没有？那几次遇到你，喊你，你都没听见吗？”

“是啊！”

“虚伪。从上次在少年宫门口看到我和洛秋，你就开始假装不认识我，你到底什么意思？怎么？暗恋我啊？吃醋啊？”他渐渐恢复平日坏坏的戏谑语气，挑衅般问我。

我被问得结舌。年少的芬芳心事，见人羞，惊人问，怕人知，不堪惊扰。我连连摆手洗白自己：“谁暗恋你，臭美什么啊？我真的没听到啊！”

他看着我惊慌失措的可笑样子，暗自笑了，低头俯身靠近我，令人恍惚眩晕的阴影罩住我，少年的微微汗味，散发着一种令人迷醉的味道，他说：“没有暗恋我，就别假装不认识我。我也知道，你和她，这样的姐妹，总是有些隔阂，所以，见到我，有些别扭，是吧？”我没有回答，用沉默表示赞同。

“好吧！没暗恋我就好。那，下午去老地方，陪我练琴。你不敢去，就是暗恋我。”“我——”我结舌顿足，少年已朗笑走远。

郝时雨忽然从树后跳出来，不怀好意地笑道：“哈，哈，哈！什么意思？没看出来啊！你什么时候钓上他了？没看出来啊！挺有手段。”她口气中流露的痞气，让人无端厌恶，我依然无法和她亲密黏腻，我不耐地反驳：“胡说什么啊！他只是找我给梁洛秋带句话。”郝时雨不以为然地笑笑，对我的托词嗤之以鼻:“嘁！骗鬼吧！你的眼睛出卖了你，我知道，你喜欢他。爱情就是一场征伐和掠夺，加油！争取夺下山头，插上自己的旗子。”我瞪她一眼，拖起扫把离开。爱情怎么会是征伐，爱应该是彼此的臣服，爱情也不应该是掠夺，爱是无私的赐予才对。

6

“老地方”原来离爱知中学很近。黄昏壮丽，暮色华美。校服的裙摆拂动草木，窸窸窣窣。水泥板上的那个落寞身影，被余晖打磨，如一尊雕塑。隔河望去，目之所及，一排白杨树将这里阻隔成两个世界。一边是车水马龙，喧嚣终日的城市万象，一边是夕阳醉金，牛羊下来的乡村即景。暮霭流岚笼罩下的农田里，农民正在秋收，金黄包米入仓，干燥秸秆打捆装车，洒下汗水，收获甘美，万物相携，简单自然。

一霎余霞，秋意暝色参差满眼。黄昏的静美，和老地方的闲适，让人瞬间放松。我忽然发现，多日来心头的纠结和烦扰，忽然消失无踪。

我走过去，坐下来。

“灰姑娘，来了。”“她就是你的爱丽丝？”

“是啊！初中时在英语补习班认识的，她的英文名叫爱丽丝，我叫杰克。”

我竟有心，像一个调皮的问题少女那样，开他的玩笑：“杰克？接客？哈哈！”

他转头看着我，也故作惊奇地轻声叫道：“哎呀！这孩子，学坏了学坏了。你还是不要和那个郝时雨经常在一起，都跟她学坏了。”

“别这么说她，她也没那么坏。怎么，你也认识她？”

“当然了，梁洛秋和郝时雨，你们班的两朵花，谁不知道。”

“你觉得她们谁漂亮？”

“就像张爱玲笔下的白玫瑰和红玫瑰，郝时雨是红玫瑰，洛秋就是白玫瑰！”他说起洛秋的时候，眼神沉淀了柔光，有满盈的深爱和迷醉深锁。唉，惘然的陷入深爱的少年。

“咦！你也读张爱玲的小说？”看他这样赞美我身边的两个女孩，逼仄心脏微微不适，我适时转移了话题。

“怎么，不可以啊？”

“我以为男生都喜欢看那种金庸、梁羽生的武侠。”

“呵呵！金庸、梁羽生我也喜欢啊！反正什么书我都看一点，博览群书嘛！”他吹牛自夸的时候，又恢复了幽默少年的奕奕神采，“家里好多书呢！你喜欢看哪种？改天带几本来给你。”

“好啊！”聊天忽然陷入一个空当，气氛微微尴尬。他忽然回头狡黠地笑笑，跳下石板，把书包往我手里一塞，说：“等着！”然后，朝河对岸白杨树的彼端跑去。矫捷的身影如奔鹿，消失在林木扶疏的暮之深处。

不一会儿，他大汗淋漓地跑回来，手里竟是几束豆荚繁茂饱满的毛豆藤蔓。

熊熊篝火照亮暗蓝苍穹的初生新月，心底有簇簇暖意，欣喜欢然。我们蹲在火堆旁，火苗的唇舌舔舐着彼此手中的豆蔓，散发出植物燥热的草香，噼噼啪啪作响。烤熟的豆荚捋下来，灼热烫手，剥好的毛豆掬在手心，微热，噙一颗，馨香滋味长。晚风缓缓，火光幻化了表情。“你们在谈恋爱？”“没有！我喜欢她，可是她一直若即若离，就像和顽皮的孩子捉迷藏，总也猜不透她的心思，可是，她又只和我捉迷藏。”“喜欢她什么？”“不知道。不是说喜欢一个人是没有理由的吗？如果，我找出一个理由，那就是不爱了。”

“《献给爱丽丝》就是为她学的吧？”

“她快过生日了，是她说，很喜欢听吉他弹的《献给爱丽丝》，所以，我想学会了在她过生日的时候弹给她。”

“我陪你练，她一定会答应你的。”陷入深爱的少年，在絮语诉说中，显得茫然无措，令人心疼，和往日落拓不羁的形象判若两人。

他打开琴套，星星亮起来，月亮升起来，琴声响起，浸润在湿冷夜色中的琴声，那样忧伤无着。

后来多年，这样的黄昏不断在我的梦中闪现。梦中，一切清晰如昨。他带我捉知了，捕萤火虫，偷毛豆，他弹吉他，我画画，我们时常交换书籍；他拿法布尔的《昆虫记》，金庸的《神雕侠侣》，甚至是达尔文的《物种起源》给我看，我借给他《源氏物语》《包法利夫人》《小王子》《莎士比亚的十四行诗》；他送我的礼物，有日本漫画家鸟山明的绝版珍藏版《七龙珠》，有自制的蝴蝶标本，有一罐只亮了一晚的萤火虫；他骑着单车载我在白杨树下的郊外公路上，从风中行驶过，车链的轻微吧嗒声，与风追赶，响彻耳畔；他知道哪家的牛肉筋道，知道哪里的米粉正宗；他总用戏谑的语调叫我灰姑娘，听起来性感又动听。

他也依然持之以恒地追求深爱的少女。洛秋是他人群中的最爱，他与她约会的地点和方式，都是端然庄重、有礼有节的，在西餐厅，在电影院，在游泳馆，洛秋也乐此不疲若即若离地与他玩着捉迷藏的游戏。

爱洛秋的江辰，和黄昏里的江辰，如分裂为两个性格迥异的孪生，我常常分不清，那个人群中锦衣高贵桀骜不驯的王子，和黄昏中惘然孤独的孩童，到底哪一个是他本真的自我。她是他人群中的最爱，而我，我常常想，我是什么。我果真成了他的那个秘密树洞，孤独替补，而我想寻的，是我人群中的小王子，独一无二的小王子。江辰曾半开玩笑地说：“你是我的红颜知己啊！”

呵！红颜知己也不错，红颜如花，知己暖心。

季节湿寒，情意暖心。

深秋的一季霏微细雨过后，街面湿滑，如一个人隐隐的泪痕，单薄校服渐觉西风肃杀。不记得是第几次的黄昏之约，江辰的《献给爱丽丝》已弹得相当流畅。这天，他骑单车载着我，驶向城市小巷的一处幽深，在逼仄窄小的店铺，坐在残损油腻的桌旁，吃一碗正宗的湖南米粉，米粉筋道爽滑，汤头喷香浓郁，我连汤带肉，吃得一点不剩。江辰吃完自己那碗，定定地看着我馋嘴的样子，只是笑。

回家的时候，城市已华灯初上，他的车子骑得很快，外套被迎面风鼓起，那天不知为何，非常快乐，他在前面叫喊着："坐好了啊，灰姑娘，加速了！"

一个石子的小小磕绊，车子微微晃动，我一紧张，就伸手揽住他的腰，然后，又迅速松开。

这时，我看到街头的洛秋，她正和三两同学从一家甜品店出来，她在我倏忽而过的瞬间，看到了揽着少年坐在单车后座的我，我们对视，都看到了对方，然后，都假装没有看到，轻轻地别过脸去。

洛秋的生日，在 11 月，洛秋，洛水之秋出生的孩子，她的名字，泄露了出生的地点和时间。那天，一家人一起吃饭，为洛秋过了简单的生日，蛋糕、礼物、祝福、许愿，样样俱全。吃完蛋糕，爸爸又给她一沓大钞，准许她和同学好友在外一起欢聚庆祝。洛秋装扮一新准备出门的时候，出乎意料地邀请我："茆茆，一起去吧！"

我惊愕，迟疑。

爸爸和云姨都在一旁帮言："是啊！都是同龄人，也都是认识的同学，一起去吧！"

洛秋无比真诚地看着我。难辨真伪的盛情和好意，让我无法拒绝。她选定的地点是一家叫“欢颜”的KTV，到达包厢的时候，已有一众同学在等候。江辰坐在角落，灯光流离落在他的脸上和身上，恍如缀满宝石的王子，而这个王子，今晚的所有舞曲，都只陪洛秋一人。

他站起来，故作潇洒地和我们打招呼：“洛秋、苏茆茆！快过来坐。”那个特意被他连名带姓喊出的“苏茆茆”，带着一股疏淡的距离感，一下子将我和他隔开。

洛秋笑靥如花，像闪亮出场的红毯上的明星，挥手和众人打招呼，一大束玫瑰忽然挡在她眼前，吓她一跳。他拿出早已准备好的那一束玫瑰，说：“生日快乐！”

那些在电影中无数次出现的送花镜头，当真正出现在眼前时，即使那个人是深爱的英俊少年，那姿态依旧略显幼稚而可笑。年少时，我们喜欢如此盛大地表演爱情，用俗气的依赖着道具的方式。

玫瑰深红，代表浓浓的爱。洛秋接过，淡淡笑道：“谢谢！”音乐响起，灯光流离。啤酒、香槟、鲜花、蛋糕，水果芬芳，礼物丰盛，每个人都送来祝福。这是洛秋的十六岁。江辰以东道主的姿态，热烈招呼每一个朋友。这时，有知情的同学喊道：“江辰，你的大礼呢？你的大礼呢？”四周安静下来，空气仿佛瞬间停滞，他略带羞涩地低头，怀抱吉他，拨弄琴弦，然后，说：“洛秋，这是我送给你的礼物。”一段明快温柔的回旋曲式，如少年的祈诉，在黄昏的余霞中练习了无数次，他终于有机会将心事弹给她听。洛秋微微闭上眼睛，随着音乐轻轻晃动身体，手指在扶手上轻轻打着拍子，很享受的样子。一曲终了，江辰附耳到洛秋身边，低声说了句什么，她只是淡淡一笑，说：“谢谢你！江辰，这是我十六岁最好的礼物。”我想，他在她耳边说的应该是，我喜欢你，做我的女朋友吧！可是，洛秋顾左右而言他，巧妙地拒绝了。因为，我看到他眼中，有落寞失望涣散开来。

聚会依然在快乐的气氛中进行，江辰很快恢复了自如泰然的状态，呼朋引伴，一起飙歌。他为洛秋点歌、拿水果、倒饮料，照顾周到，大家都说着应景的祝福，有人在点歌嘶吼，有人在喧闹谈笑。穿着白色连衣裙的洛秋，素净得如一朵白莲，她被男生女生簇拥在长座中，如公主般，巧笑倩兮。那场景，让我想起小说《飘》中，斯嘉丽的第一次出场，斯嘉丽就是这样，穿一件蓬勃的绿色礼服，在爱慕她的少年当中，得尽风流。斯嘉丽晒幸福，是晒给阿希礼，希望引起他的嫉妒，而洛秋带我来这里的目的，也只是要将她的幸福晒给我看，她想击倒我，而她的目的达到了。

而我，现在就是那个传说中的壁花小姐吧？我孤独地坐在人群中，嚼着一块西瓜，想着心事。江辰的目光，偶尔投向这边，又很快移开。他终于走过来，像对待每一个到场的朋友那样招呼我："苏茆茆，别光坐着啊，来点一首歌唱。"在他口中，我仍是与众人无异，与他毫无交集的"苏"茆茆而已。被他拉到点歌的电脑前，我点了王菲的《彼岸花》。幽远的曲调如隔世吹来的风，我唱："看见的，熄灭了，消失的，记住了，我站在海角天涯，听见土壤萌芽，等待昙花再开，把芬芳留给年华，彼岸没有灯塔，我依然张望着……"

好委屈。泪水滑落，遁入灯影暗处，无人看见。

江辰，你好过分，不是你说，不可以假装不认识吗？你怎么可以在人群中，假装不认识我？

我悄悄离开的时候，没人看到。夜色那么浓，悲伤那么重。

一岁之末，天渐渐冷了。已经很久没有和他一起去老地方看

夕阳。

洛秋和江辰乐此不疲地玩着捉迷藏般的恋爱游戏。有时我在校园远远看到他，瘦了些，迎面撞见，也会淡淡打招呼，但彼此的目光里，都有了忌讳和隔阂。

也有快乐的事。学校的美术大赛，我的油画获得了一等奖，于是爸爸开车独自带我去吃海鲜。金碧辉煌的酒店，水晶灯的流光溢彩，一下子冲进心里灰扑扑的角落，三文鱼好嫩滑，黑色芒刺的圆球状海胆，搭配芥末和酱油，海胆黄无骨无筋，入口即化。爸爸说，海胆也叫“带刺的温柔”，他说，有一种爱，就像这带刺的温柔，令人悚然不敢下口。

“带刺的温柔”？是什么样的爱？爸爸的话似有所指，又似淡淡闲谈。我并未深究，只是享受着那一刻的父女天伦，心想，如果，将来，我爱一个人，一定要给他纯粹的温柔，而不是带刺的温柔。

元旦来临的一个深夜，这座城市下了第一场雪。每个班要办一次小型的联欢会。下午，同学们都忙碌起来，透明的玻璃窗上，歪歪扭扭地喷绘着“新年快乐”，吹气球的同学憋红了腮帮，五彩的丝带挂了起来，每个人的脸上都挂着末世狂欢般的快乐。我负责画黑板报的插画，而成绩糟糕的郝时雨，竟写一手漂亮的粉笔字。体育课，我俩和几个同学留在教室办黑板报，而洛秋为逃避在刺骨寒风中上体育课，假装肚子疼请假留在教室享受暖气。

年少心事，狭路相逢。

闲谈中，不知谁提起姓名趣闻，大家便各自说起自己的名字来由。

我想起第一次听到郝时雨的名字时那份激赏，说：“郝时雨的名字不知是谁起的，最有水准呢！‘好雨知时节，当春乃发生。’你肯定是春天下雨的时候生的吧？”

她手握粉笔，正画上一个完美的句号，不无得意：“说对了，我就是那个时候生的。我爷爷是个文化人，就给我起了这个名字。”

杜薇蓝说：“说起名字，我们家里的名字才有意思呢。我妈叫江飞燕，她大姐叫江雏莺，我舅舅叫江大鹏，都是外公起的，笑死我了，这不是一家鸟人吗？”

大家都笑起来。

有人问洛秋：“你的名字什么意思？”“还不就是，出生在洛水之边，生日又刚好是秋天，就叫洛秋了，没什么意思。说起有趣，我们茆茆的名字才有趣呢，看，这个茆字，花无底，柳无边，残花，败柳，这谁起的名字啊！残花败柳。”她说话的时候，有一股扬扬自得的神气。

我在她突如其来的挑衅下怔住，瞠目结舌，不知如何反驳。只感觉右拳不自觉地握紧，我听到骨骼的微微声响。被母亲赋予了美好寓意的名字，在她的鄙薄和拆解下，竟如此不堪。郝时雨忽然扔掉手里的粉笔，一把推开我，像老鹰一样挡在我前面，又像女侠一样横刀立马站在洛秋面前，言辞躁怒：“你和茆茆是不是一家人！就算不是亲姐妹，你说的这是人话吗？”那一刻，洛秋的侮辱带给我的伤害，都不及郝时雨的挺身而出带给我的这份感动来得汹涌。

“关你什么事！狗拿耗子。”洛秋不示弱。你一言，我一语，战事渐渐升级。我畏怯地拉拉郝时雨，被她一把甩开。

“骂谁呢？我看你他妈就是欠抽。”“你吓唬谁呢？小太妹，女流氓。我说她怎么了，和你这种人在一起，她早晚会是残花败柳，和你一样，残花败柳。”

啪——一个巴掌落在洛秋的脸上。我忙去拉郝时雨，但已经来不及了。

两人很快扭打在一起。你见过女生打架吗？恶语谩骂，抠抓厮打，像两只好斗的母鸡，一次次冲上去啄咬，碎羽乱飞。当老师赶来的时候，洛秋发辫散乱，校服的衣领被扯开，雪白的脖颈上，有几道明显的抓痕，郝时雨依旧不忿地仰着头，睥睨众人。年轻气盛的老师不待询问清楚，就将劣迹斑斑的郝时雨归为有罪一方，谁都会对楚楚可怜梨花带雨的洛秋莫名偏袒。老师斥责郝时雨的时候，她犹在口中对洛秋骂骂咧咧。郝时雨被罚站在教室外的走廊上，外带一份检查。这些对她来说都是家常便饭，她不以为然。那个雪花纷飞的下午，教室里若无其事地开着元旦联欢会，我几次愧疚地转头去看窗外，她都若无其事地冲我做做鬼脸，表示她没事。洛秋用围巾包裹着脖子，坐在角落，不发一言。联欢会的笑声四起，掩不住几人的心事重重。放学时，郝时雨的罚站也结束了。雪地上，我和她一左一右，我咬着嘴唇，不知从何说起。

“时雨，对不起，害你罚站。”

“没事！也不是第一次罚站，外边还空气好呢。那嘴贱的女人，就该给她点颜色看看。”

“其实，不用理她就是了。”

“就是你懦弱，她才敢这么说你。你别怕，姐们儿以后罩着你，看她以后再敢胡咧咧。”

我忽然想起莫央来。我们生活中出现的一些人，曾经以为会一直在一起，可是，当分开后，真的会渐渐不记得。但我依然会时常想起莫央来。莫央，你知道吗？我在新学校里，有了一个新朋友，她像你一样善良又友好，她像从天而降的侠女，她说，她会罩着我。她说话的痞气，有一股落拓浪荡的美。

9

被打事件，在洛秋心里，也深以为耻。那几天，她刻意隐藏着脖颈上的抓痕，或围着围巾，或穿高领毛衣，不让父母看到。在家里，她依然言笑晏晏，但看我的眼神，如削过冰碴的利刃，寒光凛凛。

而我不知道，比那眼神更寒冷的，是少年的误解和斥责。

洛秋被打后的第三天，江辰来找我。在后操场的紫藤花架下，他堵住了我。我从未见过他那样躁怒焦灼，那张俊朗的脸微微扭曲，他怎么可以用这样的口气跟我说话："苏茆茆，你太让我失望了，你怎么可以这样？你天天和郝时雨那样的女孩混在一起，看看都成了什么样子，你怎么可以让她去打洛秋，洛秋是你的姐姐啊！你们是一家人啊，你怎么可以这样对她！"我定定地望着他，声音卡在喉咙里，我感到身体一阵软弱无力。这是我在车上邂逅的那个幽默风趣的少年吗？这是和我在夕阳下弹琴聊天的少年吗？他怎么可以，像那个不辨是非的老师那样，不分青红皂白地偏袒洛秋，他怎么可以用这样恶狠狠的语气斥责我？江辰，你好过分。

"苏茆茆，你好过分！"

他说完，头也不回地走掉。

那天的晚自习，我坐在郝时雨身边，低着头，不停地流泪，一本正在做的物理测试卷，被洇湿成一片混沌的蓝。"怎么了？谁欺负你，告诉我，我去收拾她。"郝时雨依然仗义直率，可是，她怎会知道，有些事，并不是武力可以解决的。我摇摇头，吸吸鼻子，说没事。

可是泪水又止不住地流下来。前座的杜薇蓝悄悄转过头来，说："下午我在操场看到那个江辰来找她，不知道说了什么，看上去恶狠狠的。”

“这个男人脑子被驴踢了吧！”郝时雨愤然拍桌，引来正在认真复习的一众同学纷纷侧目，她低下声来，“傻男人，鬼迷心窍了吧！要给女朋友出头，来找老娘。我去找他。”“别去，别理他，我真的没事。”我不愿那些耻辱和脆弱如此昭然若揭地掀开给人看，我不愿去向他解释辩解什么。任何感情，如果需要辩解，说明两颗心还离得太远，既太远，就不用走近了吧！

10

冬天的黄昏，郊外更多几分肃杀。夕阳也如冻住一般，凝滞暗淡，石板上很冰，坐上去只觉后背凉意顿生。我不知道自己为什么要在周末的油画课结束后独自来这里，我坐在这里，依稀看到记忆中的那些日子。少年落寞，少女拘谨，并肩在夕阳下，心意单纯，无关风月，便是有关风月，也是心底的风月。

我坐在那里，凝视着渐渐落下的夕阳，姿态专注，如同缅怀，也如同祭奠，是祭奠那死去的友情，那些稀薄而暖人的情意，真的死去了吗？

“石板上凉，不要坐在上面。”身后忽然有熟悉的声音响起，我回头看时，他正将一件外套铺在石板上，示意我坐上去。我默默地看看，没有说话，没有动身。他兀自坐下来。

“没想到你真的在这里。”他说。我依然没有出声。

“对不起！”

我心里微微一动。

“茆茆，对不起，我不该不分青红皂白就去骂你，我看到她脖子上的伤，很心疼，又听她旁边的女生随口说了几句，就去找你。对不起！郝时雨找过我了，我知道了，其实是洛秋挑起事端的，我错怪你了，对不起，真的对不起。”

他说对不起的时候，我终于绷不住，多日来的委屈，蓄积太久，随着泪水，喷薄而出。我抱着臂，把头埋在双膝间，哭得稀里哗啦，仿佛全世界的委屈都让我饮下，我一边抽泣一边喊：“江辰，你好过分，你怎么可以这样，你怎么可以这样？”“对不起，对不起！茆茆，对不起！”当他的对不起渐渐微弱的时候，我感到温热的气息靠近我，他的手臂悄悄地拢住我，向自己怀中靠去，“对不起！”天地温暖。初次的少年的怀抱，燥热馨香，如盛夏午后被艳阳炙过的蓊郁山谷，有舒适的暖风时时徐来，周身温暖。

“可是……”他在说“可是”，声音中略带凄楚无奈，“可是，即使知道她像童话里后妈带来的那个姐姐一样，即使知道她或许不那么善良，对你不那么友好，可我还是喜欢她，不能放弃她，怎么办？”

我抬起头，说：“没人不要你喜欢她。”

“茆茆，不要喜欢我，因为，我或许不会再喜欢别的女孩。而且，因为听说，不爱的感情，永远不会变坏，我怕有一天我连你这样的朋友也失去了，所以，我们不要相爱。”

无论他说这番话出于怎样的意图，但是，我听得出，他，其实，很珍视我们之间的友谊。

“谁喜欢你啊！老孔雀！”我抹抹眼泪，破涕为笑。江辰从石板上跳下去，做出一个大鹏展翅的动作。我笑笑地歪着脑袋，问：“什么啊？大鹏展翅？”

“傻瓜，孔雀开屏啊！”他玩闹着，忽然又靠近我，低声说，“茆茆，还生气吗？”我摇摇头，旋即，又倔强地点点头。他做出一个无可奈何的表情：“那怎么样惩罚我才不生气啊？”我心里暗笑着，从身边的草丛里折一根枯枝，向地上扔去，说：“斩立决！”他捡起那根枯枝，放在脖颈间，一边做抹脖自杀状，一边玩笑：“君叫臣死，臣欲仙欲死。”彼此的笑声回荡在暗下来的冬之天际，依然那样快乐。

11

天黑了又白，春去了又回。光阴晃晃而过，用一种不易察觉的速度，消磨着青春。每年爸爸会带全家人一起去旅游一次。去梅里雪山滑雪，去西双版纳骑大象，去北海道拍薰衣草，一家四口，其乐融融的样子。每年爸爸会开车载我回妈妈的小城两次，一次是我生日，一次是清明。他和我会在妈妈的坟前坐很久，他为她立了碑，长久地望着墓碑上那方小小的照片里的女人，不发一言。每次从墓园回来，他都会带我去那家海鲜酒楼吃海鲜，他非常喜欢吃海胆——“带刺的温柔”。在爸爸的影响下，我也喜欢上这种食物。对以海胆为食材的食物，都无比痴迷，例如海胆刺身、海胆蒸蛋、海胆寿司、海胆炒饭。

高二的寒假，江辰和家人从丹麦旅行回来，他带给我的礼物，是一盒饼干。一个印着漂亮图案的圆柱形铁皮盒，装着散发乳香的曲奇饼干，他说，看这个盒子很漂亮，所以买给我。而他送给洛秋的礼物，是一条精美的小美人鱼形的琥珀吊坠项链，暗棕色半透明的琥珀，在夕阳里，光彩波谲云诡。

他晃了晃，说：“她会喜欢吧？”

“也许吧！”

几天后，在老地方，我看到了落寞的江辰。他骑在单车上，一脚蹬地，望着远处肃杀的田野。他从口袋里掏出那颗吊坠，歪着脑袋看看，然后，自嘲地笑了，忽然，他一把收起，狠狠地朝远处扔去。洛秋再一次拒绝了他。少年的眼眸里，沉淀了忧郁，他看上去疲惫又虚弱，让人莫名心疼。我无法想象被众多女生暗恋的英俊少年，如何一次次低声下气地靠近骄傲的少女，祈求温暖和爱，却又一次次被她云淡风轻地拒之门外。可他依然爱她。

那个晚上，我不知哪里来了那么大的勇气，径直推开洛秋的房门，站在她面前。她正斜倚在床上翻一本杂志，看到来者不善，她微微惊动，身子直起来："你怎么不敲门，你干什么？"

"为什么？你为什么要这么对待他，你明明也喜欢他，为什么不能接受他？"天知道我在做什么，我在为自己暗恋的少年，去质问另一个少女，去乞求她和他相爱。我那么不忿，却没有看到自己内心深处的疼。

洛秋听完，又懒懒地靠回床上，鄙夷地笑笑："你这么关心他，那你去和他谈恋爱好了。"

"你——"我被她问得结舌，却依然压住心头的委屈，我在她床边的椅子上坐下来，声音低缓而真诚，"洛秋，他真的很喜欢你，你看不出来吗？你也喜欢他，对吗？"

"谁告诉你我喜欢他？"

"那你为什么经常和他在一起，却又不答应他？"

洛秋终于不耐，扔下书，用一个过来人一般的语气对我说："好吧！可怜虫，我告诉你，你不是爱读书吗？你应该知道，三十六计里有一计叫欲擒故纵，男人只有对自己得来不易的东西，才会珍惜，自己送上门的、很快投降的，只会让他们觉得不优雅、太廉价。”

她说“男人”两字时，像一个久经风尘的女子，充满郝时雨一般的风尘气。她说“自己送上门的”时，眼睛直直盯着我，仿佛一种潜在的嘲讽。

我不管什么嘲讽，她的意思，我想我是懂了，但还是忍不住要确定：“你的意思，我可不可以理解为，你最终会答应他，只是要给他一些苦头，让他以后会更加珍惜你？”“我警告你，苏茆茆，你不要多管闲事，我和他的事你少管，你也最好离他远点。”我从她的房间走出的时候，很轻松。就像考试前夕提前获悉了答案一般，我在心里暗暗为他开心，江辰，再多坚持一些，就快到了，她只是考验你，只是想更紧地抓住你的爱。而我的爱呢？那些隐匿在黑暗夜色里的痛楚而微酸的思念，又说给谁听？很多年后，我在书上读到一段话，说：“暗恋，如同一种轻微的 SM 行为，绳索将你捆绑成凸显曲线的样子，在痛楚中，等待时光来松绑。”而彼时年少的我，不知道什么叫“SM”，我只知道，我爱得卑微又无望。

高二开始分了文理科，我和洛秋、郝时雨依然在一个班。

课程更繁重一些，大部分人都在埋头拼命做习题，小部分人在暗地里下苦功充当天才，因为其实这世界上是没有天才的。还有小部分人明知高考无望，便醉生梦死地拼命玩，就像郝时雨。

她逃课的次数越来越多，频繁地换男友，班里关于她的风言风语越来越多，有人说她在夜总会坐台，有人说她交了一个抽大烟的男友。每个晚自习，她的座位都是空空的。我小心翼翼地劝过她，她不听，只是若无其事地笑笑：“只要心中有课，走到哪里都不算逃课。”可是我知道她心里也没有课。

高二的第二学期，洛秋参加了市里举办的一次中学生风采大赛，获得最佳形象奖，不久，市电视台找她拍了一组城市宣传片。那段宣传片在电视台每个节目空当循环播放，画面上，白裙的少女在绿茵地上轻盈奔跑，天空湛蓝，白云浅淡，鸽子飞翔，很美的画面。梦想渐渐在少女心头勾出清晰的轮廓，她在晚饭时对父母说，她将来要考电影学院，她想做一个演员。爸爸亲昵地夹菜给她，说：“好啊！只要用心去实现理想，爸爸都会支持你们。”

这一年，我的油画也获得一次全国大赛的二等奖，是很有分量的奖项。爸爸很高兴，要奖励我，带我去海洋馆看海豚，也问我的理想，问我准备报考什么学校、学什么专业。我忽然发现，其实我是一个没有理想的人，我连洛秋那样“想做一个演员”这样清晰的理想都没有。

江辰也跑来祝贺我，他说：“虽然我看不懂油画，可是，茆茆，你画得真好，你将来一定可以考取美院，将来一定会成为出色的画家。”

或许吧！我只是淡淡地笑着，心里其实很想告诉他，其实，我这样用功地学习，考取好的名次，我画画，参赛，凸显才华，都只是为了你啊。我只是想，人群中，我要站得高一点，更高一点，你才能看到我，找到我。

而我什么也没说。很快，江辰对洛秋的苦恋终于修成了正果。

一场暮春薄雨之后，操场湿滑，洛秋在体育课跑步时不小心摔倒，膝盖磕在冰冷的水泥地上，破了层皮，一片红，几个同学陪她在医务室做了包扎。从医务室出来的时候，一个同学扶着她，伤口正好在膝盖上，走路稍稍屈膝，就疼痛难忍。我看着她一瘸一拐满面泪痕地走出来，很想上前问问，还好吧？哪怕只是一句“还好吧”，但那份疏离，让我依然站在远处的树荫下，什么也没说。

第二天，云姨亲自开车送我们上学，她一边开车，一边埋怨洛秋："怎么这么不小心啊！女孩子，身上留下疤，以后穿裙子，都不好看了啊！"

第三天，云姨起床晚了，洛秋一边抓着书包一瘸一拐地朝门外走去，一边说："不用送我了，我坐出租去。"她的身影，笨笨地朝小区的甬道挪去，一棵玉兰树下，白衣的少年骑跨在单车上，焦灼地张望着，他在等她。他扶她坐上后座，才再次骑跨上去，脚一蹬，车子稳稳当当地朝前行去。他那么快乐，我听到他朗声开着玩笑："哇！洛秋，没看出来，你好重啊！"

"讨厌！"洛秋的声音，少了寒意，多了娇嗔。

中午，在学校食堂，江辰为洛秋排队打饭，她坐在不远处的餐桌前，他在人群中回过头来，两人相视而笑，一霎眉语。旁边有一众喜欢江辰的女生对洛秋投去嫉妒的目光，恨不得摔伤的人是自己，也有一众男生对江辰羡慕嫉妒恨，恨自己无缘做洛秋的护花使者。

他骑着单车接送她上下学两个星期。我时常看着坐在后座的洛秋，忽然想起那些江辰在夕阳中骑车载我的日子，风把他的衣衫灌起，像鼓起的风帆，他带我去吃牛肉面，去吃红豆冰沙，在天黑前回家。

而从此，这些微小而缄默的甜蜜，都成为洛秋的专属。

周五放学早，我一个人坐公交车回家。

走进幸福小区的大门，甬道旁的一簇簇锦带花深红浅红纷披，却难留春天的脚步。5 月，春之深处，一夏初颜。

这时我看到少年的单车，校服的裙摆微微荡漾，高大的和窈窕的身影在地上交映重叠，他俯身低下头，清浅地将吻印在她的额头，她没有拒绝。我怔在原地，泪水唰地流下来。我感到小小的心脏，仿佛有一双无形的大手在那里揉搓，酸楚而压迫的疼痛涌起，很疼。这不是我期待的结果吗？我不是还说服洛秋接受江辰吗？我不是希望他快乐吗？我为什么，要难过？不要难过，不可以疼痛。我不停地告诉自己，可是，眼泪又忍不住涌出。我用手背擦去泪水。

好吧！那就疼一下下就好，一下下。

14

那个暑假，我开始写情书。

我写：我不想出生，那么，就不必面对死亡。我不想开始，那么，就不必面对结束。

我写：我的青春，是从遇到你的那一刻开始的。

那盒曲奇饼干我一直不舍得吃，终于坏掉了。那些无法寄出的情书，我都折成纸鹤，放在饼干盒里。每当折好的纸鹤坠落入盒底，我仿佛听到梦想跌碎的声响，每一天都有梦在心里死掉。

夏尽秋临，高三的生涯即将开始。我现在害怕开学，开学，意味着距离毕业更近，距离分别不远了。

又一次不约而同地在老地方相遇，算不算一种缘分？

江辰的脸上，重新挂上不羁而快乐的表情，他重新做回那个快乐王子。

“怎么不去和洛秋玩？”我问。

“她今天和几个女同学逛街。你呢，怎么一个人跑这里来？”

“想起开学，心烦，出来看看夕阳散散心。”我叹口气，望着西天边的一抹艳红霞光。

“你上或者不上学，学校就在那里，按时开学；你念或者不念，书就在那里，早晚得念；你听或者不听课，老师就在那里，不下课不走；你学或者不学习，考试就在那里，不离不弃；你来或者不来，点名就在那里，爱来不来。黯然，上学，寂寞，无奈。”他在我耳边，朗诵着一首自编的歪诗，我绷不住，扑哧一声笑了：“你改的啊，你读过仓央嘉措的诗啊！我以后要叫你江有才了。”

“不是我改的，是从网上看的，送给愁眉苦脸不愿开学的小朋友。”我望着眼前的少年，多想告诉他，我不想开学，是不愿面对步步逼近的毕业、分别、离散，于是，我问：“有没有想过考哪所大学，什么专业？”

“我想学建筑，为大家盖真正绿色环保的房子。你呢，你肯定要考美院，稳稳的，准行。”

“不，我其实并不想把画画当职业，这个只是爱好罢了，我其实想学室内设计。我从小就整天幻想，有一大间屋子，我一定要按照自己的喜好，装扮成我喜欢的样子。”

“房子里，住着一对白发的老头老太太，坐在摇椅里，戴着假牙亲吻。就是苏茆茆和她的老公。哈哈！”江辰接着我的话开始胡诌开玩笑，而他描述的那幅桑榆晚景，却是那般温馨动人，我臊得红了脖颈，捶打着他，连喊“讨厌”，心里也止不住甜蜜涌动。

他嬉笑着左右躲闪，目光又暗淡下来，说：“洛秋说要考电影学院，到时候肯定分隔两地了。唉！”他叹口气。他也在为步步逼近的分离而苦恼。

而他的苦恼，只为与洛秋的分离。心底隐匿的痛，又绵绵密密地如青苔一样冒出来，可我还是笑笑地安慰他：“现在都只是说说而已，还有一年时间考虑呢！说不定到时候她改变主意了呢？唉！

其实我也不是很清楚到底要学什么，到时候再说吧！”

起风了，我站起来，说要回家了。其实我多想和他多坐一会儿，哪怕只是静静地坐着，什么也不说，静静地，看夕阳落下，甜蜜涌起。可是，现在，我只能逃离，我怕自己越靠近，越沦陷于自己虚构的温暖，无法自拔。我不要。他没有挽留，说自己再坐坐，我走出几步，忽然听到他在叫我，回头，他的目光那么温柔真诚地看着我，“茆茆，以后，不要一个人来这里，这里太偏僻，不安全。”我使劲点点头，转过身去，紧跑几步。我知道，我们离得越来越远了。坐在回去的公交车上，夜色四起，街灯如一些忧伤的眼眸，车厢内，回荡着刘若英的歌曲：“很爱很爱你，所以愿意，不牵绊你，向更多幸福的地方飞去，很爱很爱你，只有让你，拥有爱情，我才安心。”我不知道，这笑泪交织、冰火两重天的情感，淬炼出的是坚韧，还是易伤？

15

当有一个时间基准点横亘在眼前，似乎日子过得格外快，我第一次感到时间紧迫。

教室后的黑板上，写着高考的倒计时，那个醒目的阿拉伯数字从三位数，变成两位数，惶惶不安的心仿佛要被撑爆似的。我总是教室里埋头苦读奋笔疾书的那一部分人中的一个，隔窗望去有少年在奔跑，转身，起脚飞球，激起一溜溜狼烟，而我耳边，只剩下笔尖划过纸张时的沙沙声。

被爱情遗忘的孩子，惯于在学习中寻找真相，我不知道自己用功苦读是为了什么，在隐约的想象和模糊的未来里，总有一个光明的前途等着我，有一个深爱我我也深爱他的苍老少年等着我，取代江辰的位置。

期末考试，我的名次又前进了几位。因为想报考电影学院，父母为洛秋在群众艺术馆找了位资深前辈为她辅导，江辰每周末骑车送她到群艺馆上课。洛秋常常晚饭后，兴致勃勃地为父母朗诵诗歌，或跳一段民族舞，请他们做评委品评，有时候会要求云姨或爸爸和她一起，搭一段双人或多人小品，很认真的样子。

我依然常常在暗夜里写着一些无从寄发的情书。

隆冬的第一场雪降落的时候，校园里的贺卡也像雪片一样满天飞。同学们用这样一种传递祝福以此留念的方式，表达在青春的末世狂欢里那份惊惶不安。贺卡在我们的青春里，扮演着极其重要的角色，它是安全系数很高的情书，言辞暧昧，却不会被老师抓，只有当事人才能读懂里面的微妙情感。那时的贺卡已经很精美，有打开后呈几何立体形状的，有带音乐和香味的，一张张金光闪闪，就像那金光闪闪的青春。后来的同学录，和最后的贺卡，有异曲同工之妙，同学录就像最后的情书，而贺卡，就像是这情书的一段暧昧前奏。

于是，我也决定写一张贺卡给江辰。

我跑到离学校很远的文具店，挑选了一张雪白的贺卡，打开后，有音乐淌出，一个立体的小房子，尖顶，方窗，贺卡的一角，有一行隐约的小字："这个季节，爱与彷徨一起成长。"

晚上，我用左手练习了很久，才在信封上写下学校的地址和江辰的名字，第二天，悄悄塞入邮局门前的绿色邮筒。他收到了吗？他看到后，会是怎样的心情？一切都不得而知。在校园里远远看到他，和洛秋站在一起，我想起那个词：一对璧人。

再一个清明到来的时候，已是高三的最后一个学期。妈妈墓前的鸢尾花，在4月初雨中，叶片阔绿肥美，脱尽往日孱弱之态。那天，他坐在墓碑前，絮絮叨叨对妈妈说了很多话，他说：“青青，我把女儿照顾得很好，她现在长大了，马上要考大学了，你放心，我们的女儿，一定会很有出息。你放心。”

他说那些话的时候，我总是相信，他爱过妈妈，或者，一直都爱。

从墓园回来，我们像平时一样，去那家酒楼吃海鲜，吃“带刺的温柔”。

酒足饭饱，从酒店出来，他去取车，我站在路灯下等候，这时，听到不远处一对男女的谩骂厮打声。

头发染成栗红、满面戾气的男子，一手拉扯着一位艳妆女子的胳膊，一手抡起，重重地掌掴下去，口中谩骂：“贱女人，想甩了老子，没那么容易。”

女子跌坐在地上，不甘示弱，站起来，披散着头发，又撕又打，口吐恶言：“去死吧！你这种烂人。”

那声音，那么熟悉，不是郝时雨吗？

这时，苏岩已开车过来，他摇下车窗，叫道：“茆茆，快上车，回家了。”

“爸！爸！那个是我同学，帮帮她，她被人打了。”苏岩闻言，连忙下车来，随我过去。他身形高大，又练过跆拳道，那个男子根本不是他的对手，两招下来，对方已落荒而逃。我惊魂未定地看着郝时雨残妆的脸，脸上犹有几道红痕，紫色的浓重眼影，使得她看上去既风尘又憔悴。她拢拢头发，努力笑笑，不以为然地说：“谢谢你，茆茆，我没事。”又转头对苏岩道谢不迭“，谢谢您，叔叔，您是茆茆的爸爸吧！您刚才的样子，真帅！”“怎么回事啊？”他不无担忧。郝时雨略低了低头，不好意思地说：“是我的男朋友，我要和他分手，他不同意，所以就……”苏岩看着郝时雨的装束，皱皱眉，说：“上车吧！”郝时雨在她家的街口下了车，回去的路上，苏岩对我说："那个女孩，看起来不像中学生。茆茆，交朋友要小心谨慎哦！"

"我知道。她其实，并不坏。"

可是，郝时雨，你不要让人这样担心，好不好。我记得她曾经说过，青春就是用来浪费的。

为了感谢我的"救命之恩"，郝时雨说，要送我一份大礼。

这年的7月，台湾歌手梁静茹要来我们的城市开演唱会，郝时雨不知何时听我说喜欢她的歌，便说要买演唱会的票送我。

隔几日，她破天荒出现在晚自习的座位上，悄悄地将两张票推过来："收着，到时候咱俩一起去看。"

我想这样的演唱会门票，并不会很便宜，于是要拿钱给她——爸爸给我的零花钱总是很多。

拿着钱的手在桌子下几番推诿后，她几乎愠怒："放心吧！我有钱。"

听人说，帮助别人，是爱，适时接受别人的回报，也是一种爱。于是，我收起钱，也收起那两张票。

郝时雨又说："去买票的时候，恰好遇到江辰，他也买了两张，肯定是给那个小妖精买的。"我心里一黯，做他的女朋友，被他宠爱，一定很幸福，但那份幸福，属于洛秋，洛秋，请你一定要珍惜。几天后，晚自习的课后，在我们教室门口，我看到了像狮子一样暴怒的江辰。正是放学时间，我随着人流走出教室，我们的眼神触碰在一起，那是我见过的最忧郁哀伤的眼神。他仿佛没有看到我也不认识我一样，红着眼，手扶在门框上，大声叫嚷："梁洛秋，你给我出来。"洛秋泰然自若地收拾好书包，然后在同学们的侧目中走出来。她一反往日的温柔，冷冷地瞥一眼，说："你发什么神经啊？

我不是已经说了吗？不要来找我了。”

少年的胸口起伏着，眼中蓄积着怒火，一把拉过她，踉踉跄跄地下楼去。

他们对峙纠缠在楼下不远处的花坛旁，引来紧张一天的同学们远远驻足，指点，幸灾乐祸。

我始终忘不了江辰那天的样子，他是那样无助、歇斯底里、失态、没有尊严。

“为什么？我做错了什么？你告诉我！分手也要给我一个理由。”他的质问断断续续传来。

洛秋一脸平静：“没理由，我只是不喜欢你了而已，就这么简单。”

说完，她转身准备离开，旋即，被少年紧紧拉住，他的声音低下去，低下去，听不清他在说什么，像是哀求，像是乞怜。

我站在原地，心，倏地，一疼。他拉她，她狠狠甩开，走掉，他追上去，如此反复。曾经那样骄傲的少年。可是面对他的悲伤，我无能为力。

回到家不久，楼下传来洛秋的声音。她声音清脆语气快乐地和父母打招呼，仿佛什么事也没发生过一样。我从半掩的门往下看去，她姿态落拓地踢掉鞋子，从冰箱里拿出一盒冰激凌，然后，坐在沙发上，和爸爸看电视聊天。不一会儿，她上楼来，我匆忙退后掩上门，隐隐听到，她进了隔壁的浴室，不时传来哗哗的流水声，还有她的歌声。那歌声，听起来那样刺耳。那一刻，我有瞬间的冲动，我恨不得立刻冲进浴室，把郝时雨口中的这个小妖精光溜溜地揪出来，暴打一顿。

她怎么可以，分手，怎么可以这么快乐？

16

他兴冲冲地买了梁静茹的演唱会门票送她，却得到一句没有温度的“分手”，理由只是“我不喜欢你了”。

他这样对我说。夕阳下的少年，脸上带着隔夜的疲倦，和无法隐去的悲伤。这是我第一次见他抽烟，一种叫七星的烟。他很熟练地从烟盒里抖出一根，叼在嘴上，然后，点燃，深吸一口，呛鼻的烟圈很快模糊了他的脸。

那姿态，像极了当年电影中的周润发，可是，我看在眼里，却莫名地心疼。

那曾经干净清爽的少年，如何在成年以后，变成故作沧桑的烟鬼？

我无法救赎他破碎的恋情，但至少，我可以这样静静地陪着他、安慰他。在一本书里看到，说青春的伤痛看似恒久，其实很容易愈合。我希望自己能令他的愈合快一点。

可是我的安慰，听上去那么空洞轻飘没有分量，我说：“或许，洛秋只是考验你，说不定过两天就好了。”他自嘲般摇摇头，苦涩一笑，那是我见过的最难看的挂在他脸上的笑容，仿佛风干的胶水糊在了脸上。于是，我把在书上看到的那句话背给他听：“人家说，青春的伤痛看似恒久，其实很容易愈合。等许多年以后再回头看看今天发生的一切，会觉得自己原来那么傻。”他转过头来，定定地看着我，说：“茆茆，放心，我会没事的。”那声音同样轻飘飘的，那样言不由衷。一支烟没抽几口，燃尽了，他狠狠地在石板上摁灭，然后，又点燃一根，猛抽一口，被浓烈的味道呛住，于是咳嗽不止，咳着，咳着，就咳出了眼泪。

拧开矿泉水递给他时，我忽然怔住。几滴泪水从眼帘滑落，他大大咧咧地用手背抹去。少年的泪水，初次哭泣，为那个深爱的，却离开他的少女。我握住那只还带着泪痕的手，心内动容："江辰，你将来会遇到她很爱你你也很爱她的人。"

"会吗？"

"一定会。"

"可是为什么我心里还是这么痛？"

"会痛，那是因为你还相信爱情。"

他又点燃一根烟，闪灭的红点和远处的灯光一样，隐约亮起来，风清清凉凉，犬吠两三声，夜色四起。江辰，我的心也很痛，因为我和你一样，还相信爱情。而现在，天黑了，我们要寻一条路回家。

17

可他的忧伤和疼痛，并没有因为我的安慰而减少。他常常斜搭着书包，站在我们放学必经的路上，阴沉着脸，目光漫漶，看着洛秋面无表情决然地从身边走过。他有了黑眼圈。他更瘦了。他走路的样子，看上去很疲倦。

她不是在闹脾气考验他，他们真的分手了。可是，她不疼不痒，快乐如昔，甚至和别的男生谈笑。

我能看到他的心被疼痛淬砺的样子。

教室后黑板上的高考倒计时，预示着时间越来越少了，还剩一个多月时间。可是，在最近的一次模拟考试中，在全年级前一百名的名次榜上，我没有看到他的名字。

很多人冷眼观望着这对金童玉女的分手，有人幸灾乐祸，有人暗自庆幸。

午饭时间，我们班一个喜欢江辰的花痴女生端着餐盘坐到我身旁，用胳膊轻轻碰碰我，笑容神秘："哎！听说了吗？梁洛秋和江辰分手了。"

"怎么了？"

"分手了好啊！听说你也认识江辰，你俩关系不错，给我介绍介绍吧！"那个女生用花痴的眼神，充满期望地看着我。

我想都没想就端着餐盘离开："喜欢他，就自己去找他。"

身后传来鄙夷不屑的声音："嘁！有什么了不起啊！是不是给自己留着啊？"

我没有回应，低头吃饭。旁边的几个同学开始起哄，有人大声嚷道："赵乐乐，你就别做梦了。就是梁洛秋撤了，也轮不到你啊！"

没想到，过几天，赵乐乐又找到我，一股脑儿将各类小物件豪爽地往我书包里塞，水钻发卡、巧克力、小公仔手机链，一边塞，一边带着一种"你懂的"的语气说："帮帮忙帮帮忙，把这封信给他！"最后塞入我手中的，是一封信，不用看，肯定是小女生情深深意绵绵的情书。我经不住她软磨硬泡和恳求时脸上低婉可怜的表情，于是，将她的贿赂都还给她，但答应帮她送信。我真后悔，后悔答应帮她送信，后悔答应后我又一转身把信扔进了垃圾桶。第二天的早自习上，有前一天打扫卫生的蠢男生拿着从垃圾桶里捡来的那封信，在讲台上声情并茂地朗读。说真的，那封情书，写得真不错，虽然不是她的原创，她抄了一首歌词："我要为你做做饭，我要为你洗洗碗，然后滴一滴汗滴在爱的汤，我要为你做做饭，我要为你洗洗碗，然后满怀期望看你都吃完……"信的后面，是两句深情的祈愿，"等你爱我，等你吻我。"

或许那个早晨在赵乐乐多年以后想起来，只是一场小小的浩劫，根本不值一提。可是，那天，她气红了眼，不断恳求男生把信还给她，声音里带了哭腔。

上课了，她从前排转过头，眼里装了无数把刀子，狠狠地向我抛来。

从此班里每个人都知道赵乐乐是个花痴，常常有愚蠢的男生下课时戏谑她，坏坏地噘起嘴，说："等你爱我，等你吻我。"

我已经意识到自己做错了，可是后悔有什么用呢！

18

午自习，我偷眼朝窗外瞄去。操场上，一阵尘烟四起，有班级在上体育课，有稀稀拉拉的队形在大而化之地摆手踢腿，有人在跑步。我看到了他的身影，少年的奔跑，动作规范，持久而坚定。

青春期总有太多兵荒马乱的情绪，和不知所谓的忧伤，愤懑和无助像长在体内的病灶，随时会蔓延，充胀胸膛，或许只有跑步这种激烈的方式，才能释放太多负面能量。那是与体内那个自己的对话，那是成年后在健身房里，即使挥汗如雨，也无法完成的心灵对话。可是他释放太多，连体内仅存的那点元气也释放掉了。第三节课的时候，当我偶然抬头，发现那个穿蓝色球衣的身影依旧在奔跑，还是江辰。这时，操场上正是烈日高照，已经没有几个人，只有他的身影，持久而落寞地奔跑着，仿佛没有终点，不知停歇。忽然，他一个冲刺，朝着那个没有终点的终点跑去，一个踉跄，一头倒地。

我噌地从座位上弹起来，忘记了我正在上课，忘记了讲台上口若悬河的老师，我冲出门外，朝操场跑去。

室外的阳光好毒辣，5 月的阳光，仿佛要把人体内的水分都磨砺干，我跑了几步，汗水和泪水唰唰地分别从额头和眼里冒出来。

江辰，你不会有事吧？你不会死了吧？

等我跑到他跟前，他身边已围上了附近经过的热心同学。他脸色苍白，衣服已湿透，满头大汗，仿佛是从水池中刚刚被捞出来，有人在掐他的人中，几个人抬起他，有身强力壮的男生背起他，朝医务室跑去。我跟在身后，心里不停地喊着：“江辰，你不要有事，不要有事。”

只是中暑，校医给他挂了盐水，简单处理了腿上跌破的伤口。他渐渐苏醒，但意识并不清醒，整个人依然混沌浑噩，他抓住我的手，口中呢喃着：“洛秋，你来了。”

几个帮忙的同学和江辰并不熟，以为我和他同班，于是各自散去了。

“洛秋，洛秋。”他犹在喃喃，像梦中的孩童。我心一酸，只是任由他拉着我的手，没有应答。那个年老的校医善解人意地笑笑，出去了。他终于清醒过来，脸上渐渐有了血色，虽然还很虚弱，仍佯装无事地冲我笑笑：“是你啊！”他不好意思地松开手，摸摸自己的脑袋，“怎么就晕倒了呢？”这个傻瓜，在班里的第一节体育课后，跑出一身大汗，仍觉不够，自己又从教室偷偷溜出来，在操场上跑步，他说：“就是觉得坐在教室里心里安静不下来，以前我在家就是这样，学习累了，到外面跑两圈，回来就神清气爽了。”

“可是，你也不能这样啊，你这样……”后面的话，我又咽下了。我好想说，我很担心你。但我只是定定地望着他，我希望他茫然的目光有天能看到，我的眼神里隐藏的纯白静谧端然高贵，从不出声的情感。

他撑起身子半坐起来，我忙将空床上的枕头垫在他身后。他笑笑，佯装已无事，故作潇洒地说：“茆茆，我没事了，你还在上课吧！

赶紧回去吧！啊！回去吧灰姑娘。我怎么忍心剥削你呢灰姑娘。”

他这样像平常一样叫我灰姑娘，淡淡地开着玩笑，一点也不好玩。我不出声，依然坐在一边，说：“喝水吗？我倒杯水给你。”

他不再执拗，说：“好。”

我们谁都没提洛秋，我给他倒水，然后，静静地坐在一边，他也不说话，两人都盯着那个滴答的盐水瓶，偶尔目光撞在一起，只是淡淡相视一笑。

据说每个人失恋的时候，都需要身边有一个人，就像逃机者需要降落伞，就像溺水者需要救生圈，如果此刻他不在，那么以后也不必在了。

江辰，此刻，我愿意做你的降落伞，做你的救生圈。

19

洛秋的房间里，传来优美的钢琴声，《少女的祈祷》。她刚刚洗过澡，穿着一件粉色的睡裙，发梢犹在滴水，裸露着臂膀，十指纤纤，在琴键上自如游走，她微微仰头，仿佛在闭目陶醉。她怎么可以，这样快乐，对江辰的痛苦无动于衷。白天，很多人看到我从课堂上跑出去了，我后来回去还被老师狠狠地批评。很多人都知道江辰在操场上晕倒了，我从老师的办公室回来，光荣事迹已被班里好事的同学传遍，他们大声嚷着，人家是英雄救美，我是美救英雄。

他痛苦到不能安心上课，跑去操场没命地折磨自己，他在昏迷中喃喃地叫着她的名字，可她却像什么事也没发生过一样，如此乐在其中地弹琴自怡。

我的胸口憋着一腔闷气，又变成打抱不平的女侠，没有敲门走进去，一掌按在琴键上，钢琴发出杂乱闷重的声响。

洛秋一惊，手哆嗦地收回，身子后仰：“你发什么神经？”

“你发什么神经？你到底在干什么？你想干什么？”

“什么干什么？听不懂你在说什么。”

“你为什么那样对他？你明明知道他很喜欢你，现在马上高考了，你这样对他，会要他的命的，他现在没有心思学习，像个傻瓜一样到操场上没命地跑步折磨自己。你想害死他啊？”

“那才好呢！”洛秋的脸上，竟呈现出一丝胜利者的喜悦。

“为什么？难道你从来都没有喜欢过他？你对他就没有一点感情？你就一点不心疼？”

洛秋仰起脸，忽然咯咯地笑起来，那笑声听起来令人悚然，她说：“有你心疼，不就够了吗？我的女侠。好，我告诉你，我从来没有喜欢过他，就是逗他玩，他像一个傻瓜一样陷进去，是他活该，他没心思学习，考不上大学，也是活该。”

“你就是个疯子，变态！”我不知自己为何变得如此暴戾，我一把掀掉她钢琴上的琴谱。洛秋终于被激怒，噌地站起来，气汹汹地指向门外：“你才是个疯子，你给我出去。”楼下云姨听到吵闹声，担忧地向上喊道：“怎么了？你俩吵架啊？”洛秋见状，连忙跑出去趴在栏杆上喊道：“没事，我俩聊天呢！”

我恨这样虚伪自私冷酷无情口蜜腹剑的洛秋，我从鼻孔里嗤的一声冷笑，从她身边走过，巨响地关上了自己的房门，从来没有这样快意。我不再自卑，我也可以这样居高临下地对她说话，我也可以嗤笑她，用冰碴一样的目光剜她，因为我第一次发现，不懂爱和珍惜的孩子，是多么可悲又可怜。

是的，那种为情奉献的冲动快感，让我觉得，自己是骄傲的、伟大的。王菲在歌里，也这样唱道。

20

青春的伤痛看似恒久，其实很容易愈合。这句话果然说的没错。

江辰从那次跑步中暑之后，很快恢复过来。他不会再孤孤单单地在放学路上等洛秋，不会再去操场暴跑到昏倒。他的脸色，又恢复了往日健康的栗色，在操场上打篮球，凌空抽射，引来女生的阵阵尖叫，他会像从前一样坏坏地吹口哨和飞吻，他又变成那个爱讲笑话的少年。真好。

在黄昏的老地方，他拿出两张梁静茹的演唱会门票，在淡薄的光线中眯着眼睛照了照，准备撕掉，被我一手拦住："别撕啊！多可惜！我也有两张，郝时雨送的，你那多余的送别人，到时候咱们仨一起去看啊！"

他歪着脑袋，故作考虑状，然后郑重地点点头，将门票放回口袋。阒静的郊外吹来晚风，5 月麦香和着少年轻松的口哨声，将黄昏铺满。他给我讲笑话，说："灰姑娘，你喜欢梁静茹啊！"我点点头。"那你听过那个爱和六眼飞鱼的故事吗？"我摇摇头。"说啊，从前有个渔村，有一天来了一只鱼，专吃捕鱼的村民。鱼会飞，长了六只眼睛，于是村民们叫它六眼飞鱼。眼看六眼飞鱼杀人又没人能治，大家很着急。一天，村里来了一个人，名字叫'爱'，爱说他能把六眼飞鱼杀死，第二天爱果然提着六眼飞鱼的尸体回来了。村民们问爱，你是怎么做到的？爱说，他有一样别人没有的武器，叫勇气，因为'爱真的需要勇气，来面对六眼飞鱼'，哈哈哈！"

我睁大眼睛认真听了半天，他最后唱起来，我才知道原来他是拿梁静茹那首《勇气》来开玩笑。

"好冷的笑话！"我们相视一望，笑起来。

好快乐。这时，我才注意到江辰的鼻梁上，架了一副眼镜。戴着眼镜的他，少了不羁，多了斯文。怎样的他，都是好的。

“你近视啊？”我问。“嗯！我……我以前就有点近视，以前戴隐形，你们都不知道。”

他忽然莫名紧张，一句话，说得吞吞吐吐，我暗自笑起来，原来他，也是个臭美自恋的家伙。我偏偏逗他：“那有什么啊！怕人说你是四眼吗？你戴眼镜也蛮好的。”“是……是吗？”他故作潇洒地向上推了推眼镜，说，“最近复习太累，戴这个方便。”真好！那个乐观积极好好学习天天向上的少年，又回来了。

而依然还有一部分人，醉生梦死地玩着。郝时雨依然时常旷课，不上晚自习。她的舅舅被老师叫来几次，每次从老师的办公室离开，都是一副卑躬屈膝千恩万谢的样子。而郝时雨被舅舅苦口婆心地说教后，只好一两天，并没有太大改变，最后老师也索性不管了。

所以晚自习前出现在教室门口的郝时雨，是个意外。我赶忙拉住她：“你整天都干什么啊？天天点名你都不在。走走走。”

我没有将她拉进教室，反而被她不由分说地往外拖：“上什么自习。你跟我去个地方，有很重要的事。”

“什么地方？什么事？”

“你就跟我走吧！反正是和你有关的事。”她的脸上，是难得的一本正经，我不得不相信，只好匆匆请一个同学代为请假，随她溜出了学校。

啊！原来逃学的感觉这么好。当别人都在教室苦读的时候，我却在霓虹灯影的街上游走，仿佛凭空偷来了一段时间用来小心翼翼地挥霍。

一路上，不管我怎样苦苦追问，郝时雨都不肯告诉我到底带我去什么地方，只是顾左右而言他，很八卦地问我和江辰的事。

“听说你俩最近经常在一起，看起来有戏啊！姐们儿，加把劲！”“有什么戏啊！我和他只是朋友，很纯洁的那种朋友。”“你可以努努力，往不纯洁的方面发展发展啊！说真的，喜欢一个人，千万别扭扭捏捏前怕狼后怕虎的，马上要毕业了，过了这个村可就没这个店了。你那么喜欢他，不让他知道，到时候不知道多后悔。将来各自上了大学，广阔天地，学姐学妹云集，就更没有你的戏了。所以，在放手之前，能抓多紧，就抓多紧。”郝时雨絮絮叨叨地说着，像一个久经沙场的爱情专家。

在她面前，我只好放下伪装，唯唯诺诺地说：“可是，我是个女孩，要我表白，有点……那个吧！”“谁让你表白啊！可以适当给点暗示，你不是画画吗，好像有个词，叫作留白，恰到好处地留白，是等他来表白。就算你表白了，那也只是在告诉他，哎！小子，你可以追我了。”她说得洋洋洒洒，听来却大有深意，我不由得刮目相看，叹道：“没想到，你的道理讲起来还一套一套的，听起来蛮有道理，连留白都知道。”

她被夸赞，有点不好意思，又不以为然地喊了一声：“姐们儿懂的多着呢！虽然正经书没念好，爱情小说可看了不少，等有时间好好教教你。咱到了。”

说话间，我们已站在一家叫“夜猫”的夜总会门前。门口闪烁的灯光和鬼魅的装潢，让我发怵，她不由分说将我拽了进去。

踩着透明的钢化玻璃地板，有悬空的眩晕感。进了大厅，是一个圆形的舞池，有身材曼妙火辣的女子在灯光迷幻的舞台中央随着劲爆的音乐疯狂舞蹈，黑暗而闪动的人群癫狂摇摆，舞池的四周，是一圈卡座，有人在落寞独酌，有人贴面声嘶力竭地交谈。她将我引到一个座位，为我叫了一杯橙汁，然后离开了。

我惊惶不安地双手握着那杯橙汁，紧张地观望着形色各异的人们。这时，音乐渐渐舒缓，短暂的休息过后，舞台中央，又多了一名跳舞的女子。长鬈发，浓艳妆容，上身是一件缀亮片的抹胸，而下身只是一条仅仅包住臀部的短裤，修长的腿开始随着更癫狂的音乐舞蹈起来，台下的男人，阅尽春光。

忽然，有醉酒的男人重重地趴上我面前的桌子，满嘴酒气，笑容暧昧地叫嚷：“哈！美女，玩制服诱惑啊！装学生妹。”我的心一紧，眼看古装电视剧里恶少调戏良家妇女的桥段就要上演，我身子紧绷，向椅背紧靠，不知如何应对。这时，郝时雨仿佛从天而降，从暗处冒出来，她带了一名保安，将眼前的醉酒男子劝离了。我长吁一口气，咦！眼前的郝时雨，不就是刚才台上跳舞的女子吗？她化了浓妆，换了火辣的衣服，我竟然没有认出来。我惊诧地张了张嘴：“你……你在这里跳舞啊？”

她熟练地点了一根烟，在我面前坐下来，若无其事：“是啊！我男朋友做生意需要钱，我就在这里跳舞挣点外快帮他。”

“男朋友？是上次那个吗？”

“不是，是另一个。行了，别说我了，我带你来，是让你看一个人。你现在别说话，看你前面，我身后第三个卡座，那里坐的那个男人，对，就怀里抱了一个妞的，看见了吗？”我顺着她的指点望去，果然，那个座位上，一身休闲装扮的中年男子，一手亲昵地揽着女子的肩膀，一手端着酒杯，两人都笑着，不时地低头咬耳，不知在说些什么，女子很年轻，看上去比我大不了几岁。

而那个男人，竟然是，苏岩，我的爸爸。一种莫名的羞耻感像刀尖一样拂过我的心。苏岩，你怎么会出现在这样的夜店，和一个欢场女子在一起？难道你果然是那个喜新厌旧的花心男子，无论是妈妈，还是云姨，谁也不能抓住你的心？想到这里，我又为妈妈感到一丝庆幸，如果她和他走到了现在，依然要面对这样的背叛；我又为云姨感到悲哀，其实，她也不是最后的赢家。

我站起来，想冲上去问问他，又坐下了，我淡漠地笑着，告诉自己，对男人来说，有一个词，叫逢场作戏，或许，他只是逢场作戏罢了。

我被郝时雨拉出去的时候，心里犹在安慰自己，他只是逢场作戏。她有些愧疚地说："那个女孩，是这儿的头牌小姐，叫莉莉，估计也不是真名。刚开始我也以为，你爸爸只是逢场作戏，可是后来发现，他几乎天天都来，每次就找莉莉，在莉莉身上，花了不少钱，特别大方，看上去挺认真的。这里没人不知道。茆茆，你别怪我多事，我只是担心你，我知道你家那个女人也不是你亲妈，可是你也说过她对你还不错，我不希望你的生活再发生什么动荡和变故。所以这件事，或许应该让你知道。"

可是，那些曾经纯真温良的少年，为何在成年后，都变成了滥情虚伪的男人？一阵无力感向我袭来，我忽然想起江辰，那样深情的少年，以后会不会，像苏岩这样，一次次背叛自己的妻子。深夜，我在迷糊的梦中听到苏岩回来的声响，云姨去开门，声音柔细："又喝酒了啊！"

"还不睡。不用等我的。"他的声音。脱衣，换鞋，盥洗，关切问候，慵懒作答，窸窸窣窣的声响。

他不归的夜晚，云姨都是这样等他。有时我半夜起来上厕所，看到楼下客厅的落地灯还亮着，柔柔的光落在浅睡的女人脸上，像一句明亮暖人的誓言。现在想来，有多可笑。

苏茆茆，下午第三节课来看球。

苏茆茆，我在饭堂等你。

苏茆茆，周末去老地方。江辰开始常常在我们班楼下，这样坦荡荡地喊我。即使知道他是有一点点利用我来气气洛秋，可被他利用，也是那么幸福。每当他的声音响起，班里的男生就意味深长地发出哦的一声起哄，我在那些声音里走过，感到每个女生的目光里，都安了一把钢针，齐刷刷地向我扔来。

即使他是利用我报复洛秋，可是我知道，我们在一起很快乐。我们依然常常交换书来看，在老地方捉萤火虫、烤毛豆。我们像最知心的朋友，分享彼此的秘密，他告诉我虽然他的父母位高权重，家里生活优越，父亲甚至已经为他铺好出国留学的路，可是他一点也不想要。糖果交换糖果，秘密交换秘密，我也把苏岩的事告诉了他。那次之后我又随郝时雨去了几次“夜猫”，悄悄跟踪观察过苏岩，他果真每次都跟那个女人在一起，有时候两人早早离开。有一次我跟在他们后面，看着他们一起进了一家宾馆，很久，也没有出来。

江辰一点也没觉得奇怪，他苦笑一下：“男人都这样，有钱就变坏。其实我爸爸在外面……”他说了半句，欲言又止，旋即深沉一笑，“唉！成人的世界错综复杂，我们还是不要想了。”

“江辰，你将来会变成那样吗？花心，滥情，见一个爱一个？”

“不。我如果爱一个人，一定会全心全意，在她没有不爱我之前，我绝对不会先不爱她，在她没有想离开我之前，我绝对不会先离开她，在她没有先说分手之前，我一定不会先说。”

我定定地看着他，想象着他描述的爱情，这样的爱，一定珍稀贵美。亲爱的少年，会不会有一天，你捧出送我，再不收回？

他看着我呆呆的样子，伸手揉了揉我的头发：“想什么呢？灰姑娘，大人的事就不要管了，想管也管不了。”

可是，我还是忍不住又跟踪了一次苏岩。

我依然坐在离他不远的座位，等那个叫莉莉的女孩起身去洗手间，便悄悄地跟了上去。我想，我应该像电视剧里那种小人精一样，上前去故作深沉地告诉她，咱俩谈谈吧！我应该说，瞧！你比我大不了几岁，都可以做我姐姐了，你和我爸爸在一起不合适，他也不会娶你的，你知难而退吧！

我在心里组织好词句，在女子从洗手间出来的时候，我鼓起勇气，迎了上去。她那么美，长发披肩，粉色的小抹胸裙包裹着年轻的身体，手臂白生生如脆藕，腰谷有美好的弧度，踩着细高跟的双脚款步移来，正是小说中说的“嫣然百媚”。可是，当她与我错肩迎面时，我怔住了，我刚到嘴边的话卡在喉咙里，又咽了回去。那是一张，多么熟悉的脸。白皙的肌肤像半透明的花瓣浸在水里，呈现一种蒙蒙的蜜白，眼梢自然地飞起，有一股说不出的味道。

那一刻，我几乎哽咽，说不出话来。

世上竟有如此相似的两张脸，那是一张妈妈年轻时的底片翻版。这个长得和妈妈如此相似的年轻女子，甜蜜地哼着歌，从我身边走过。

那一刻，我瞬间理解了苏岩。原来，他一直这么爱着妈妈。

当我们为一个人的错误找到借口，那个错误就会被轻而易举地原谅。

我结束了对苏岩的跟踪。我只是在一个周末，他单独在客厅的时候，假装去倒水，装作轻描淡写地说：“爸爸，不要喝酒到那么晚，不要总那么晚回家。云姨总那么晚睡等你。”

他有些困顿地笑笑，什么也没说。

几天后，听郝时雨说，他仿佛察觉到什么，好几天没去“夜猫”了，而那个莉莉，也辞职了。

“苏茆茆，一会儿去学校门口吃米粉，新开的一家，味道很赞。”江辰又在楼梯下对我喊。

我从窗口探出头去，很爽脆地应着。再坐回座位，郝时雨正意味深长地对着我笑，她戳戳我，像个八婆一样问：“怎么样怎么样？到底发展到哪一步了？快说说。”“什么哪一步啊？原地踏步。”我淡淡答道。她恨恨地叹口气，有些恨铁不成钢的意思，说：“你这个死脑筋，怎么不开窍啊！我不是告诉你了吗？赶紧下手，放手之前，能抓多紧，就抓多紧。他不主动，你主动啊。如果爱他，一定要亲口告诉他，否则到时候追悔莫及。”“怎么告诉他啊？难道直接跑他跟前说我喜欢你，咱俩谈恋爱吧！我可做不到。”我压低了声音，傻乎乎地问。

“谁让你那样说啊！上次不是给你说了吗？女孩表白，就是要暗示到恰到好处，含蓄到进退自如，要给他留下思考和觉醒的空间。这样，就算不成，也不会没面子。俗话不是说了吗？男追女隔座山，女追男隔层纱，但是，男人有个贱处，他们一般不会拒绝主动送上门的女人，但是，他们珍惜的，却是那种‘求之不得辗转反侧’的爱情。主动表白的女人，只会让他们感觉太廉价、太不优雅。你说是吧？”

“那到底要怎么做啊？”

接下来整整一节自习课，郝时雨都低着头声情并茂地给我理论联系实际，传授了作战策略。比如两人一起，谈一些和爱情有关的暧昧话题，看看对方的反应；比如，像《将爱情进行到底》里面，有个叫若彤的女孩，暗恋杨峥，把“杨峥，我喜欢你”录在一个能录音的钥匙扣里……

“哪里有卖那种钥匙扣的？”我又傻乎乎地追问。她肺都要被我气炸：“谁说非要买那样一个钥匙扣，我是给你举例子，自己不会举一反三啊！自己想去。”我若有所思地点点头，依然给她投去激赏的目光。青春里，那些和爱有关的事，是少年叩动你心扉，而那些女孩，带你上路，教你成长。“没有观众的舞台，我的舞蹈孤独落寞，我迎面走向镜中的自己，该是卸下浓妆的时候了。”我在新一页的日记中这样写道。然后，像往常一样，将那张纸小心翼翼地折成纸鹤，扔进饼干盒。是的，该是卸下浓妆的时候了。我在网上搜到《将爱情进行到底》，找到郝时雨所说的那段关于录音钥匙扣的片段。我反复观看了数遍，最后决定，将装着纸鹤的饼干盒送给江辰，那些在暗夜里折叠又烙平，烙平又揉碎的心事，希望他能懂。

周末，我抱着那个饼干盒即将出门的时候，坐在客厅的洛秋忽然叫住我。爸爸和云姨都出去了，家里只有我和她。她表情淡漠语气淡漠地说：“苏茆茆，我要和你谈谈。”

“谈什么？”

“请你离江辰远一点，不要理他。”

“凭什么，为什么？你是他什么人，你不理他，别人也不能理他吗？”

洛秋冷笑一声：“你看不出来吗？他在利用你，疗失恋的伤，他不喜欢你。”

被她说中，我微微发窘，却极力让自己平静，故作大方：“那又怎样？利用就利用，疗伤就疗伤，被利用，说明我还有价值，能为他疗伤，说不定以后我还能当什么情感专家呢。”

说完，我抱着饼干盒，抬步欲走。她一边若无其事地按着电视遥控器，一边不动声色地说：“别怪我没提醒你，做他的女朋友，没什么好的，你会成为女生公敌的。实话告诉你，我已经遭受不少白眼和恐吓了。”“这就是你和他分手的原因？”“算是一部分吧！最主要的是，他并没有你想象的那么好，热情开朗，善良热心，乐于助人，都是假象，他就是个自私冷漠的家伙。”“不会吧？”“怎么不会？冷漠无情，见死不救。看见乞丐绕道走，碰到坏事装看不见，总之就是一个自私冷漠的公子哥。”“不会吧？”

“爱信不信。”

江辰，告诉我，你不是那个冷漠自私的孩子，告诉我是她胡说八道。

我心里的疑问，却在见到他的那一刻，全部土崩瓦解。

我们约在那家冰饮店。我到达的时候，他正在对街向我招手，一个短暂的绿灯灯时。

忽然，一个五六岁的孩子从人群中冲了出来，人群一阵尖叫，只是几秒钟的时间，他从人群中冲出，一把拦腰抱起呆立的孩子，正在正常行驶的一辆面包车急速刹车，司机惊魂未定，从窗口探出头来怒骂：

“谁家小孩不看好，横穿马路找死啊！”小孩的妈妈从人群中挤出来，接过江辰手中的孩子，一边忙不迭道谢，一边哭着训斥孩子：“让你再乱跑，吓死妈妈了。”

红灯亮起，少年笑笑地捏捏孩子的脸，洒脱地向我跑来。我紧张地打量着他，掏出纸巾，为他擦掉手臂上的尘土：“你没事吧！吓死我了。”

他伸伸胳膊腿，故作轻松：“没事！小事一桩。”

坐在冰饮店里，依然是两份红豆冰沙，而我面前的那份，迟迟未动。我疑惑地望着眼前的少年，剑眉浓密，左颊有一颗褐色的痣，在阳光下蒙了一层金色光晕，有莫名的性感味道，脸部棱角分明，清洁，温和。他怎么会是洛秋所说的那种冷漠自私的人？

见我在看他，他伸手在我眼前晃了晃：“看什么呢？”“江辰，无论什么时候，遇到刚才那样的事情，你都会奋不顾身地相救吗？无论是老人跌倒、小孩被撞、女童被拐，你都会相救，对不对？”他扬扬得意地笑着，放下手中的吃食，身子后倚，自夸道：“那当然，哥就是当代活雷锋。怎么？崇拜哥们儿了？”

我笑了，开始低头吃碗里的东西。

是不是爱一个人，那个人身上，就有了一种魔力，让人无条件信服，给他闭上眼睛捂上耳朵的最彻底的信任。

于是，离别的时候，我将手边的饼干盒送给了他。

收了我的饼干盒的江辰，并没有什么反应。他依然像往常一样在楼下泰然自若地喊我去看球、去吃饭。

好吧！不负我心的青春，才会了无缺憾。我努力了，这就足够。

当那张字条出现在文具袋里时，我吃了一惊，小心翼翼地摊开，只是几个简单的字：“周末，老地方见。”是龙飞凤舞的字体，没错，是他的字体。我握着那张字条，贴在胸口，感到自己起伏的心跳。我感到，五月初夏的午后，我涨红的脸，我被甜蜜包裹的心。所有的校园爱情，不都应该是从传字条开始吗？江辰，开始用这样的方式约我。

我穿上自己最喜欢的一条荷叶边的连衣裙，头发梳起马尾，再对着镜子，拿出郝时雨送我的一根美宝莲的口红涂抹。她说，这种粉粉的颜色很适合我。

果然是。青春胭红，花明照眼。我将这一次见面，看作很正式的约会。在学校我对郝时雨悄悄说江辰写字条约我了，放学时她已走出好远，又回头叫我，做了一个加油的手势。装扮好下楼，爸爸也正要出门，看到我的样子，眼前一亮，笑说：“我们茆茆长成大姑娘了哦！出去玩啊！去哪里？我顺便送送你。”我冲爸爸粲然一笑：“不用了，我自己去。”我像花蝴蝶一样从他面前飞过，听到身后他的叮嘱：“路上小心，早点回来哦！”亲爱的少年，我来了。趁阳光正好，青春曼妙，趁花未开尽，我正年少你未老。

或许我去得太早了，老地方一如往常荒凉岑寂。黄昏未至，他还未到。我坐在石板上，轻松地哼起小曲：“日落西山红霞飞，战士打靶把营归。”远处树头蝉鸣凄切，是夏日行吟的歌者，小河流水喧响，与蝉歌和鸣。我忽然想起江辰送我的一本书里看到的内容，说蝉的幼期很长，北美有一种十七年蝉，幼虫在土中生活十七年之久，才能爬出地面羽化。十七年蛰伏，换一月高歌。这多像，长久蛰伏不被人知的爱情，此刻，我像那破土羽化的蝉，怎能不放声高歌？被黑暗倾轧过的郁塞不平，终在此刻交心相对的时候，找到出口。

江辰，我等你。

夕照暮云愈见深浓的时候，身后的草丛，响起窸窸窣窣的脚步声。我惊喜地回过头去，叫道：“江辰！”忽然愣住。不是他，是完全陌生的两个男子。他们穿着图案夸张的T恤，头发染得五颜六色，一个嘴里叼着烟，正暧昧不明地狞笑，另一个头发染成红毛的男人，轻佻地冲我吹了声口哨。那声音在这荒凉之处，令人悚然顿生。

我身子一僵，从石板上跳下来，不自觉地往后退，嘴唇哆嗦着，慌张地朝他们身后看。江辰，你怎么还不来？你快来了吧？

“别看了，没人来。”抽烟的男子扔掉烟头，用脚狠狠地踩灭，然后，向我逼近。

我遇到了坏人。苏茆茆，快逃！心底一个声音急促地喊着。我抬腿就跑，却被红毛一把拉住，一道寒光一闪，一把冰凉的匕首贴住了我的脸，一只烙铁一样灼热的手卡住我的脖颈，男人粗重的鼻息迎头劈来。怎么办？怎么办？江辰，快来救我。

“你们想干什么？我不认识你们，我和你们无怨无仇的，求求你，放了我。”情急之中，我企图用哀求为自己换得一点逃脱的机会。

红毛冷笑一声，恶狠狠地说：“你不认识我，我认识你啊！我妹妹乐乐说你抢了她的男朋友，让我来和你谈谈。”赵乐乐，那个花痴女生的名字在我耳边一闪而过。是她，是她找人来的。

“别跟她废话了。”我一闪身，抽出胳膊，用力抡过去，却被男人一把捉住反剪在身后。我拼命挣扎扭动，胡乱呼救：“救命！江辰！救我！妈妈！救我！爸！爸！快来！”

男人的拳头砸过来，我头顶金星炸开，一阵耳鸣，世界忽然安静下来。血腥在鼻腔和嘴角蔓延开来，和不断涌出的泪水糊在一起。

夏日的夜，一旦天黑，仿佛瞬间落下黑色帷幔，黑暗密不透风。

我挣扎着，怒骂着，可是无济于事。

忽然，不远处的小道传来一阵车链哐啷的声音，有人来了。有人来了！我记得，这座烂尾楼后面，是一个小工厂的旧居民楼。

我奋力仰起脖子，大声呼救："救命！"

一个骑单车的少年，喘着粗气停下来。身材微胖的少年，站在月亮地里，看上去块头很大，如果他能出手相救，我一定能逃脱。我心里又涌起希望。

少年惊疑地看看眼前的一切，握着车把的手在颤抖，红毛见状，站起身，拾起扔在一边的匕首，向少年一边逼近，一边恶狠狠地威胁："滚一边去，没你的事，多管闲事老子捅死你。"

他逃了，在威胁下，他竟然逃了。他脚步凌乱地蹬上车子，一路疾驰。可恶的、自私的、冷漠的孩子！你至少，打一个报警电话吧！江辰，你怎么还不来？绝望的泪水在我的脸上肆意横飞。裙子又刺啦一声，我仿佛听到身体也刺啦一声，裂开一个口子。男人的脸，在昏昏夜色中，涨红被涂上一层沉沉光晕，像一个绛紫的茄子。他急促地喘着气，像一辆加大马力的车子，轰隆隆地向我开来。

疼！好疼！

25

梦里吹来隔世的风。在梦里，我变成小小的女童，芳香纯稚，趴睡在他宽宽的背上，他背着我，扭头和我说话，吻我的额头，我嗲声嗲气地问他："爸爸，我们去哪里？"

"回家啊！"然后我醒来。月亮升起来了，我双手拢住肩头，好冷。破败的衣服像灰扑扑的羽毛贴在身上，此刻，我像一只受伤的鸵鸟，恨不得将头埋向沙土更深处。

一个声音在心底暗处响起：苏茆茆！你被强暴了，被两个陌生的男人强暴了。是的，不是噩梦，是真的。

我在寂静的荒郊开始放声大哭，风从耳边呼啸而过，像夜鬼的泣诉。我渐渐冷静下来，哆嗦着，从草丛里，找出掉落的手机。这个粉色的诺基亚手机，是过生日时爸爸送我的礼物。我颤抖着，翻遍号码，却不知道打给谁。

江辰？不，不能让他看到我现在的样子。为什么？他写字条约我，可他始终没有来。爸爸？对，打给爸爸。这时，电话忽然响起来，是郝时雨。我像溺水的人忽然抓住了救命稻草，手忙脚乱地按下接听键，那边传来她愉悦的声音："小妞，和江辰的约会怎么样？"我在电话这端，放声大哭。她的舅妈出去打牌了，要很晚才回来，舅舅住在店里，家里只有她一个人。我蜷曲在她的床上，始终没有抬头。我记得刚才，我们去了派出所，在进门的那一刻，我逃开了。她端来一杯热牛奶，轻轻地碰了碰我，我触电似的一抖。怎么办？怎么办？

"还是报警吧！"郝时雨说。报警！不！现在报警还有什么用？只是在伤口上撒盐。报警？

接受警察的不断询问，指认地点，描述歹徒的长相，一遍一遍，把伤口和羞耻揭给人看。所有人都会知道，苏茆茆被强暴了，表面安慰同情，背后指指点点，老师、同学、爸爸、云姨、洛秋，都会知道，我被强暴了，还有，江辰。不！

我点点头，又失神地摇摇头。

她也叹口气："也是！这种事，报警了，对你又是一次伤害。可是，也不能白白地就这么……就这么让人欺负了。"

怎么办？怎么办？一种不祥的担忧忽然涌上心头，会不会，就这样，怀孕了？我幽幽地抬起头，声音细得像一根快断的绳子，问郝时雨："那样了，是不是，会怀孕？怎么办啊？"郝时雨在我身边坐下来，像姐姐一样抚着我凌乱的头发，问："你真的打算不报警了吗？要不，还是现在回家，告诉你爸爸，看看应该怎么办？"我一把拉住她的手，哽咽出声："不，不要！我不要任何人知道，不要爸爸知道，不要让他知道，不要。"她抱住我，轻轻地拍着："好，不要，不要他们知道。不会有事，谁也不会知道。茆茆，你告诉我，你不会自杀，你会好好的。"我像个失声的病人，木木地点头。她看着我喝了牛奶，给我盖好被子，然后出去了。

不一会儿，她回来了。她手里拿着一盒药，重新倒了一杯清水给我，说："把这个吃了。"

我木然地看着她。

她又重复道："把这个吃了，就不会怀孕。"我接过药，顺从地吃了。是的，我不要有事，不会有人知道。我还会是以前那个干净纯洁的孩子。可是，真的会吗？那个月白风清的苏茆茆，那个丢失了的苏茆茆，那个破碎的苏茆茆，还能找回来吗？

我闻到身体上陌生的罪恶的气味，又一次哭出声来。郝时雨抱着我，咬牙切齿："你是说，是赵乐乐那个花痴脑残找人干的？没看出来，这贱货这么胆大，明天我找人弄死她。"

我还是哭，不停地流泪，仿佛心头有根带刺的荆条不停地抽打我，燥热、疼痛、灼伤、不安。

她从枕头下的烟盒里，抽出一根烟，叼在唇边点燃，然后，递到我唇边："抽一根，心里会好受点。"

真的吗？我狠狠地吸了一口，烟雾在眼前袅绕而上，一个大大的烟圈，仿佛一个句号，代表了那些甜美童贞的终结。

都结束了。头好烫。我仿佛掉进了火炉里，在断断续续的梦中，与面目模糊的歹徒做长久的血肉相搏。很痛，很累。在郝时雨家中睡了一天一夜，低烧不退，她一直在旁照顾我。终于醒来。她用担忧的目光看着我，说："这件事，还是回家问问你爸爸，应该怎么办。我们都还是孩子。"是的，那些生之痛苦，我们必须去面对和承担。我点点头，穿上她的干净衣服，她送我回家。爸爸，我把自己弄丢了，现在我回来了，你会原谅我，你会保护我，对吗？家里好安静，推开门，死寂一般的宁静瞬间将我裹挟。云姨、洛秋，各自陷入沙发一角，云姨的脸是浮肿的，头发凌乱，目光涣散，而洛秋一言不发，泪水无声地从眼里淌到下巴，无声的泪水，让屋子里的气氛更加压抑。

爸爸不在家。

云姨抬眼看见我，忽然扑过来抓住我的胳膊，声嘶力竭地喊着："茆茆，你去哪里了，你怎么才回来？你怎么才回来？"

"怎……怎么了？"我身子一虚，脚下一软，郝时雨用力扶住了我。难道，他们都知道了我的事，他们都知道了？云姨的脸，在瞬间变换了各种表情，彷徨、无助、绝望、悲伤。郝时雨松开了我，云姨跌坐在沙发上，闭上眼睛，大颗大颗的泪滚落下来。

"怎么了？爸爸呢？"

一直默默流泪的洛秋，忽然转过头大声喊道："爸爸没了，爸爸没了。"她忽然哇地放声大哭。

"什么没了？没了？"

"没了，就是死了，死了，再也不会回来了。爸！"郝时雨再一次紧紧地拥住了我。我愣怔在原地，说不出话来，那颗被痛苦揉搓的心，像碎玻璃一样在胸口轰然炸开。命运的手掌，左右开弓，向我袭来，而我，无力躲避。

26

爸爸在我出事的那天晚上，驾车和朋友一同外出吃饭，微醺而归，车子驶过三环时，因躲避一辆急转弯的面包车，撞上路边的隔离墩，一车两命，他，和一个叫安建国的中年男子。爸爸和安建国被送往医院后，先后不治而亡。那天的都市新闻和报纸，都完整地报道了这起车祸。照片里的银灰色轿车，扭曲变形，触目惊心。我在两天后才知道。

因为尸体严重损坏变形，我未被允许去太平间见爸爸最后一面。很快入土下葬。在郊外的公墓，一块小小的墓地，向阳的风水之地，是他最后的归宿。来了很多人，他生前的好友、单位下属、生意伙伴、远房亲戚，都表情肃穆地安慰我们，然后各自散去。云姨在葬礼上数度昏倒，突如其来的灾难像一个巨大的榨汁机，沥干了她所有的水分，也抽走了她赖以生存的养料。苏岩曾是她甜美生活的养料。

洛秋哭哑了嗓子。

我也哭，可是更多的时候，我在不停地发抖。5月的天光，我却感觉孤身站在南极的远天僻地中，白茫茫，刺骨的风大片大片地灌到心里，好冷。

人群渐渐散去。洛秋和云姨，渐渐恢复神志，彼此搀扶着，坐在一边的石椅上休息，神情萧瑟。

几天了，郝时雨一直陪着我。“去那边树荫下坐一会儿吧！”她说。

她扶我到松树后的一条石椅上坐下。我茫然地看着远处，那种茫无边际的绝望又向我袭来。我失去了贞洁，失去了最后一个亲人，从此这世上，我又是孤零零一个人了。而我深爱的少年，从出事到现在，像消失了一般，一直没有出现。我和洛秋都双双请假了，班里很多人都知道我们家出事了，有和洛秋要好的同学也来安慰她，可是，江辰，即使作为一个普通同学，也没有露一下面。

此刻，我多想他在身边，即使我们无法再像从前，即使无法再并肩走下去，哪怕，此刻，他来了，站在远处，看一眼就足够。或许，他真的如洛秋所说的，是个自私冷漠的少年。我恨所有自私冷漠的少年。这时，一团面积巨大的阴影，挡住了我的视线。身材微胖的少年，有微微肥硕的肚腩，像一只肥软可欺的麦兜，他的表情腼腆又痛苦，欲言又止。

我好像在哪里见过他，却又想不起来。“你，是苏茆茆吧？”

我漠然地点点头。“我……我爸爸……我……我……”忽然，他哼哧地哭起来，“苏茆茆，对不起！”

“你神经病啊！”郝时雨忍不住训了一句。

“我爸爸是安建国，和苏叔叔那天晚上一起，然后，出车祸了。那天晚上，他们在抢救，我去见爸爸最后一面，爸爸告诉我，他和苏叔叔在等待救援的时候，互相约定，谁要是活着，将来要照顾对方的家人。可是……可是……谁也没抢救过来，呜！呜！呜！我……我……爸爸说，我长大了以后，要照顾好妈妈，照顾好苏叔叔的家人。”原来，他是同车死者安建国的儿子。他说得语无伦次，眼中蓄满泪水，向我表达了爸爸最后的祈愿。原来，苏岩在弥留之际，也曾想过，嘱托幸存好友，给我最后的庇护。可是，谁也没有幸存下来。

我茫然地摆摆手：“不用了，我们会照顾好自己，你也失去了亲人。”“我……”他还想说些什么，最终又咽下。郝时雨劝他先离开，有话日后再说。他转身，脚步缓滞地走向不远处坟前的中年妇女，扶起她，下山去了。也是一个倒霉的可怜的孩子。

家里的气氛变得很微妙，三人许久不发一言。

云姨不再按时做饭，即使做了，也是缺盐少醋。

我在浴室用冷水洗了一把脸，和洛秋迎面撞上。她的眼睛依然红肿着，忽然盯着我的脸，问道："你的额头怎么了？"

我伸手去摸，那里是一块红肿，那晚被打留下的痕迹。此刻，她的关切询问让我心里微微一暖，我低下头，装作不以为然："没事，不小心撞的。"

洛秋的目光，忽然闪过一丝慌乱，她不安地低下头，说："没事就好。"

不祥的猜测和狐疑忽然涌上心头，难道，是洛秋？是她找人去侮辱我？只有她最在意我和江辰在一起，对，一定是她。当这个念头从我的脑子里冒出来时，吓我一跳。我几乎要冲上去推开门揪住她质问，最后，伸出的手又轻轻放下了。时至今日，是她，或是赵乐乐，又能怎样？我再也不会是从前的苏茆茆了。这个家，已经经不起任何波澜了。

已经是，失无可失了。渗入骨髓的痛苦，都要各自承担，独自纾解。生活继续，高考正马不停蹄地赶来。在家休息了两天之后，当我再回到学校时，发现郝时雨的座位是空的。我以为她依然逃课，最后在学校门口的公告栏里，看到了一张醒目的处分公告，她被开除了。她在课间，莫名地抄起板凳，砸向毫无防备的赵乐乐，赵乐乐头部缝了八针，左手食指骨折，至今还躺在医院。郝时雨的舅舅，给赵乐乐家赔了很多医药费，在教务处，甚至给校长跪下了，也不能改变她被开除的结果。听同学们都这样说。她为我出气，打了赵乐乐，在离高考不到十天的日子，被开除了。我从来没有这样愧疚不安过，我想，至少，我应该去找找她，说句谢谢或者对不起。一整天，头都昏昏涨涨的，终于挨到放学，一出校门，她忽然从暗处跳到我面前，一点也没有被开除后失落的样子，她一边和旁边的同学没心没肺地打着招呼，一边揽住我的肩。

“郝时雨，你怎么这么糊涂，为什么要这么做？”我把她拉到没人的暗处，低声埋怨，“反正已经这样了，你打了她有什么用？马上高考了，你的前途……”

说到“前途”，她仿佛听到一个天大的笑话一般，嘻嘻地笑起来：“去他妈的前途，我就是进了高考的考场，也考不上，你又不是不知道。”

“听他们说你被家里关起来了，怎么出来的？”

“嘿！趁舅舅不注意，逃出来的呗！我来送你回家，走！”

我的泪水，又不争气地涌出来。三年同窗，她为我打了两次架，一次被罚站，一次被开除。情意深厚，即便是鲁莽率直的方式。

我该怎样偿还？

“哎哎哎！别太感动哦！是不是想着要怎么报答我啊？唉！以身相许吧！你是个女的，咱不稀罕。下辈子吧，下辈子你投生一帅哥，拼命追我，往死了对我好，怎样？”她依然能这样没心没肺地开着玩笑，我苦笑一下，使劲点点头。

27

江辰再没有出现在校园里，他仿佛忽然从人间消失了一般。从各处听来只言片语的传闻，我才得知，江辰的家，也出事了。他的父亲贪污受贿，数目巨大，被检察机关查处，已锒铛入狱，几处房产和名下财物都被没收。几天前，江辰家里的人来学校为他办理了休学。又有人说，他父亲已将部分财产转移海外，并为他办好了留学手续，他压根儿不稀罕参加什么高考。各种传闻都有，总之是，他家真的出事了，他真的再也没有在学校出现。为什么？江辰，难道我们之间的情意稀薄得连一个告别也没有吗？两个溺水的人，不可以共同泅渡，彼此慰藉，不如各自下沉。你是这样想的吧？果真是自私冷漠的少年。

黑色 6 月来临。

当一个人身无长物万念俱灰时，即使走在炮火连天中，都会不惊不惧。所以我在高考的考场上很平静，除了闷热，和偶尔的恍惚，我还是坚持了下来。巨大的变故或许会摧毁意志、磨灭勇气，其实并不会带走曾经所学的知识，会做的题，我依然会做，只是用的时间长一点，不会做的题，依然不会做。

即使是考上一所一般的大学，也不赖。那也是代表新生活，衰败的过去过去，未知的未来到来。

云姨在考场外等着我们，笑容疲倦，带着隔夜的黑眼圈。她还没有从失去丈夫的伤痛中走出来，这个可怜的脆弱的女人，只是短短几天，看上去老了十岁。

接下来又是漫长的暑假。我根本没有操心高考成绩，浑浑噩噩地估分，随随便便填报志愿。我和郝时雨说好了，如果考不上，我就和她去南方打工，去流水线做女红，每天累到半死，不知道明天在哪里。这个暑假，我几乎天天和她待在一起。她是我最后的避风港，睡在她那张印着巨大 HelloKitty 的床上，入眠很快，虽然会时不时从梦中惊醒，但闻到她微微的鼻息，很快平静。

云姨和洛秋母女相依，如彼此舔舐伤口的困兽，眼神忧伤哀愁。一切都需要面对，云姨开始时不时到爸爸的影楼去，打理他留下的一摊生意，要强颜欢笑，面对各色人等，顾客、员工、合约、账目、税务，琐碎得令人头疼。洛秋不再那么张扬跋扈，盛气凌人，苏岩的离去，仿佛一道魔咒，拔掉了她身上所有的刺，和那些闪闪发光的骄傲。她甚至有时会主动打电话给我，告诉我云姨做了好吃的，让我回家吃饭。我们都在不知道的某个瞬间，迅速长大了，用痛苦做代价。

7 月流火，梁静茹的演唱会即将来临。那天，我回家去拿票，看到那日在公墓遇到的少年，正站在家中的院子里，帮洛秋挪移花盆。见我进来，他拘谨地搓搓手，直起身来，嗫嚅了半天，又什么也没说。

“是安叔叔的儿子安良，安叔叔和爸爸一起在车祸中不在了。”洛秋依然有些悲痛地说。

“别说了，我知道。”

“他来了好几次了，好像在等你。我去倒水。”

我不耐烦，冷冷地说：“我都说了，你也失去了父亲，我也失去了父亲，大家都很痛苦，就各自承担，或许时间长了就会好了。你不欠别人什么，你也只是一个孩子，不用为那句虚无的托付做什么。”

“不！苏茆茆，请你原谅我，请你给我一个赎罪的机会。”

“赎罪？”

“我知道，我胆小，我懦弱，我不敢去救你，我是个胆小鬼。那天晚上，我去见爸爸最后一面，我告诉自己我要去见爸爸最后一面，这很重要、很着急，其实我是懦弱，我……你……那天晚上，你有没有……有没有……”

我忽然想起来，那个骑着单车的少年，那个微胖的身影，在我瑟瑟发抖的呼救中不管不顾，在歹徒面前落荒而逃，原来，就是他。那个雪崩一样的夜晚，那个世界沦陷的夜晚，又像梦魇一般覆住我，胸口的火苗噌噌地燃起来。“你闭嘴，不要提那天晚上，我不认识你，我不需要谁的赎罪，我不需要谁的照顾，即使赎罪，你以为搬搬花盆或者扛个煤气罐的照顾，就能赎罪吗？”“对不起，苏茆茆，我真的没想到会这么糟糕，我没想到会这样。”

少年的胸口起伏着，那张本来肉感而温和的脸，那刻看上去如此讨厌。我厉声叫道：“你滚！你能为我做的最大的事，就是以后不要再出现在我眼前。你出现一次，我心里就疼一次，你出现一次，就提醒我一次，就让我想起那个夜晚，我不想再想起来，行不行？我已经打算要忘了，行不行？请你离我远点。”少年手足无措，在我的暴怒和失控面前，不知如何是好。

洛秋忽然从屋里出来，手中的茶杯放在院中的石桌上，发出很清脆的磕碰声。她一把拉住我的胳膊，难以置信：“哪个晚上？什么晚上？你怎么了？”

我心里一紧，目光掠过她，冷冷喊道：“没有什么晚上。”

然后转向安良，“请你，不要再出现。”

28

光柱和霓虹交错，掌声和音乐融合。各种声音混合的声浪，使人如置身深夜的海岸，一波一波的浪潮不断袭来，舔舐衣衫和肌肤，心有微澜，不断荡漾起伏。

台上的唱歌的女子，比起诸多偶像歌星，多了一丝温婉，少了几分浮华。她在台上唱：“爱真的需要勇气，来面对流言蜚语，人潮拥挤我能感觉你……”那一刻，我忽然想起江辰在我耳边讲过的“六眼飞鱼”的笑话来。我们约好一起来听演唱会的，可你去了哪里？郝时雨在演唱会外，买了几支荧光棒。我们随着尖叫的人群，踩着音乐节拍，不断挥舞手中的荧光棒，声嘶力竭地呼喊：“梁静茹，我爱你！梁静茹，我爱你！”

那些在演唱会人群中的呐喊，与其说是对偶像的喜爱，不如说是一种释放。那些青春时期的郁塞，如一次盛大荒洪，借由黑暗陌生的人群，找到疏通的出口。

“梁静茹，我爱你！梁静茹，我爱你！”我的嘶喊渐渐微弱，最后变成一句细弱的：“江辰，我爱你。”我在人群中，缓缓蹲下来，掩面而泣。

郝时雨在演唱会过后不久的某天，不辞而别，只在我的手机里，留下一条简单的短信：“姐们儿走了，保重！”我不知道她哪时哪刻离开，我没有去送她，我害怕面对一场一场的离别。因为不知道每一次离别之后，还会不会再见。

我接到了 × 建筑科技大学设计系的录取通知书。学校在一座叫作锦和的城市，一座温婉的南方小城。

而洛秋则顺理成章地考上了首都艺术学院表演系。她抱着云姨，在客厅里又唱又跳，云姨也笑着，眼角蹙起很深的眼纹。这是爸爸离去之后，我第一次看到她们露出如此纯粹的笑容。屋子里的稀薄冰冷被欢笑冲淡，盛夏阳光拨开桂花树，透过落地玻璃窗，稀释后的阳光暖暖地落在客厅里，白晃晃一片，好温暖。

那天，云姨做了很多好吃的。酱香鸡翅、菊花豆腐煲、丝瓜烩虾仁……她甚至跑了好几条街，买了我爱吃的黄桂柿饼和洛秋喜欢的紫米老婆饼。这是爸爸去世后云姨做的最成功的一次饭菜，也是出事后我唯一食之有味的一餐。

云姨不断地给我们夹菜，最后，把一张银行卡推过来：“这是你爸爸以前让我给你存的钱。哪天开学？火车票买好了吗？到时候我去送你。”“不用了。我自己去就行了。”我说。“也好，你们都长大了，也该独立了。洛秋，你也是。”女人的脸上，又露出无可奈何、疲倦的脆弱表情。

八月的薄秋，暑气还未散去，我独自提着行李，登上列车。心已经飞走了。听说，那座校园，秋天红叶弥天，碎金铺地，每到红叶“疯”时，蔚为壮观，远近高校的学生乃至游客都闻名而来。不知道新的生活，能不能烙平心里的褶皱，不知道走失的苏茆茆，还能不能找回坐标。唱尽黑夜之歌的孩子，推开窗户，黎明来临之前，阳光会不会叩响你沙哑的嗓音，发出一声明亮又微弱的啼鸣。

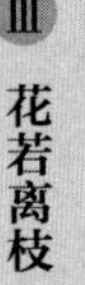

Ⅲ

花若离枝

你是虚构的情节，是无可论证的真理。

1

红叶是秋天的花，这座校园里，开满了秋天的花。

秋风起时静栖枝头，苍绿中一坨铭黄，又似谁遗落的一抹绯红笑意，饮了酒，微微酡红。

满眼的红叶都在铺陈锦绣，而我在思念那已消失了踪迹的少年。听说，古代有人在红叶上题诗，诉说深宫寂寞和愁思，红叶顺水流出，因此而缔结了一段奇缘。而此刻，秋风正起，我若红叶写思念，遣秋风为差，远方的你，是否能收到？最怕是寄出的思念永无归期，不如作罢。

一所非重点、非名牌的大学，只是有两三个较好的专业支撑门面。在学校里，我是平凡至极的女生，内敛，沉默寡言，整日泡在图书馆，很少参加社团活动，不事装扮，朋友很少，不曾恋爱。

学校图书馆的前后门，分别有一尊雕塑。前门是大理石雕刻的少女，呈半卧姿，右手下，是一本合起的书，左手指尖，捻一朵纤小的蒲公英，微闭双眼，做吹气状。这座寓意鲜明的雕塑，被同学们戏称为“读书有个毛用”。后门的雕塑，是一个奔跑的少年，书包斜搭在肩头，另一手托着一个篮球，无独有偶，这座雕塑被奇思妙想的同学戏称为“读书顶个球”。呵！这是除了红叶之外，校园著名的两大景观。沿图书馆四周，以雕塑为终点或起点，是一圈跑道，晚饭后常常有一些表情迷茫的少年在跑步。夜晚的跑道常常会有路灯坏掉，漆黑的跑道上树影重重，每次我从图书馆出来，常常有孤单的身影从身边或快或慢地擦过。那些奔跑的少年，常常让我想起江辰。

后来有一次在宿舍熄灯后的“卧谈会”上，听下铺的林燕燕和李秋说起那些跑步的男生，林燕燕说：“青春期的男人总有许多多余的冲动，跑步运动，是最好的代谢方式。”然后，几个女生捂着被子，哧哧地笑，暧昧不明。我无法加入她们的谈话中去。

大一的寒假，我窝在宿舍或图书馆，迟迟没有买票准备回家，事实上我是真的不打算回家了。洛秋出乎意料地给我打来电话，口气异常焦灼不安，甚至有些低声下气：“茆茆，马上回家好吗？家里有事，有很重要的事。”

我依然口气淡漠：“现在不好买火车票了。什么事啊？”

“买机票，回来，马上回来。”她的口气，不容置疑。

当我赶到家的时候，正是大年三十，踩着小区里烟花燃尽后的满地红碎屑，犹闻到一丝火药的焦味。而家里，也正是炮火硝烟弥漫，洛秋和云姨正在吵架。

“不行，我绝对不同意，如果你这样做，我就去死。”洛秋大声地喊着。

云姨只是流泪。

见我进门，两人都如遇到救星一般把希冀的目光投向我。洛秋抢先上前，一把抓住了我：“茆茆，你回来了，你回来就好。”“怎么了？”

“告诉她，你不同意，你不同意她和那个男人复婚，绝不同意。”云姨的脸上，愧疚、无奈、心酸、哀愁，各种表情纠结，她流着泪，洛秋流着泪，言语混乱交错，终于澄清了事端。云姨准备复婚，和她那个吃喝嫖赌的前夫，洛秋的生父。他在服刑期间，表现良好，获得减刑，已经出狱一年了，刚刚找到云姨，那个经历了牢狱之苦的男人看上去退尽了戾气，他跪在云姨面前，说要痛改前非，补偿过去的种种。云姨的理由看似牵强，又似乎很充分。她说，自己只是一个女人，一个需要依靠男人的女人，而那个男人，毕竟是洛秋的亲生父亲。她说，她也曾恨他恨得要死，可是谁年轻时不犯点错，改了就好。

“那是一点错吗？那点错是改了就好吗？你原谅他，我绝不。你如果敢和梁军在一起，我肯定从这里跳下去。”她指着三层高的楼，恶狠狠地说。

什么样的仇恨，让亲生女儿对亲生父亲如此厌恶？

直至很久很久的后来，洛秋告诉了我一些事，我才懂得当时她为何如此仇愤……

“洛秋，你听妈妈说，我真的好累。”

“我不听，不听。苏茆茆，你说句话啊！你傻了吗？她要和那个男人复婚，就等于把爸爸的家业拱手送给那个男人败光，你倒是说句话啊！告诉她，你不同意。”

我木然地站在那里，洛秋红了眼，再一次抓住我：“茆茆，你才是这个家真正的主人，你才是爸爸真正的继承人，告诉这个傻女人，你不同意。”

屋子里忽然静下来，我有些恍惚。记得半年前，我们还在这里一起吃离别的晚餐，酱香鸡翅、菊花豆腐煲……那滋味我现在还记得。记得更久之前，爸爸晚归的深夜，云姨深情地在灯下等他；记得更久之前，爸爸载着我，嚣张又奢侈地购物，在灯光璀璨的酒店吃“带刺的温柔”，恍如昨日。而以后，这里会多一个陌生气味的男人，一个曾经劣迹斑斑的男人。我能阻止吗？一个孱弱的女人做出的决定，其实是无法阻挡的。我苦笑一下，发现我其实在很久之前，就对这个华丽的空壳，对这座漂亮的钢筋水泥盒子，失去了归家的企盼。什么时候？是那个被痛苦如车马过桥从我心头狠狠碾过的夜晚，是那个失去了爸爸的夜晚。

她们都在等待我的回答。我没有与她们的目光对视，只是淡淡地说了句：“我不管。”然后，兀自上了楼，在一切如昔的盥洗室，捧一把冷水洗脸。楼下传来更加激烈的吵骂声、哭声，甚至是杯盘摔碎的清脆声响，和窗外此起彼伏的爆竹声，混成一曲诡异的交响。我拉开被子，闷头大睡。第二天一大早，就出门买票，返回了学校。而我知道，那个家，我是真的不会再回去了。

洛秋当然没有跳楼。因为不久后，我分别收到了她和云姨给我发来的短信，洛秋说：“你这个傻瓜。”

云姨说：“茆茆，你要理解我。”

宿舍楼下的花坛里，开出了早春第一朵迎春花，花朵开得漂亮。阳光打在脸上，那些芳菲早醒的心，在春天里也悄悄萌动。

午夜后的宿舍卧谈会上，女生们的话题越来越火辣大胆，谁的乳房是隆的、鼻子是假的，谁和男友去开房了，谁怀孕了悄悄去医院做流产了，谁又被男友踹了。那些话题，在黑暗的空气中，仿佛长了脚的蚁虫，黑压压密麻麻的，浩浩荡荡地钻入毛孔，无孔不入。

我拉起被子，捂上了耳朵。我害怕听到那些，无论她们的话题怎样大胆火辣，也只是单纯少女对男女之事的天真好奇，而我，过早地失去好奇的资格。天真、纯洁，都在那个夜晚，齐齐打碎。于是我用更多的时间泡在图书馆和晚自习里，有时合上书本，偌大的教学楼空无一人，只剩下我落寞的脚步声在空旷的走廊响起。我就是在那样一个夜晚，碰到那个女生。很漂亮的女生，穿一件时髦的红色毛衣，肤色白皙，从我身边擦过，不小心撞到我，柔声说了句：“对不起！”我笑了笑，看到那清亮的眼神一闪而过，有一丝莫名的忧伤遗失在空气中。她朝着另一个楼梯跑去。

几分钟后，我刚刚走出教学大楼，一个闷重的声音忽然在离我脚边不到五米的地方轰然炸开，刚才还鲜活明亮的少女，如俯冲而下的燕子，在夜空中留下一道虚无的弧线，徒留破碎的肉身。我看到一半紧贴地面的侧脸，大摊的血从头部和身下不断溢出，如同地表破裂涌出的岩浆，触目惊心。

在几秒钟后，我才反应过来，有人跳楼自杀了。我尖叫起来，有人群从不同的楼层拥来。我愣在原地，开始不停地发抖。

人间三月，春和景明。

怎样的绝望，才舍得放弃生命？那个女生，最终抢救无效死亡。听知情的同学说，是大二的学生，周末在外做家教，被男主人诱奸，不慎怀孕，又不被认可和承担，羞愤之下，才绝望自杀。听法医说，她的腹中，已有两个月大的胎儿。

这件事被各种声音议论唏嘘，一段时间后，渐渐被遗忘。而我无法忘记那晚清亮的眼神，和遗落在空气中的那丝忧伤。那个女生的自杀，仿佛一个暗示，暗示了过往的罪恶和不洁无法烙平，不能抹杀。我以为已经快要忘了——那个丢失了自己的夜晚。

我开始神经衰弱，夜不能寐，刚刚浅眠，又从鬼魅惊悚的梦中惊醒，上课头昏脑涨，无法集中精力。我开始加入晚饭后在“读书有个毛用”和“读书顶个球”之间跑步的人群行列。每一个在黑灯瞎火的跑道上奔跑的身影，都有自己不为人知的故事，也许只有这样激烈的方式，才能让躁动不安的灵魂安静下来。不停地奔跑，沥干身体的水分，耗尽所有的力气，才能在床上，迅速入眠。就是在跑道上，我认识了那个叫黎阳的少年。

每天，我从“读书有个毛用”开始起跑，中途，总会遇见一个少年骑着单车晃晃悠悠地驶来。别人都在跑步的时候，他在骑单车，不，确切地说，他在学骑单车。是他骑单车的样子吸引了我。整个学生时代，单车仿佛是上学的必备之物，那些少年，能够让单车在手中变成玩具，可双手撒把，可前后载人，落拓的少年载着心爱的少女在风中疾驰而过，单脚撑地的姿态，看上去很帅。

可是，这个骑单车的少年，车子骑得歪歪扭扭，有几次晃晃悠悠地跌倒在雨后的小水洼中，引得周围的同学一阵讪笑，而他总是不以为然地摸摸脑袋一笑，若无其事地扶起被摔得七荤八素的车子。

终于，这个骑单车的少年，在第 N 次的练习中，迎面撞上正在跑步的我。

他扶起我时，粲然一笑，勾动嘴角，那笑容，瞬间击中了我。江辰，是你吗？“嘿！我叫黎阳。”

“我叫苏茆茆。”我鬼使神差地伸出手去。

黎阳长得并不帅，但那坏坏的笑，很有味道，比起江辰，更多一份痞气。是身材挺拔的少年，薄薄的嘴唇，有莫名的性感，说话间，总带着一丝若有若无的戏谑和佻达意味。我知道为什么那么多女生都会喜欢痞里痞气的男生了，那样的男生，能轻易开启少女心头的快乐。黎阳只是轻轻一笑，几句俏皮话，就轻易开启了我的快乐。我知道这不是爱，我只是自欺欺人地用他来怀念江辰罢了。后来，我的跑步，和他的骑车，变成了并排，一边前进，一边闲聊。

“你为什么学骑车啊？”

“为了一个女生，她答应我，只要我学会单车载她，她就做我的女朋友。”

“现在呢？”

“我还没学会，她就坐别人的车了。”

我假装嘲笑：“是你学得太慢了。”

“是女人变心的速度太快了，她坐上的，是人家的宝马。”黎阳若无其事地说着，好像只是在谈论别人的事，看不出脸上有一丝悲伤。

“别灰心，你将来也会有宝马，气死她。”我找了一句轻飘飘的话来安慰他，其实他看上去并不需要安慰。

“我家里现在就有两辆宝马，不过都是老爸和老妈的，不稀罕说出来炫耀罢了。”我心里微微闪过一丝鄙夷，呵！原来是个富二代。

我戏谑道：“那为什么在我面前说？”黎阳扭头上下打量我，意味深长地说：“那些女人都爱慕虚荣，你和她们不一样。一个穿着旧 T 恤在傍晚跑步的女生，和她们不一样。”我要将这话当作贬低还是赞美呢？我淡淡笑笑，却没深究。

夜晚的暴跑有人陪伴，渐渐变得轻松。有一天，黎阳忽然倾过身，附到我耳边说：“苏茆茆，等我的单车学好了，你做我的女朋友，我载你。”我的脸噌地涨红，只是当他说了一句笑话，我装出轻松的表情，笑道：“吓死我了，我可不敢坐。”然后紧跑几步，甩开了他。没想到黎阳的一句玩笑话，竟然当真起来。他开始了隆重而热烈的追求，帮我打热水，讨好我同宿舍的女生，送宿舍大妈礼物，在食堂帮我排队打饭，去图书馆帮占座，周末约我看电影，借着各种名头送花，手段恶俗而夸张，却令众多女生羡慕。

我方寸大乱，开始躲他。这样的无所顾忌，让我惶恐不安。我还没有做好开始任何一段恋情的准备，我背着不洁的原罪，我失去肆意恋爱的底气，我不能接受任何人，哪怕是江辰。

可黎阳还是死皮赖脸地黏上来。他开始每天写情书，特意装到信封里，跑到校外的邮筒投进去，第二天再寄回来，信封上写着大大的“苏茆茆亲启”。有一封信里，他不知从哪里抄来两句诗：“你是虚构的情节，是无可论证的真理。”我心中微微一动，想起江辰。是啊，你是虚构的情节，是无可论证的真理，是我遗弃的梦想，依旧簇新。我不再和他在跑道上说话，跑步加速，远远地把他甩在后面。黎阳追赶不及，从车子上歪歪扭扭地倒下，一边扶车子，一边叫道：“苏茆茆，等等我啊！”

体力消耗过度，我发现自己食量猛增，常常早餐吃过不久，就开始饿了。午餐去打饭的时候，食堂师傅好像特别善解人意似的，狠狠地给我的碗里舀了一大勺土豆排骨，堆在白饭上，像一座小山。黎阳又不知从哪里冒出来，依然不咸不淡地开着玩笑：“苏茆茆，没看出来啊！食堂的师傅是不是爱上你了，怎么给你这么多排骨啊？”

我没好气地白了他一眼：“胡说什么啊！”

第二天去打饭，我碗里的咕噜肉，又多出一勺。我忍不住抬眼看了一眼打饭的师傅，高高的白色厨师帽下，是一张肉感的似曾相识的脸。是他！是那个自私胆小冷漠的安良，他怎么又出现了？他怎么像阴魂一样挥之不去？我的脸瞬间煞白，我端着饭盒踉跄地跑开，饭菜洒了一地。那个夜晚，又黑压压地碾压过来，像压在胸口的一块巨石，又尖又硬，让我喘不过气来。安良在晚饭后的暴跑中，截住了我。他的手里，拿着一纸袋子食物，像只傻傻的泰迪熊站在我面前。我仰着脸，眼神里蒙了霜，冷冷地盯着他：“你来干什么？你又跑到我们学校干什么？”他没有回答我的话，只是说：“苏茆茆，你应该多吃点，你太瘦了。”我忽然想起赵本山那年的小品来，冷笑了一声：“呵！你还真对得起自己的身材，脑袋大脖子粗，不是大款就是伙夫。”安良不好意思地低下头，嗫嚅着：“爸爸走了，妈妈下岗，不想让她负担太重，再说我成绩也不怎么样，考不上什么好大学，所以就上了个烹饪技校，早早谋生的好。”

“你谋你的生好了，干吗跑到我的学校来？你不要告诉我这是巧合！”

“是，我问云姨的，她说你在这边。我想离你近一点，照顾你。”“我再说一遍，我不需要谁的照顾，尤其是你的照顾，不需要。”

这时，黎阳那个讨厌鬼又晃晃悠悠地骑着自行车过来，看到有男人站在我面前，他立刻很英雄地挡在我面前，警觉地问：“这谁啊？”

“一个神经病，别理他。”黎阳见我理他，嬉皮笑脸地应着：“得嘞！走，不理他，听媳妇的话。”我气呼呼地跑开，一边跑一边斥骂：“胡说什么啊？闭上你的臭嘴。”

“我臭吗？不臭啊！你闻闻。”黎阳又死皮赖脸地凑过来，我正心烦不耐，便一把推开他，车技不佳的他，又歪倒到一边的小水洼中，夸张地哇哇大叫。我越跑越快，越跑越快，铺着绿色草坪的跑道，像最贴心的朋友，总是这样温柔地敞开胸怀，接纳我，抚慰我。跑过一圈，我发现安良依然站在原地，手持那包食物，低着头，长久地，如僵住一般，站成了图书馆门口的第三座雕塑，坚硬，固执。

安良依然故我。即使我为了躲开他到别的窗口打饭，也总能遇到他。他依然狠狠地舀一大勺菜盖到我的饭上，然后看着我对他嘲讽一笑，又将排骨夹到了同学的碗里。他不再亲自找我，而是将各类好吃的食物托宿舍同学带给我，有时是香辣鸭脖，有时是红烧猪蹄。林燕燕艳羡无比，夸张地叫着：“苏茆茆，你好幸福啊！有一个黎阳这样的公子哥死心塌地地追求你，还有一个表哥在身边这么照顾你，每天都送这么多好吃的。”

原来安良对同学说，他是我表哥，哼！表哥！我瞅了一眼吃食，说：“你们饿了，就吃吧！我晚上不吃东西。”女生们尖叫着，一袋食物很快一抢而光。几天后，我亲自到后厨的休息间找到安良。

“请你不要再送那些吃的了，假公济私，我承受不起。”

他紧张地站起来：“不是，那些东西，不是我从食堂拿的，是我花钱买的。”

“无论是花钱买的，还是公家的，都不需要，我不需要这样的照顾。只要你别打扰我的生活，好吗？”

“好，好！”他像一个犯错的孩子，被矮他一头的我这样厉声训斥，只是不住地点头。可悲又可怜的孩子。

从食堂出来，天还未黑尽，云朵如冻僵一般，沉重地压下来，哗啦啦砸下一阵雨来。我闷头冲入雨中，开始晚饭后的暴跑。下吧！如果一场雨后，我也能像道旁的绿杨，被水冲刷得闪闪发亮崭崭如新不染尘埃，该有多好。操场上的同学都零零散散地抱头跑入教学楼和宿舍，平日那些和我一样暴跑的少年都不见了踪影，只有我在奔跑。雨越下越大，我越跑越快，四肢如同被泡在冰冷的洗澡水中，头发很快黏成一股一股挡住了视线，彻骨的寒冷，浩浩荡荡地扑过来。我迎面撞上，眼前一黑，跌入无边的冰冷之中。

醒来在陌生的病房里，那个泰迪熊一样的身影正坐在一边打盹，见我醒来，马上拘谨地站起来，手忙脚乱地打开一只保温饭盒，结结巴巴地说：“你醒了，要吃点东西吗？瘦肉粥。”

我心里一阵酸楚，摇摇头。

早晨的阳光，雨后初霁的阳光，像一个病人初愈后苍白的脸，有了些微血色，好像此刻，心情也没那么糟糕了，好像眼前的这个人，也没那么讨厌了。我想起从前劝慰洛秋的话，我说，他有帮助人的自由，也有不帮助人的自由，每个人都有自私懦弱的时候。这番诡辩，在此刻，说服了我。

“那，你想吃点什么？”“你拿的那些东西，我都不喜欢吃。我要吃‘带刺的温柔’。”心里依然会有怨恨，我想故意刁难他。安良听罢，又惊又喜：“你是说要吃海胆，好啊！我……我现在就去买，你等着，你等着。”说完，兴冲冲地往外跑，撞上了进门的黎阳。黎阳看到安良，竟亲热地拉起他的手：“啊，是表哥！表哥，前些日子有眼不识泰山，失敬失敬。谢谢您送茆茆到医院来。”安良尴尬地笑着：“我去给她买吃的，你陪着她。”

“茆茆，吃什么，我去买啊。”

“不用了，就让他去买。”

黎阳听罢，很热络地和安良挥手：“得嘞！表哥，劳驾您了，放心，我在这儿陪着茆茆。”

我没好气地瞪了黎阳一眼：“你瞎叫什么啊？就算是我的表哥，也跟你没关系。”

“怎么没关系，以后你是我女朋友，你妈就是我妈，你家人就是我家人，你表哥当然就是我表哥了。”

我脸一沉：“你再这么不正经，我真的不理你了。”

黎阳嬉笑着凑近：“真的不理我了，那以前都是假的不理我了？那我就放心了。”

我假装生气别过头不再说话。

4 月的空气里有芬芳的味道，我的心被白晃晃的阳光碾过，暖煦又妥帖。这些生命中的少年，用各自的方式陪伴我成长，让我知道，其实，一切都没那么糟糕。不一会儿，安良买回来海胆粥，用酒店的白瓷煲装着，抱在怀中，肉感的脸被早晨的寒风吹得红彤彤的，额头的汗水一茬一茬在光线中闪闪发亮。久违的味道浸人心脾。隔年的枯木会不会在雨后长出淡绿新芽，沉疴痼疾的心壁能不能愈合，在雨后阳光里开出一朵花来？

5

那次雨中昏倒以后，我对安良的态度温和了许多，但依然无法彻底原谅他，常常促狭地捉弄摆布他，指东指西，贪婪索取。常常是他跑了几条街买的我指明要吃的紫薯蛋挞，我只看一眼，就送给了同学；我要买一套英语资料，他发了工资买给我，我其实并没有看几次。而我知道，他的工资并不高。可是只有这样的时候，我心里才有莫名的满足和报复的快感。

可他只要我愿意理他，就高兴得屁颠屁颠地做任何事。

黎阳依旧声势浩大地追求我，我无法忘记江辰，我从来没想过会答应他。

为了约我看电影，他甚至给我们宿舍所有女生买了电影票，以为她们会撺掇说动我，那天我答应得好好的，却临阵逃脱了，女生们都替黎阳不值，回到宿舍替他狠狠地骂我。

黎阳第二天阴着脸在图书馆门口堵住我，说："苏茆茆，你太狠心了，可是我不会放弃的。"我差点就心软了，可是我不能答应他，我们是那样云泥相隔的两个人。我想或许我将来都会这么孤身一人，与自己生活，与孤独为伴。

暑假来临的时候，安良离开了学校食堂，换了工作，应聘到锦和城中的一家大酒楼。他说看到我现在开心了许多，他也放心了，他说以后每个星期会来看我。其实我知道他换工作是因为他在学校食堂的微薄工资已满足不了我欲壑难填的要求。他说要像一个真正的哥哥那样照顾我，买我喜欢的食物、漂亮的衣服。看到他这样，有时我会于心不忍。

临走的时候，他还不忘像一个娘家人那样劝我："黎阳是在追你吧！他人虽然也不错，不过看上去很浮，你要想清楚哦！"我冷冷地答他："不用你瞎操心，我知道该怎么办。"

云姨在暑假打过电话来，问我回不回家。回家？我哪里还有家。我在这边仍是找了理由，说我和同学做暑期义工，就不回去了。她竟有些如释重负地应着："不回来也好，也好！"这座城市的夏天闷热，潮湿，走在室外，仿佛是有人用湿答答的毛巾捂住了口鼻，胸闷难忍。街道两旁的夹竹桃深红浅红盛开，花瓣繁复，荡漾着特殊香气。漫无目的地走在街上，我常常想起那些逝去的夏天。

黄昏，晚风，蝉鸣，萤火，单车，牛肉面，红豆冰。

再也回不去了。其实一个人的暑假也有许多事可以做。市立图书馆里寂静深邃，冷气适宜，散发着泛黄旧书的霉味，坐在里面找一本闲书，可以消磨一整天。有时黎阳死乞白赖地跟在身边，百无聊赖地翻书，并不多言。偶尔安良来学校看我，三人一起在学校门口的小饭馆吃一顿饭，黎阳果真将安良当作我的表哥，热络地称兄道弟，百般巴结。

然后，又一个秋天来了。

6

又一季的红叶在校园艳色纷披的时候，我已是大二的学生。又有新生从全国各地四面八方涌来，大学校园用它特有的宽松和自由，接纳和包容着这些孩子最后的青春和癫狂。

每年的 10 月份，是这座校园最热闹的时候，像武大春天举办樱花节一样，我们学校每年这个时候也会举办红叶节。学校每到周末，对外开放，本校的学生、附近的市民、外地的游客，纷纷拥入，拍照欣赏，流连参观。我没想到，会再相遇。而且一相遇，就是两位故人。

那天，我正支着画板，画一株炽红欲燃的乌桕树，这时，听到一个熟悉的声音："莫央，往这边点，好！"

被叫莫央的女子，左右移动脚步，不小心碰到我的画板，忙俯身道歉，四目相视，我们都愣在那里，数秒后，旋即癫狂地尖叫起来，拥住了彼此。

莫央！是莫央？我失散了四年之久的莫央。

是做梦吗？我紧紧地抱着她，旋即又松开上下打量。是的，是我的莫央，她长高了，蓄了长发编了辫子垂在肩头，可依然是清瘦轻灵的样子，穿着一件孔雀蓝的民族风长裙，是独具审美情怀的城市少女。

"茆茆？真是你啊！天哪！我是在做梦吗？这几年，你跑哪里去了？"

心里一阵酸楚涌上，依稀又回到从前的亲密时光，我噙着泪水，愠怒地轻轻捶打她的肩头："还说呢，你跑哪里去了？"

"太好了，又见到你了！你是在这里上学吗？还是来玩？走！我们找个地方，我有好多话要对你说。"莫央拉着我，喋喋不休，我们只顾着高兴，却忘记了给她拍照的同伴，一抬眼，少年的目光正纠结地看着我，他惊喜、困顿、欲言又止。

我再一次愣怔在原地。以为隔着千山万水，天地渺茫，却忽然这样从梦里降落身边，像初次那样，浑身缀满宝石的王子，被仙女棒一点，降到我身边。是你吗？江辰。

“茆茆！这是我朋友江辰，就在这个学校，今年刚刚大一，今天叫我来看看这里的红叶。江辰，这个是我初中时最好的朋友，苏茆茆。”少年颤抖着嘴唇，藏住了悲喜，走上前：“茆茆，你好吗？”我的心哆嗦着，颤抖着声音：“好！”莫央一头雾水地看着我们。江辰旋即转过头，笑笑，像刚才莫央介绍我那样说：“莫央，这是我高中时最好的朋友，苏茆茆。”惊讶和欢喜像午后的阳光一样，淌了她一脸。莫央看上去那么开心，她一把揽住我，一把揽住江辰：“太好了！这就叫缘分啊！走！我们找个地方坐坐，好好聊聊。”在她斜挎包包的挂饰上，我看到那条曾绑在她家门口的绿色发带，我送她的生日礼物，现在，虽然被磨损得脱线起毛，虽然旧了，可她依然留着。曾经以为那段友谊已被岁月无情地蒙上灰尘，其实它依旧新鲜动人。

校外的小饭馆，虽然破败不堪，但有很好吃的小笼包和皮薄馅大的馄饨。老板是个开朗的北方汉子，会一边端包子，一边像麦兜一样扭着屁股唱道：“大包再来两笼啊，大包再来两笼。”我很喜欢来这里。

我们找了角落的桌子坐下，点了包子、馄饨，莫央很开心，又到隔壁的新疆烤肉摊要了大把烤肉，让老板开了一打啤酒，说：“今天不醉不归。”

江辰话很少，吃得也很少，眼神寂寞清凉，像一口深井，藏着不为人知的秘密。

该从何说起呢？就从我们的失散吧。

那一年，我从舅舅家离家出走，而莫央恰好随着父母的工作调动去往上海。她父亲原籍就在上海，当年为了爱人留在小城，终于时机成熟万事俱备，要携家带口回上海发展，走得很急，我们就这样在彼此去对方家告别的路上错过了。她后来回来去舅舅家找过我，留下过新的地址，但其实是无用的，我从吉村走后，和舅舅家再无联系。

莫央一边喝酒，一边忆起我们在一起的时光，那些时光，在她的回忆中，依旧那样青葱崭新。我们一起去少年宫画画，一起去放风筝，甚至，一起爬树，偷舅妈的内衣，那么多张扬的、恣意的、谨畏的快乐，怎么就弄丢了呢？“来！为我们的重逢，干杯！”三个酒杯碰在一起。莫央的脸上，有了微微的酡红。江辰呢？你又是为何不告而别？我在心里暗暗问了几百次，欲言又止。当莫央和江辰同一天出现在我眼前，我才发现，自己是多么重色轻友，我那么按捺不住，想听听他为何不告而别。琥珀色的酒喝下去，仿佛蓄在了心里的某处，满满的，不敢惊扰，仿佛一碰，就能变成泪水涌出。

“江辰！你……”我终于忍不住，轻轻地叫了他一声。他摘下鼻梁上的眼镜，揉了揉睛明穴。莫央马上关切地叫道：“还是戴着吧！我爸说，平时还是要戴眼镜的。”

“茆茆，其实，我从小就有眼疾，先天性白内障，十岁的时候，很严重，做过手术，好了，后来又犯了，就是快高考那段时间，几乎是失明了。听说上海有家医院的眼科很好，就去了，本以为做完手术几天就回去了，谁知道，一治疗就是半年多，家里又出了事，你大概都知道的，每天有记者堵在门口，我妈陪我在上海一边治疗眼睛，一边上下找关系想帮我爸爸脱罪。真的，一切都乱套了。”

我心里炸开了惊雷，我想了很多理由，却不知道他曾独自承受过即将失明的痛苦。回忆起高考前夕的几次见面，我若细心，应该看出端倪的，他忽然戴上了眼镜，从冰饮店的座位离开时，被面前的桌子绊倒。我好难过，我难过彼此在最痛苦的时候，都不在对方身旁。

“那，你的眼睛，现在？”“没事了！”莫央很开心地拍着他的肩膀，代为回答，“你忘记了，我爸爸是眼科大夫，他的那次手术，我爸是主刀医师。”“茆茆，你爸爸的事，我是后来才听说的。”他忽然又提起那些往事，或许，是想给我迟到的安慰，却又不知从何说起，莫央听到，惊讶地问道：“你爸爸怎么了？”

那依旧是我不愿提及的伤悲，却无法在这个相逢的叙旧中避开，我降低了音量，说：“爸爸出车祸，死了。”莫央张大了嘴巴，什么也没说，只是抱住我，心头蓄积的水，就这样轻轻一碰，涌了出来，我哭了。江辰隔桌递来纸巾，从他的口袋里掏出的，印着心相印字样的馨香的纸巾。这世上是真的有小说里才有的战乱离散、绝症分袂的悲情故事？

还是我们当时只道寻常，懈于联络？无论如何，我们总归是又重逢了。失散，相逢；笑了，哭了。人生大抵就是这样吧！

真的是大醉而归。莫央喝了许多酒，我流了许多泪。江辰一直很克制，喝少少的酒，说很少的话，他变了许多，变得沉稳、自持。

吃完饭，我们一起打车送莫央回学校。她在这座城市著名的美术学院，我们看着她走进那座颇具艺术格调的大门，被闻讯而来的舍友扶回，才放心离开。

我和他并排走在城市的街道上。这是我一整天期盼的时刻，当它真正来临，我发现，心像鸽子一样呼啦啦地飞了起来，那样慌乱，没有阵脚。这个秋天，我，和江辰，异乡的孩子，走在一座叫锦和的城市街道上。

“你在哪个系？”“设计。”“我在建筑系。”“我知道。”

“耽误了一年，6月回去，重新参加的高考，现在成你的学弟了。”他淡淡地开了句玩笑。昏黄路灯下，彼此都酸涩地笑笑：“暑假去过你家，幸福小区，你家搬家了。”

“搬家了？”我略带惊讶地叫道。

“是啊！你不知道吗？难道洛秋和她妈妈，真的不管你了？”

“没。是啊！搬家了。”我惶惑地敷衍了一句。我早已没有家了，那栋房子对我而言，早已失去了意义。我忍不住又问道：“你去我家，是找我吗？”

“是。不管发生怎样的变故，你都是我在爱知中学，最重要的朋友。”

我的心微微一暖，听到土壤萌芽的声音，仿佛黝黑的地表，深埋的黑色种子，拱出新绿。为何隔了这么久，那份深爱，还是这样意念新鲜？可是怎么办！当你又来到我身边，那个破碎的苏茆茆，还有资格爱吗？

江辰将我送到女生宿舍楼下，挥挥手，然后转身离开。忽然想起中学时代学过的一篇课文，叫《春风沉醉的夜晚》，原来“沉醉”是个很美好的词。秋风也有这样沉醉的夜晚。刚走进宿舍楼门洞，阴影中忽然蹿出一个黑影，一把将我拉到不远处的树下。我心里一惊，定睛一看，是黎阳。他阴沉着脸，眼睛里藏着很深的悲伤，平素的嬉皮笑脸一丝不见，他压低了嗓音，指着江辰刚刚离去的方向：“就是他吗？”“什么？”“你不接受我，就是因为他吗？”“不是。”

“这就是让你念念不忘的那个人，这就是让你像个傻瓜一样整天在操场暴跑的那个人？”

“不是，不是。”我不停地回答不是不是，心里却在不停地喊着是的，是的。

“不是，那你为什么不能接受我？”

“我不喜欢你。”

“你胡说，你和我在一起很快乐，你为什么不肯承认？你就是喜欢我。”

“那是你自欺欺人，我不喜欢你，从来也没有。”

“茆茆，我是认真的。”他的声音，困顿又凄楚。

“我也认真地告诉你，我们不可能。”我想，他只是被我的特别和神秘迷惑，而那份特别和神秘，恰恰隐藏着最黑暗的不堪，等他揭开谜底，也就失去了兴趣。

我绝情地拒绝着，看到少年的目光，从灼热，渐渐暗淡下去。

我想，他该死心了吧！谁知，刚转身，便从身后传来铿锵有力如口号一样的狠话：“苏茆茆，我告诉你，我喜欢你，我就是要追你，我不管那小子是不是你的男朋友，我不管你心里有谁，球门还有守门员呢，我就不信不进球了。”

依然是黎阳的风格。我紧跑几步，仓皇地上了楼。

我和江辰开始不约而同地出现在饭堂、图书馆里，有时一人抱一本书安静地坐在角落看着，偶尔抬起头，相视一笑；一起去校外的小饭馆里吃饭。晚上回到宿舍，林燕燕她们不停地揶揄我：“苏茆茆，真看不出来啊，你这柴火妞，怎么这么大魅力，连大一的帅哥都围在你身边。”我不置可否地笑笑。没有从前相约黄昏后的秘密花园了，周末，变成了我、江辰、莫央的三人行，一起吃饭、看电影、看画展、爬山。

在某个周末看电影回来，在学校门口，我们遇到了来看望我的安良。

我的心莫名一紧，他是我遮盖羞耻和伤口的一块丝绒布。

得知江辰是我的高中同学，安良没有再自称是我的表哥，只是说，他爸爸和我爸爸是朋友，他在这边工作，顺便来看看我。

两个少年在校门口很热络地聊天，临走的时候，江辰很热情地邀请，下周一起去爬山。

没想到，周末来临的时候，安良果然来了，我暗暗地瞪他一眼，却又不能赶他走。

目的地是郊外的一片野山。江辰将那种非旅游景点的山沟沟，统称野山。我、江辰、莫央、安良，一行四人，背着简单的装备出发了。莫央很高兴，走在最前面，一边走一边唱："小鸟在前面带路，风儿吹向我们，我们像春天的小鸟……"江辰在后面大声提醒着："是秋天的小鸟啊，秋天的小鸟。"

果然是野山，没有石级，只有一条被附近山民踩出来的小道，越往上走，越显崎岖，羊肠小道变成了被雨水冲刷过的沟壑，覆盖着枯木腐叶，不小心踩上去，扑哧一声，污水脏湿了莫央的球鞋。莫央不停地埋怨江辰带的"好"路。江辰拄着一根捡来的树枝，指指前面，给我们打气："无限风光在险峰。走吧！"

走过了一段恶劣的山路之后，视野渐渐开阔起来，眼前一个很陡的石坡，江辰和安良，几步就跃了上去，然后，不约而同地向我伸出手来。我迟疑了几秒，握住了江辰的手，温暖的、汗湿的掌心。安良讪讪地收回了手，不自然地搓着，掩饰尴尬。莫央还在下面，江辰再次伸出手去。我回头的时候，蓦然看到两手相握时，莫央绯红的脸庞，那是只属于恋爱的少女才有的羞赧。一丝犹疑浮上心头，她，也喜欢他？想到这里，我心里一阵黯然。是啊！他们站在一起，是多么相宜。这样也好。

莫央上来，故作平淡地伸伸胳膊腿，深吸口气："啊！终于上来了。"

果然是无限风光在险峰。站在山顶的一块开阔地望去，空气清新，微风习习，已是黄叶满天，满眼萧瑟，但山坡上星星点点地缀满野雏菊、蒲公英，一串串不知名的紫色花穗，在风中摇曳，野生的牵牛四处蔓延攀爬。

野山不空，虽秋未晚。我和莫央选好了角度，各自支起画板写生。那两个家伙对着空旷山谷大喊大叫，然后，跑到不远处玩探险去了。是莫央忍不住开始问起："你，觉得江辰怎么样？"

我被问得一阵慌乱："挺好啊！"

"你喜欢他？"

"他，上高中的时候，喜欢我的姐姐，就是你说的继母带来的姐姐。"我答非所问。

莫央的脸上，浮现一丝恍然大悟的表情，戏谑道："噢！这样啊！是不是他常常利用你传传小字条、带带话啊？"

我怔了怔，支支吾吾地胡乱搪塞了一句。莫央见状，立刻神采飞扬，放下画笔，凑到我跟前，说："告诉你哦！我从见他第一面，就开始喜欢他了。你不知道，那天，我去医院等爸爸下班一起去吃饭，然后，那小子从病房里摸摸索索地挪出来，我眼睁睁地看着他被一盆花绊倒，就摔倒在我面前。那真是上帝安排给我的相遇，我去扶他的时候，心都快跳出来了。你知道那种感觉吗？就像平静的湖面上，有人突突突地开了一阵机关枪。"我差点被莫央的比喻逗笑，却僵了僵嘴角，没笑出来。

江辰和安良回来了，不知道从哪里采了蘑菇和野菜，用安良带来的锅子烤香肠，又炖了一锅蘑菇汤。江辰拿了烤好的香肠给莫央送过去，又问她喝不喝汤。他对她也很殷勤。

安良盛了一碗汤给我，不合时宜地充当娘家人给我分析："他比黎阳看起来沉稳。他就是你喜欢的那个人吧？他也喜欢你吧？彼此喜欢，就在一起吧！"

"要你管啊！你真以为你是我哥啊！你说在一起就在一起？你说不合适就不合适？"我白他一眼，没好气地把碗往旁边的草地上一放，跑到一边生闷气。

安良在身后小声嘟囔着："又怎么了？"

下山的时候，心情闷闷的，就觉得浑身无力，遇到不好的路段，江辰几次来扶我，都被我推开了。

回到学校，在宿舍楼门前分手，我终于忍不住问他："我送你的纸鹤，还在吗？""你是说那个饼干盒啊！还在啊。""你还给我吧！""为什么？"

"不为什么，总之你还给我吧！"我头也不回地跑进宿舍楼。我听到自己声音里的哽咽，我听到无数刀片在心头来回划割的细微声响，我怕我不跑开，就会在他眼前掉下泪来。

他没有还我纸鹤，好几天也没有再来找我。而黎阳依旧矢志不渝地继续他的追求表演，或许不是表演吧！再虚张声势的表演，坚持得久了，就变成了真的。他看起来是来真的了。那天刚刚下晚自习，林燕燕的脚还在洗脚盆里泡着，李秋还在吸溜吸溜地吃泡面当夜食，忽然一群人哗啦啦围到窗户边：“有好戏看有好戏看。”

我在上铺，紧靠窗户，朝楼下淡淡地睊了一眼，吓我一跳。是黎阳，他一手抱着一只巨大的毛绒玩具，一手抱一大捧玫瑰，在楼梯下喊着：“茆茆茆茆我爱你，就像老鼠爱大米。如果做我女朋友，这只猫就送给你。”

宿舍楼里的窗户都黑压压地挤出脑袋，我们宿舍的女生故意捣乱，几人嘻嘻哈哈地朝楼下喊道：“我愿意，我愿意。”

黎阳定睛一看：“一边去，别捣乱。”接着又开始喊叫，“茆茆茆茆我爱你，就像老鼠爱大米。”

宿舍的女生仍在起哄：“声音太小了，茆茆听不见。”

我跳下床，撇开这些唯恐天下不乱的八婆：“干什么啊！都睡觉去。”

楼下的声音更大了，我忍不住凑过去一看，他不知从哪里弄来一个扩音喇叭，正对着喊：“做我女朋友。”声音洪亮而有力，几乎整个学校都听得见。

我要疯了。那种被男生热烈追求的虚荣感一闪而过，很快被羞赧不堪代替。楼管大妈去哪里了？管纪律的老师去哪里了？怎么没人管他，太丢人了。谁能赶紧弄走这个神经病啊？

“做我女朋友。”忽然，楼下的声音变了一个人：“不行！”黎阳的喇叭被人夺走，拿到手里厉声喊道，“不行。”是江辰的声音。“怎么不行？”

“因为她是我的女朋友。”是他的声音，他说得那样斩钉截铁，铿锵有力，不容置疑。世界忽然安静下来，我只听到自己的心跳声，扑通，扑通，跳得好快。我捂住了嘴巴，泪水就下来了。

“噢！”宿舍的女生拖长了声音发出一声惊叹。楼下的纠缠还没有结束，反而愈演愈烈。

“又是你小子，从哪儿冒出来的？敢和老子抢女人。”黎阳恶狠狠地喊着，抢夺江辰手上的扩音器。

“你哪儿凉快哪儿待着去。”

“找死啊！”

两人很快扭打在一起。楼上窗户里围观的脑袋很快形成两股啦啦队，幸灾乐祸地喊着：“加油！加油！”

宿舍里的女生兴致勃勃地议论着：“要是我，我选择黎阳，听说家里好有钱的，到时候毕业了直接去做少奶奶。”

“喊！庸俗！我看那个帅哥不错。苏茆茆，你别愣着啊！赶紧去看看啊！看起来那个帅哥技不如人啊！”

那种稍纵即逝的小女生虚荣感，很快被心里兵荒马乱的担忧所替代。我穿着拖鞋跑下楼去，江辰正被黎阳压在身下，左一拳，右一拳，每一下，仿佛都打在我身上。

看到我下来，两人仿佛都打了鸡血一般，打斗更激烈起来，血肉相搏，仇人相见。我焦灼不安，试图拉开他们，却根本近不了身，只能无力地喊着：“别打了。”最后是几个男生和男教师将他们拉开。两人都挂了彩。黎阳额头上有轻微擦伤，被人拉到一边，还对我嬉皮笑脸地喊道：“茆茆，我胜利了耶！”江辰躺在地上，鼻腔和嘴角都在流血，却仍对着我傻乎乎地笑。

江辰的头上缝了五针，鼻梁上贴裹着纱布，右手上好几处红肿擦伤。夜班的护士小姐推门进来，看上去很不耐，拿着体温计，懒懒地说道：“给，给他量量体温。”我拿着体温计，看着他，无从下手。江辰笑笑，接过去，自己夹在了腋窝，然后，定定地看住我。琥珀色的眼睛，像盛满阳光的杯盏，好想醉在里面不再醒来。我被看得慌乱，忙移开目光，却被他一把抓住了手，再没有松开。

“茆茆，那些纸鹤，我都拆开看了。”

“我……我都瞎写的。”

“不！我刚才说的都是真的。”

“什么真的？”

“你只能是我的女朋友。”他的口气里，带着不容置疑的霸气。

我心里，仿佛关了五百只鸽子，忽然都呼啦啦地飞起来。是真的，他刚才在楼下打架前说的话，不是玩笑，都是真的。怎么办？不，不能答应他，他一定在骗我，他一直那么喜欢洛秋；不能答应他，莫央也那么喜欢他，她是我最好的朋友，我不能伤害她；不能答应他，因为，我根本不配，我就是洛秋以前说的那样，柳无边，花无底，我是个残花败柳啊！

“可是……”“没有可是。”“可是，你不是喜欢洛秋吗？”

“那都是过去的事了。现在想起来，我可能喜欢的，只是那种和漂亮女孩在一起的虚荣感吧！我一直被那种虚荣蒙蔽了，其实，只有和你在一起的时候，才觉得是那么轻松、自然，你就像夜里的茉莉花一样，安静，美好，我想，我一直都是喜欢你的，只是自己不知道罢了。”他的比喻好美，就像在朗诵一首诗。茉莉花，是在说我吗？我从来不知道，这样芬芳洁白的花朵，可以用来形容我。可是江辰，你知道吗？我不配，我是肮脏的，不洁的。

“可是，难道你不喜欢莫央吗？”我每一句话都想拒绝他，可是每一个问题，都像一个促狭的小妇人在印证和索取他纯粹的爱。

江辰笑了：“傻瓜，我和她只是朋友。还没怎么样呢，就这么小心眼，连自己好朋友的醋都吃。”

“可是……”

“不许说可是了，没有可是。你再说，我这里，这里，所有的伤口都要疼起来了。”说完，他果真龇牙咧嘴吃痛地叫起来，我心疼地伸出手去，不知道如何安慰他，只好恨恨地埋怨黎阳：“这个黎阳，下手也太狠了，怎么伤这么重？”

说话间，黎阳正从另一间诊室出来，额头只草草贴了一个创可贴，斜斜地倚着门框说：“苏茆茆，我也受伤了啊！怎么不安慰安慰我？”

“你活该！”

“这小子是个银样镴枪头，连我都打不过，怎么保护你啊？”

江辰不以为然地笑笑，将我拉近他耳边，悄悄地说：“别听他瞎说，我让着他呢！这叫苦肉计，这样你才能心疼我啊！”那口气，像一个邀宠的不甘示弱的孩子，我一窘，红着脸捶了他一拳，他又吃痛叫起来。

黎阳见状，手捂着胸口，做出一个心碎的表情：“太过分了，不带这样刺激人的。成！哥们儿撤了，你小子以后对苏茆茆不好，小心我再揍你。”江辰一边笑，一边戏谑他：“哥们儿慢走！别忘了把医药费交了啊！”“你是因为那些我写在纸鹤里的诗，所以才……”

“是吧！你那些诗就像一把钥匙，我心里有一个密室，那把钥匙，找到了秘密通道，找到了机关，咔嚓一声，就打开了锁眼。茆茆，你就像一本我一直没有打开但一直珍藏着的书。”

甜言蜜语，如此动听。情话切切，难辨真假，就不辨了吧？什么都顾不了，什么都不能想，就这样闭着眼睛，拉着他的手朝前走吧！

我在爱情面前俯首称臣，却不经意做了友谊的叛徒，我背叛了莫央，在她对我说喜欢江辰之后，我却堂而皇之地和江辰谈起了恋爱。第二周当江辰拉着我的手出现在莫央面前，我看出了她眼神里的惊诧、幽怨，可是她什么也没说，一顿饭吃得落落寡欢，江辰的笑话也一直没逗笑她。晚上回到宿舍，她给我的手机发来短信，只有四个字："你好残忍。"

是啊！我好残忍，她那么信任我告诉我心中的小秘密，可我那么迅速地和她喜欢的人在一起了，虽然我曾经想过要躲开。

总要解释一下吧！我不想失去这个朋友。当我再打电话过去时，她却已经关机了。

江辰浑然不觉，下一次再相约见面时，莫央又像没事人一样开开心心活蹦乱跳了，我一直愧疚地不敢看她的眼睛。

去上洗手间的时候，她跟了来，悄悄告诉我，她没事了，她说现在看起来天大的爱情，或许许多年以后想想，根本不值得一提。况且，她一直那样期望我得到幸福，小小的失恋对她来说不算什么，她还有父母，还有温暖的家，可是我什么都没有了，比她更需要一份可供慰藉的爱情。

"茆茆，祝你幸福，一定要珍惜和保护好你们的爱。"那一刻，我觉得莫央好伟大，我抱着她，不停地流泪。莫央说得对，要保护好我的爱，不让它受一点伤。安良再来学校给我送海胆炒饭的时候，看到了我和江辰手挽手逛街归来的身影。他的眼里闪过一丝落寞，把微温的饭盒递给我，说："真好！看到你和喜欢的人在一起，这么开心，我真替你高兴。以后有他照顾你、爱护你，我就放心了。"

江辰很豪气地揽住我的肩，说："放心吧！我以后一定把茆茆宠得像公主。"

我找了个借口支开江辰，把安良拉到阴暗处，恶狠狠地命令他："那件事，不许你告诉任何人。"

安良连忙伸手赌咒发誓："你放心，打死我也不说，永远也不会说。苏茆茆，我比你更希望你幸福，这样，我心里才能好受一点。"

"还有，你以后没事不要总来学校找我了。"

"我知道，我知道。你放心，我以后不会随便来了，但是，如果你有什么事，一定记得找我。"

说完，酸涩地笑笑，看我走进校园，他才脚步迟滞地朝公交车站走去。

一定要对某些人残忍，才能保护好自己的爱情。所以，我只能对他残忍。

10

在校园里再遇到黎阳，他的单车已经骑得很熟练，载着长发的女生，吹着口哨，在我和江辰身边停下来，戏谑地炫耀着："苏茆茆，我的车子后座有人坐了，你可别后悔哦！"拒绝的挫败在他心上只划下轻轻一道，我知道他会很快愈合。江辰回应他："我的车子骑得好着呢！"冷不防，黎阳忽然俯下身，凑到我耳边悄声说："他要是不要你了，你要是不要他了，记得来找我，我的大门永远向你敞开着。"江辰一把将我揽到怀里，虚张声势地怒视道："干什么？你小子还想挨揍啊！"

黎阳也不生气，嘻哈笑着："打得过我吗？手下败将。"两个少年都冲着对方挥挥拳头，各自离开。江辰望着他远去的影子，故作深沉地感慨道："要不是他，咱们现在还没在一起呢！"

“为什么？”

“因为我不喜欢从秋天开始谈恋爱，我本来打算到明年春天才开始追你。”

“为什么？”

“你看，秋天往后，节日太多了，什么圣诞节，什么元旦啊，情人节、春节，过一次节，就要送礼物，谈恋爱太花钱。”他说得一本正经，我知道是又在开玩笑逗我开心，于是故作乖巧地依进他怀里：“只要我们在一起，我不要礼物，我很好养活。”

少年趁势紧紧地抱住我，依然一本正经地感慨着：“那我也不喜欢冬天谈恋爱，都穿这么厚，抱在一起，不好。”

原来笑话真正的包袱在这里，我却一点也笑不出来。怀抱温暖，心里却隐隐蒙上霜寒。我忍不住仰头看他，正在成熟的少年，青涩朦胧的恋爱，情欲是一杯美酒，夏娃和亚当的苹果，谁都忍不住想偷咬一口，可那却是我心里的一道暗伤，现实过早地揭去了情欲的华美面纱，生生地让我被丑陋和不堪直直逼视，无法回避。

第一场雪落下来的时候，他吻了我。那天，我们刚刚从图书馆出来，仿佛是刹那之间，天地洁白，树木、路灯、长椅，被雪花温柔地包裹，风过簌簌，如少女忽忽绽开的纯白笑容，又似发须尽白的老者絮絮软语。一切那样静谧、可亲，让人欢喜。“别动！”他忽然叫了一声。我感到有冰凉的雪花落在眉睫，少年的脸忽然逼近，如此俊美，又幻如梦境。他的唇，软软地贴上我的眉毛，然后，一路向下，睫毛、眼睛、鼻子、唇。我的心忽然紧紧揪住，身子僵住，手不知是该搭上他的肩头，还是搁在原处。他的舌，像闯错房间的孩子，横冲直撞。

少年的吻，那是只属于青春的荷尔蒙气味浓烈的吻，甜美，迷醉。

是有一个世纪那么长，还是几秒钟之短。我从一阵恍惚中醒来，大口地喘着气。

我不敢直视他的眼睛，慌乱地低下头。

少年将我更紧地拥在怀中，深深叹气，口吻娇宠："小傻瓜！你不知道你有多美！"

童年记忆中最深刻的零食，是大白兔奶糖，妈妈怕我吃坏牙齿，总是将一大袋奶糖藏在我找不到的地方，我若很乖，作业早早完成，她会变戏法一样拿出一颗奖励我，好甜，奶香留在唇齿间久久不散，连糖纸都舍不得扔掉。后来，我偶然在橱柜深处找到了藏奶糖的盒子，每天都忍不住诱惑，偷偷去拿一颗。偷来的奶糖舔起来，仿佛滋味更绵长。

吻是同样的感觉吧！

初尝恋爱滋味的我们，像禁不住大白兔奶糖诱惑的幼童，一有机会，就黏在一起。"学习有个毛用"这些地方太人多眼杂了，学校里多的是小情侣们幽会的地方，情人湖、相思林，到处留下我们的身影。吻到天昏地暗，热腾腾的身体仿佛要燃烧起来。

有一次，他松开我，又有些羞涩地附到我耳边，说："茆茆，给我。"

"什么？"我傻乎乎地问道。

"你的第一次，你的心和身体，都给我。"他在我耳边恳求。我一下子明白他的意思，一把推开了他，跑出去很远。那天，我跑到相思林的一棵樟树下，哭得不能自已。我不是气他的无礼和冒犯，我只是哭，我深爱的少年，我再也没有第一次给他了。江辰追上我，不停地道歉："茆茆，别生气，我不说了，我知道你是洁身自爱的好女孩，我以后再不说了，一直到我们结婚那天，好不好？"

他这样说，我哭得更凶了。

11

他果然很久没有再说“第一次”这种混账话了，我们只是吃吃饭、牵牵手，在路灯的阴影下，在相思林的深处接接吻，就很甜蜜。我常常想，如果能一直这样恋爱，该多好啊！对他说起，他很不满地瞪我一眼：“你当我是圣人啊！”

熄灯以后的卧谈会从来没有停止过，异性和性，是永恒的话题。据说后来有人做过一项网络调查，女生宿舍和男生宿舍的卧谈会，虽然相似，又略有不同。女生的话题常常是开门见山从异性开始，最后以吃穿结束，而男生则迂回而狡猾，从国家大事，天南海北说起，最后以异性话题升华为高潮。

所以，林燕燕会这样单刀直入地问我：“苏茆茆，你和江辰发展到哪一步了？”“什么哪一步了？”“装什么傻啊！初中生的爱情是一起回家，高中生的爱情是一起吃饭，大学生的爱情是一起睡觉，结婚了的爱情是一起回家吃饭然后睡觉。咱现在是大学生了，你说说，你们到那一步了没？”林燕燕的话，引来黑暗中一阵窃笑。“胡说什么啊！”

“你家江辰是不是有什么问题啊？这么循规蹈矩。”

“你才有问题。”

“肯定是，江辰有要求，茆茆就说，你是禽兽，江辰就不敢了吧，搞得人家没辙了。哈哈！”李秋的声音。

又是一阵哄笑。我动静很大地拉起被子蒙住脸，大声喊着：“你们真无聊。”

下铺有女生不以为然地挑衅：“据说，每个宿舍的卧谈会，都有那么一两个假正经的人。我们允许不正经，可我们不允许假正经。”

我忽地从床上坐起来，黑暗中循借一丝光线，逼视着那个女生，厉声质问：“你说谁假正经？你再说一遍。”

“怎么这话这么好听，还要我再说一遍？”我怒不可遏地要翻床下去，那个女生也不甘示弱地站起来，彼此都是一副剑拔弩张的样子。林燕燕和李秋几人连忙拉住了我们，左右相劝，一场战事才渐渐平息。黑暗中，我看到自己内心深处那只敏感的幼兽，渐渐睡去。

12

又是一岁之末。同学们都已早早购买了火车票准备回家过春节，而我依旧向学校申请了寒假留宿。江辰不忍心，不止一次劝我，回家去和云姨、洛秋过年吧，毕竟曾是一家人。我总是倔强地摇摇头，轻轻告诉他：“云姨和洛秋的爸爸复婚了，你不知道吧？”

以前，毕竟还有苏岩，现在，我还有什么理由挤入别人一家三口的团聚中去？江辰叹口气，说：“不如，你和我回上海一起过年吧！刚好，让我妈见见你。”我一下子慌起来，见未来的婆婆，是不是太早了？我连连摆手。他爱怜地捏捏我的鼻子：“瞧给吓得，丑媳妇还不敢见公婆了。那怎么办？把你一个人放在学校里，孤零零的，我怎么忍心？”

我故作轻松让他放心：“什么孤零零的，寒假不回家的同学挺多呢！挺热闹的。”

“真的吗？”江辰半信半疑，最终还是被我说服，“也好！我先回去给我妈说说咱们的事，明年，我们一起回家过年。”

临走之前，他从商场给我买来了电暖气、电褥子、暖手宝，悄悄地塞入宿舍床下，冲我眨眼睛：“该用就用，别给他们省电。”

送他去火车站，才知道他和莫央买了同车次的票，约好了一起回家。莫央得知我寒假留宿学校，又吃惊又心疼，拉着我的手不停地邀请："和我回家过年吧！我爸妈还经常念叨你呢！好几年都不见了，去吧！"

我有些恍惚地看着她，想象着久违的天伦温馨图，严肃的父亲，温柔的母亲，承欢膝下的女儿，我怎么会去给别人平添麻烦。我摇了摇头。

一番推托，两人终于上了车。江辰在离别的车站亲昵地亲吻我冻红的脸颊，说："我很快就回来。"

其实只是安慰江辰，寒假里留宿学校的学生并不多，学校为节省资源，不允许住各自原来的宿舍，大家被统一集中在一个大宿舍里。学校食堂早已关门，街上一派喜气洋洋，年味已很浓了，可是在我眼中，却是一番萧瑟之感。因为再过不久，街面的一些小吃店也都该关门歇业了，我们这些孤魂野鬼，觅食都成了问题。

其间黎阳来过一次，依然是吊儿郎当地骑着单车，在结冰的路边歪歪斜斜地驶来，靠近我停下来，口气里不无嘲讽："我就说那小子不靠谱吧！怎么能把你一个人扔在这里呢！要不，和我去我家吧？"我笑笑，摇摇头，但心里好暖。他叹口气，从车篮里提出一大袋东西："这个，我刚去超市买的，过两天街上该没有卖饭的了。"

我还是客气地推托着："江辰已经给我买了好多了。"

他有些生气，提高了声音："他是他，我是我。"怕我还不接受，又压低了声音，"这个，纯粹的同学友谊，你别误会，拿着吧！"

我接过来，说了声："谢谢！"

他竟然羞涩地笑了笑。我心里，忽然涌出一丝愧疚和难过，看得出，他的感情，不管是友谊还是爱情，都是真心的，可我不得不辜负这番情意。

谢谢你，黎阳，真的谢谢你！

13

我没想到郝时雨会在这个时候来看我。这两年，她给我打过三两电话，不同的电话号码。有一次好像是在海边，那天的郝时雨文艺又伤感，她说上高中时的第一个男朋友曾说将来带她去看海，现在终于站在了海边，却是她一个人。我没想到她心里也有这么细腻丰富的情感，从前只以为她的每段感情都是游戏人间，我握着电话，听到一阵一阵的海浪声，心里一阵惘然。有一次好像是在夜店，她好似喝高了，舌头打着卷，又哭又笑，说自己又失恋了，说男人都是王八蛋，没一个好东西。喧嚣的音乐很快掩盖了她的哭喊，我想安慰她，却只觉语竭词穷。她总是频繁地更换号码，每每我想起联络她，她的号码，不是空号，就是无法接通，只能等她打来。她在飞机降落锦和后临时打电话给我："亲爱的，是在锦和这边上学吗？我来了。"四十分钟后，我在学校门口看到她。长鬈发，略显苍白的脸只浅浅勾了细细的眼线，穿一件烟灰色修身羊绒大衣，裸腿穿丝袜，及膝靴，是时尚的熟女装扮。顶着清汤挂面头发穿着臃肿羽绒服的我，和她站在一起，对比鲜明。

还是非常欢喜。她开心地捏着我的脸，说："胖了耶！"

"你也变了。"

她连忙臭美地微微转身问："哪儿变了？"

我张张嘴，其实是想说，少了那股风尘气，最后，只是淡淡地说："变更漂亮了。"

她听罢，开心地拢我的肩："你也是啊！"

带着她在校园四处转转，描述深秋时红叶节的壮观，带她参观图书馆前后门的雕塑，讲“读书有个毛用”和“读书顶个球”的来历，她像个孩子一样惊奇地笑，转瞬又暗淡了目光：“谁说读书没用？我就好羡慕你们现在还有书读。现在想想，好后悔当初没用功。”

“别胡思乱想了，你现在不也挺好的吗？”

她苦笑一下：“是啊！挺好的。”

晚饭时间，她找了一家很高级的西餐厅，说要带我吃好吃的，我稍稍推托，她就连连解释：“姐们儿现在有钱。”我们点了很多食物，盐焗蜗牛、红烧鹅掌、蔬菜沙拉、奶油南瓜汤……她吃得很少，话很多。她抽烟的样子更美了，往日的太妹气质一丝也无，只觉优雅，端着红酒杯的姿势也那样无懈可击，她看着我略带疑惑的目光，给我讲她的爱情，迷茫少女辗转的流浪，光阴里的变迁。高三暑假与我看完演唱会不久，她带着在“夜猫”跳舞打工赚的钱，随当时的男朋友去了深圳。男友在她意外怀孕后某天，带着她所有的钱，不告而别，伤心欲绝的她，带着身上所剩不多的钱，独自到小诊所打胎。被生计所迫，流产后休息不到一周，就去夜场跳舞赚钱，辗转在形形色色的男人之间，直到遇到现在的他。

她带着一丝甜醉笑意，说：“我一直都坚信，我一定会遇到一个好男人，可是大家都说，要吻过很多青蛙，才能遇到那个真正的王子。我只是好恨，恨我遇到他之前，吻过那么多青蛙，恨我曾经那么不爱惜自己。你不知道爱一个人，会忽然让自己变得好自卑。”

我怎么会不知道呢？

年轻的粤籍男子，继承着家族企业，身家丰厚，在她跳舞的那家夜店应酬出来，遇到酒醉的她正神志不清地对着他的车子呕吐，他心生恻隐，送她回家。第二日，当她光鲜亮丽地出现在夜店门口，男子的车在她身边停下，车窗徐徐打开，他说，我带你去山上看星星，那口气熟稔得像多年的老朋友。她环顾四周，确定他是在对她说话，才迟疑地走近。他却并没有带她去看星星，而是驱车去了城中一家高档的百货商场。那个晚上，她买了七条裙子。一条粉色丝绢，细细褶皱；一条暗红，印有大朵蟹爪兰；另一条月白棉裙，属于少女的颜色……每一条裙子穿在身上，都是美的。她在镜前转圈圈的时候，他在一边怔怔地出神。然后，他带她回了家，山顶的白色别墅，浴室的屋顶，是透明的玻璃，抬头时，果真能看到满天星光盛开。他单身，屋子里没有女人的痕迹。

这是多么狗血又完美的相遇，像做梦一般。他那么宠她。给她买裙子，教她品红酒，带她听音乐会，他妄想将她培养成与他一样阶层的贵妇。她沉默而欢喜地接受着他安排的一切，努力去分辨爱马仕和LV好在哪里，努力适应五分熟的牛排，颤巍巍地感受着幸福。

“真的很幸福。茆茆，你呢？”“你们什么时候结婚？”我隐隐有些担忧，幸福来得太突然又丰盛，常常让人怀疑不是真的。她羞怯地笑了：“我还不到法定年龄啦！”

她抿一口酒，又问，“你怎么样？”我说了与江辰的重逢和他那年消失的原因，我喝了酒，脸又灼又烫，一定很红。我深吸一口气，仿佛下决心一般，说：“我们谈恋爱了。”她又惊又喜，凑过来问道：“太好了，快讲讲。”我从黎阳的疯狂表白说起，讲到江辰和黎阳打架，他在楼下铿锵有力地喊道“她只能是我的女朋友”时，她的脸上，流露出羡慕的表情：“年轻真好！”

“难道你老了吗？”我轻轻地笑她。她叹口气：“过早地步入成人的世界，会感觉苍老得很快，我觉得自己的心已经老了。”或许吧！那是我还无法探幽和体会的成人世界，若果真如此，我愿永远在象牙塔中不出去。

吃完饭，我没有回学校，她找了一家很豪华的酒店住下来，一定要我陪她畅聊通宵，我欣然去了，我也是这么想的。时隔两年，她依然是我的避风港。

酒店的空调暖气很足，洗了热水澡，感觉多日来被宿舍的湿寒冻僵的细胞又渐渐苏醒。我裹着浴巾出来，她正笑笑地打量我的身体，叹道：“终于不是以前的柴火妞豆芽菜了。”

我掩掩隆起的胸，低头羞涩笑笑。宽大的双人大床，我们并排躺下来。没想到郝时雨也像宿舍的八卦女生一样，问起了同样的问题：“你和江辰发展到哪一步了？”我沉默着，不知如何回答，心里的痛楚涌上来，泪水就迷住了眼睛。她惶惑不安：“怎么了，好好的，怎么了？”我蓦地抓住她的手，声音哽咽着：“怎么办？时雨，怎么办？”

“别急，慢慢说。”

我噙着泪水，含羞带怯地给她讲我们的初吻，讲他在接吻后起伏的情欲和灼热的眼神，讲他用热腾腾的身体抱着我，在耳边羞涩地向我索取“第一次”。可是，我早已没有了第一次。

她半晌沉默不语，很久，才问道：“那件事，你没告诉他吗？你也不打算告诉他吗？”

“他第一次对我表白的时候，说我像茉莉一样安静美好，我怎么可以说，我怎么可以让他面对那样不堪的我。”我哭喊着。

她将我拢在怀里，喃喃地安慰：“不要这样说自己。别哭，我帮你想办法。”

哪里有什么办法，失去了就是失去了，一切都不会再回到那个夜晚之前。我无助地靠在她怀中，默默地流泪。

“去做修补手术。”她忽然说。

“什么？”

“处女膜修补。”我迟疑地抬起头，从她笃定的目光里，找到一丝依赖。心里仍在暗忖，可以吗？那样做，可以吗？她仿佛听到了我心里的疑问，冲我肯定地点点头：“放心吧！绝对可以。听着，茆茆，做那个是很简单的手术，最重要的是，你要忘记那件事。”

14

这一年的除夕。在异乡的大学宿舍里，我和几个来自天南地北种种原因而留宿校园的同学，煮一锅猪肉白菜馅的速冻饺子，度过除夕。烟花在天空碎开，用声声震耳的喧嚣企图冲淡心里的寂寞，最后寂寞反而更深。整个除夕夜，我的手机铃声不断响起。

江辰、莫央、黎阳，新年祝福和温馨的叮嘱轮番赶来。

安良的电话也挤进来：“茆茆，对不起，我回家陪妈妈过年了。我不知道你没回来，要不然我就……”

“别这么说，你妈妈一个人很孤独，你应该回去陪她的。”

“那你要照顾好自己。”

忽然觉得，什么时候，我变得不那么恨他了。就是在这些点点滴滴的好中，我渐渐忘记了他的坏。

云姨也打来了电话，我接起，却很长时间没有声音：“喂？喂？”

电话那端，是隐约的爆竹声、呼啸而过的风声，还有断断续续的饮泣声。

“云姨，是你吗？”

“茆茆，对不起！我对不起你，对不起你爸爸！让你过年也不肯回家，也不能回家，都怪我。”说话间，传来一声闷响，仿佛是电话掉落，然后隐隐传来洛秋的声音：“打这种电话，说这些还有什么用？”忽然，电话里又传来洛秋气汹汹的大声叫喊，“苏茆茆，你和我妈，都是大傻瓜。我恨你们。”

疯了！一定都疯了。我苦涩地笑笑，挂断电话。躺在电热毯焐热的床上，烟花渐消，思念却来袭。江辰，此刻，你在干什么？是不是已吃过了年夜饭？是不是也像我思念你这般，同样思念着我。你说得对，我是那个安静美好的茉莉，我会给你一个纯白无瑕的自己。真希望新年到来，一切都是崭新的。

初二初三过后，大小店铺开始开门迎客，人们走亲访友，生活又回归到快乐而有序的节奏中。我每天在外面吃完饭后，会在报刊亭里，买很多报纸来看，寻找和处女膜修补手术有关的信息。最后，锁定了离学校很远的城南的一家妇科医院。

我将那家医院的信息偷偷地剪下来，怀揣着刚刚从银行取的两千块钱，忐忑不安地上了公交车。

是一家私立医院，临街，很好找。站在医院门口，阳光惨淡，开始起风，大片大片往脖子里灌，我忍不住缩了缩脖子，心下犹疑着，挪不开脚步。

真的可以吗？我可以这样欺骗你吗？江辰。

“茆茆，你在这里做什么？”

安良忽然出现在身边，吓我一跳。我支支吾吾着，不知如何回答，急中生智，反问道：“你在这里干什么？”

“我就在这附近的酒店上班啊！刚从家回来，瞧！带了好多妈妈做的好吃的，正要去找你呢。你为什么在这里啊？”他解释完，继续追问。

我不耐地回答："没干什么，就瞎转。"安良狐疑地看看医院，仿佛猜到什么："你生病了？怎么了？"一阵风过，我忍不住打了个喷嚏，他不自觉地伸出手，摸摸我的额头，关切地问："感冒了吗？"我一把推开他的手，不小心，手里一直攥着的那张字条就掉在了脚下，用脚去踩，却已经来不及了。安良捡起那张字条匆匆扫了一眼，然后，脸上呈现出复杂纠结的表情。我一窘，旋即又恢复了一副无所谓的样子，反正，在他面前，我还有什么秘密。

"你要去做这个？是为江辰吗？""是啊！怎么了？"

"你要做什么我都会支持你。我想告诉你，你可以不对他坦白以前那件事，但是，如果他会因为你失去贞洁而嫌弃你，不爱你，那么，他也不值得你爱。如果爱你，就应该接受你的全部。而且，茆茆，你知道吗？做再小的手术，都是有风险的。"这样婆婆妈妈叽叽歪歪的安良，好讨厌，你为什么要出现在我的生活中，为什么要对我的生活指手画脚。

我直直地盯着他，不耐地喊道："你凭什么管我，你有什么资格对我指手画脚？换是你，你会不在乎吗？你会心里毫无反应吗？你会保证知道那样的事还对女朋友一如既往地好，爱一点也不减少吗？"

"我会。"他忽然提高了声音，深深地望着我，眼睛里忽然盛满了阳光，柔柔地淌向我。我一慌，局促不安地别开脸。

他依然一字一顿笃定地说着："如果我是他，我会不在乎，会一如既往地对你好，爱一点也不减少，只会更多。"

"你是他吗？他是你吗？"我困顿地蹲下去，捂着脸哭起来。

"茆茆，你和我一样，我要做的，是克服我的懦弱，你要做的，是修补心上的创伤，消除心里的痼疾，而不是别的。否则，我们永远都是那个不完整的自己。"他递来纸巾，在我耳边说道。

15

因为安良的那番看似颇有道理的说辞，和我的犹豫，我最终没有走进医院，可是，在开学的人流里看着江辰走向我，我又后悔了。他穿着一件蓝色羽绒服，面目清新，眼神灼热，上前一把抱住我，好紧好紧，在我耳边热切地叫着："我的灰姑娘，想死我了。"我的心，又揪揪地疼起来。我欢喜地帮他提过一个行李，朝他的宿舍走去。一路上，江辰给我讲除夕之夜，一个人放烟花，想着苏茆茆能看到吗？吃到妈妈包的饺子，想着灰姑娘有饺子吃吗？心里就特别难过。我心里满满地漾着甜蜜，告诉他，我看到他的烟花了，我也有饺子吃，猪肉白菜馅的，思念牌的。

他又讲过年和母亲回了一趟春里，去狱中看望了父亲，又和几个昔日同学见了面，说着说着，他的目光暗淡下来："茆茆你知道吗？你们家出事了。听说，洛秋的爸爸拿了你家影楼的钱到澳门去豪赌，几乎把家底全部输光了，连你家的房子都抵押了，难怪去年暑假的时候我去找你，别人说搬家了。现在，影楼的生意一落千丈，已经关门了。那个男人还在外面欠了许多高利贷，被人追债，失手打死了人，现在，也进去了。"

听到这样的消息，我无法不动容，她们毕竟，是和我在一个屋檐下生活了三年的家人，云姨一直待我体贴关怀，不曾刻薄，我对她始终心怀感恩。我忧虑地停下脚步："怎么办？除夕的时候，云姨给我打过一个电话，好像是和洛秋在吵架哭闹，后来自己挂断了。我也猜到一点，可是没想到这么严重。现在怎么办？洛秋在上学，云姨没有工作，以前的积蓄肯定都被那个人输光了。我这儿还有钱，要不给她们寄回去点？"

江辰转过身，深深地看着我，伸出手，轻轻地抚着我额前的头发说："我就知道，茆茆，你是这么善良的灰姑娘。"

我和江辰最终一起凑了些钱给洛秋汇去，因为不知道云姨搬到了哪里，打电话问她，她只是哭泣，不停地说对不起。从邮局汇完钱出来，江辰紧紧地抱着我，说："茆茆，你是这么美好。"我泅在他起伏的胸口，心里暖暖的，傻傻地说着情话："我不漂亮，不能让你觉得带出去很有面子，可是我会努力让自己的心变得漂亮，让你觉得很有面子。"江辰曾说过，最好的爱情是，身体无比契合，灵魂也靠得很近。现在，我觉得我们的心更贴近了，只是身体依然无法契合。

季节暖湿，万物苏醒，宿舍里依然在暗夜里萌动着香艳大胆的枕边夜话。那一晚私语已渐渐消弭，我从一个恍惚短暂的浅梦中醒来，忽然听到下铺依然有隐隐窃语。是林燕燕和李秋的声音，她俩平日最要好，天气湿冷难耐时，总要睡一个被窝。

"上次去做那个处女膜修补，根本没用啊？"是林燕燕。

"怎么了？"

"前几天和他做了，没有见红啊！"

"怎么会这样啊？"

"我怎么知道啊？"

"他什么反应？"

"没多大反应，我说生理书上说了，有些女生是不见红的，他就信了。而且他说了，爱的是我，不是那层膜。"

"那你还操心什么啊！"

"表面上看起来没事，谁知道他心里到底怎么想的。"

"管他呢！反正他是不是处男还不一定呢！又没法检测。你在这儿纠结什么劲啊！睡吧！"声音虽然轻悄如哈气，却一字不落地撞入我的耳朵。原来每一个天真无邪的面孔背后，都藏着不为人知的秘密。而她们的私语让我明白了，其实修复术并不怎么靠谱，其实爱是可以战胜一切的。安良说得对，我要修补的不是什么膜，而是心理的痼疾和创伤。那个夜晚，我睡得好香甜，梦里有一树梨花罩着我，我站在月光里，洁白干净，宛若仙女。

16

我在图书馆找了许多心理学方面的书来看，还选修了一门大学生心理健康教育。江辰为了常常见到我，也选了那门课，每次上课，早早帮我占好座位。我很认真地听课，做笔记，偶尔回头看时，他正盯着我，窗外的阳光灌进来，他洇在金色的光晕里，像王子。我想我有一天会走出心理的阴影，亲口告诉他那件事，我相信他会一如既往地爱我，甚至更深，而我也会没有负担地去爱他。

黎阳依然骑着他那辆单车，后座经常载着不同的女生，有时一个人，远远看到我和江辰，他会故意挑衅，冲我喊道："苏茆茆，要不要坐一下，很稳，很舒服的。"

于是，江辰就龇牙咧嘴地冲他挥拳头。

不久，江辰也买了一辆单车，每天载着我从校园的梧桐树下穿过，树影迅速向后倒去，如急速回放的记忆片段，我恍惚觉得，在春里的那些日子，又回来了。他常常在前面如杂耍一样甩开双手，惊得我在后座连连尖叫。单车上的爱情，简单又纯净，像被春雨刚刚洗过的阳光，尘埃不染。

汇给洛秋的钱又被退回了。与此同时，我收到洛秋发来的一条短信，冷冰冰的："多谢你的好意，我不需要。"

她还是那么骄傲。我和江辰对着退款单和短信，面面相觑。不久，在学校外的小饭馆里，我和江辰知道了她那么骄傲地退还汇款的原因。那天，我正在吸溜地吃一碗馄饨，小饭馆的墙壁上挂的小小电视机里，正在播放一串花花绿绿的广告，这时，一个长发美女出现在画面中，白皙如瓷的肌肤，浅浅的酒窝斟满芬芳，甜醉了画面中满眼痴迷的男子。用一个短小的爱情故事，诠释了一则面霜广告。画面中的女子，是洛秋。我含着一口滚烫的馄饨，仰着头盯着电视画面，直到广告已结束很久，我才咽下那口馄饨，惊叹道："好漂亮啊！"

江辰也看到了广告里的洛秋，接着我的话附和道："是！真美！"

我马上回过神来，放下勺子，在众目睽睽下，半含愠怒半含酸地揪住他的耳朵："你还对她旧情难忘？"

江辰夸张地喊疼，连连告饶："没有啊！"

"那你说她美。"

"是你说的啊！我就说是的。"

玩闹一回，我们都安静下来，我们看到彼此脸上欣慰的表情。在一波一波不断袭来的苦难面前，洛秋长大了，她用自己的美貌和青春的资本，用瘦弱的肩膀，扛起了她和云姨的生计，以合理的令无数少女羡慕的方式。

开始越来越多地在汽车杂志、平面广告和一些电视广告中看到洛秋的身影。

她在自己明星梦的路上，迈出了摸索的步伐，我也拥有了自己的爱情。

风雨来，不避开，我们都是勇敢的小孩，一切都会好起来的。那些日子，我每天告诉自己，一切都会好起来的。

17

这一年的暑假，为了不让我一个人留在校园里孤单，江辰带我去阳朔旅行。那里的天好像格外蓝，山峦叠翠，耕田被勤劳的人们缝纫成漂亮的几何图案，柔软的黄和青涩的绿彼此辉映，如同大地深处涌出的甜美汁液。我们骑着单车徜徉在燕子湖边，感觉心已被这世外桃源的静谧灌满。坐船经过一片水墨画般的山水前，他兴奋地掏出二十块钱来，一定要我背对着那片山，举着二十块钱，给我拍照，原来二十块钱上印制的山水，正是身后的风景。我像个傻瓜一样举着那二十块钱，做出丑丑的鬼脸，任他拍照。

吃饭的时候，江辰点了阳朔著名的啤酒鱼，端上来，红红火火一大盆，看上去就让人垂涎欲滴，我尝了一口，辣得直吐舌头，喝了好几杯啤酒才将火压下去。江辰幸灾乐祸地看着我，一个人吃得很欢。不一会儿，我点的山水豆腐花端上来，他见不错，又拿勺子来和我抢，嘴里嚷着："我要吃你的豆腐，我要吃你的豆腐。"引得周围的客人和老板纷纷侧目看我，他依然坏笑着，俯身到我耳边，悄悄地说："我今晚就去你的房间，真的吃豆腐。"我一下子脸红地低头捶他。

来之前，他在网上定了两间房。晚上入住以后不久，他就过来敲门要聊天，然后就不走了。

是遥远异乡的如家快捷酒店，那晚的月亮很大很圆，霜白霜白的月光淌得满床满地，像满床满地的忧伤把我覆盖了。不知何时，我们就并肩半躺在了床上。他时而坏坏地开着令人脸红心跳的玩笑，说"你家我家不如如家"，时而切切地说着情话，说，"茆茆，以后我要带你去很多地方，走遍世界各地，以后我们要在斐济举行婚礼度蜜月，香槟酒和蓝色海水包围的婚礼，我要给你一个最浪漫的婚礼。”

真的吗？我可以如此幸福吗？我僵着身子，一颗心颤颤的，几次鼓起勇气，那曾经黑暗的过往，就在今晚，告诉他吧！可是最终却欲言又止，什么也没有说。我怕一说，满地的月光都要碎了，整个夜晚都要碎了。他摸摸索索地伸出手臂，从身后环抱住了我，我心里忽然一紧，以为他又要提“初夜”这种要求，他却只是轻轻地吻了我的耳垂，说：“茆茆别怕，你这样纯洁美好，在你没有做好准备和不同意之前，我绝对不会做伤害你的事。今晚，我只要抱着你就好。”我忽然就流泪了。江辰，你知道吗？每当你说我纯洁美好的时候，我恨不得去死。

18

有多久没有回春里了，三年了，一千多个日日夜夜，独自的飘零和救赎。

又一季霜寒，我忆起一到冬天就萧条冷静的北方小城春里，孤独的雁队，灰色的楼群，枯索的落叶给大地贴出一脸昏黄，和一些破碎的年少残像。我曾经的家乡。

云姨在我大三这一年的寒假，给我打来电话，语气轻快，言辞恳切，没有了往日电话里的哭泣和无助，她明确地恳请我回家一趟，并告知了新的住址。我无法拒绝她。

江辰要陪我一同回去，他说其实他每年都会回春里，去监狱看望父亲，不如结伴同行。

重新踏上熟悉的土地，心里还是隐隐一疼，我知道那里有结痂的伤口，伤口下的淤血仍记忆未散。

新的住址是一座半新的住宅小区，十二楼，按了门铃，是洛秋来开的门，她看到我和身后的江辰，吃了一惊。

是一套两室一厅的房子，好像刚刚装修过，浅褐色的松木地板散发着淡淡木香，淡蓝的墙壁，蓝底白花的窗帘，拱形的门窗，地中海风格的清新自然。云姨从里间的卧室出来，她的脸上，有了衰老的迹象，几条淡淡的皱纹疲倦地挂在眼角，但看到我却很高兴，热情地招呼我们坐，吩咐洛秋去倒水。看到我身旁的江辰，云姨的脸上荡漾着笑意，笑问是谁。我不知为何，忍不住提高了声音回答：“是我男朋友。”

洛秋正在饮水机前接水的手一抖，水杯就掉在地上。她冷冷地瞥了我们一眼，慌作一团，跑去拿抹布收拾水渍，沉默不语。

云姨用长辈特有的欣慰目光看着江辰，对我说：“好啊！这就好了。你爸爸看到，一定会很开心。”

说着说着，她的眼睛忽然潮湿，声音哽咽起来：“茆茆，都怪我糊涂，又轻信了那个人，才搞成现在这样，我对不起你爸爸，对不起你。”

“别这样，不是都已经过去了，现在不是也挺好吗？”说起现在，云姨又渐渐收住眼泪，浮起笑容，拉起我的手要带我参观房间，她告诉我，洛秋现在很能干，很多广告商找她拍广告，她挣了钱，买了这套小房子。我看了看，两间卧室。云姨敏感，连连解释：“本来想买大一点的，给你留一间房子，可是，钱不够，只好先这样。”

我只好若无其事地笑笑：“你多心了，我已经长大了。”

云姨拉着我的手，幽幽地说：“无论如何，希望你能经常回来看看，毕竟我们是一家人。”我违心地点点头。往事难追，痛苦相照，这里是我不愿踏足的原乡。

忽然，云姨捂着左胸，脸上露出痛苦的表情，我忙扶住她：“怎么了？哪里不舒服？”

“没事！屋里暖气太热，有点胸闷吧！”她在卧室的沙发上坐下来，脸上的表情渐渐松弛，笑笑地劝我，“我休息一下，你们几个聊聊天吧！”

我出了房门。我以为洛秋飞入娱乐圈的花花世界，早已把学生时代那一段少年事忘怀，可是，此刻，她和江辰在阳台上，彼此压低了声音，拉扯纠缠，像一场默剧。“洛秋，别这样。”

“不！我不许你和她在一起，你怎么可以和她在一起。”

“洛秋，我们的事早已过去了，现在和谁在一起，是我自己的事。”

“不！你一直是喜欢我的对不对，我们重新开始吧！以前是我太任性，伤害了你，我以后不会了，我们重新开始吧！”洛秋拉着江辰的手，那样卑微地恳求。

我站在客厅里，怔怔的，不由得握紧了拳头，我听到身体里血液汩汩流动的声音，听到骨节咔嚓作响。江辰回头看见我，焦灼又尴尬，洛秋也又羞又愤地松开了手。

我头也不回地跑了出去，江辰追了上来。冬天的风迎面吹来，像一把把钢针刺痛了我的眼睛，我迎着风，不停地跑，不停地流泪。

江辰追上来横到我面前，气急败坏地质问：“你跑什么啊？是她说那些话，我并没有做什么！”

是啊！我为什么难过？为什么流泪？我只是听到洛秋恳求复合，我只是看到江辰吃饭的时候帮莫央夹菜，就像我只是看到他对身边走过的美女多看了一眼，我逼仄的心脏就如十级台风过境，慌作一团，我那么怕失去他，我是那么自卑。

“我心里难受，我怕你们死灰复燃。”我委屈地说。

江辰哑然失笑："什么叫死灰复燃，说得这么难听，叫旧情复燃差不多。"

"好啊，你真的这样想的。"我又趁势哭闹起来，踢他，捶打他，江辰就势一把将我箍在怀里，忙不迭地表白："傻瓜，你才是我的旧情，我和你，那才叫旧情复燃，我就是那冬天里的一把火，要把你点着，一起燃烧，一直到一起化为灰烬的那一天。"我听着热烈的情话，噙着泪水点点头，恶作剧地将冰凉的手伸到他的脖子里冰他，然后迅速跑开，江辰假装愠怒地追上来，我开心地笑。就是这样，纵情地哭，恣意地笑。那时的爱情，就是这样简单美好。

19

在春里逗留了两日。他去狱中看望父亲，我独自在旅馆等候。第二日一清早，江辰就敲响我的房门。我揉揉惺忪的睡眼，他的身后，是一辆蓝色的单车。他调皮地冲我眨眼睛："赶快收拾，带你出去遛遛。"

那一天的阳光好暖，我洗漱完毕，穿上一件米色的风衣，坐上他的车子。三年了，熟悉的街道大致未改初貌，有新楼建起，有店铺开张，张家牛肉面馆还在，湖南米粉还在，一路上我惊喜地喊着；城市中心修了漂亮的喷泉，我们骑车经过时，一股水柱腾空而起；在那个熟悉的街口，他给我买了一个棉花糖，我坐在后座恬不知耻地啃着，沾得满脸满嘴白絮；爱知中学的门牌依旧闪闪发光，又建起了两座蓝色的教学楼。

风和日丽，阳光冲淡冬日阴霾。他终于停下了车。

我的脚刚刚落地，看到眼前的景物，心忽然揪成了一团，仿佛有一双大手按压在上面不停地揉搓，那一刻，我的脸色一定苍白无比，我喘不过气来，转身欲跑。

他一把拉住了我，不明就里：“怎么了？你不想来我们的老地方吗？”不！我不想。我在心里不停地呐喊。依旧是灰色的烂尾楼，枯黄的野草，丛生的灌木，惊起的大鸟，远处静谧的田野。夜里那场灾难像一个躲不过的预谋，不约而至地跳到我面前，跳到我心里翻江倒海。“你怎么了？不舒服吗？”他关切地摸摸我的额头，英俊的脸瞬间逼近，我心痛难忍，声音气若游丝地哀求：“回去吧！我不想来这里，我不想。”“你到底怎么了？”少年的眼神又迷惑又焦灼。

心里有两个声音不停地呐喊。

不能告诉他，不能告诉他，依然要做他心目中纯洁美好的茉莉。不能说，一说就是错。

说吧！告诉他吧！就在此刻，苏茆茆，勇敢一点，走出痛苦编织的藩篱，走过去，将那些荆棘狠狠地踩在脚下，走过去，就好了。

要有多大的勇气才能说出口，亲爱的江辰，就在这里，在这个留下我们很多美好回忆的地方，我被两个男人强暴了。

我嘶喊着，从他的怀抱中滑落，蹲在地上，掩面而泣。我忘记是用怎样错乱的语言描述了那个可怕的夜晚，匿名的约会字条，残暴的社会男子，花痴少女赵乐乐情不知所起的报复，像一场荒洪，从我身上轧过。

许久，他俯下身，扶起了我，我感到他的手掌愤怒的力道，他的脸，微微扭曲，痛苦纠结，嘴唇颤抖着，发出一连串诘问：“为什么？为什么当时不去报警？为什么不早点告诉我？为什么会这样？”

我只是哭，泪水肆意横飞。我忽然一把推开他，朝不远处的小河跑去。我不知道自己要干什么？我只是想躲开他，我们之间那份和谐快乐，像一块脆弱的水晶，被这个不堪的现实轻轻一击，就碎了，我听到水晶碎裂的声音。

少年急促的脚步和焦灼的喊声从身后传来，他赶上我，狠狠一拉，将我拽到他的怀里。

“你干什么？你给我好好的。”他的声音愤怒激动，夹杂着心痛。他抱得那样紧，原来，他也像我害怕失去他那样，害怕失去我。

我在他的怀抱中渐渐平息下来，绝望地哭问道：“你会原谅我吗？你会不要我吗？你从此是不是再也不理我了？”

我听到他哽咽地回答：“不！茆茆，这不是你的错。我要你，我永远都要你。”这是我听过的最好的情话了。我们相拥在记忆中的初恋胜地，终于捧心相对。

20

回去的路上我们都很沉默，列车快到站的时候，他用力地握了握我的手，说：“我们都忘记那件事，我们以后会很幸福。”我略带恍惚地点了点头。

新的一年又开始了，我们都以为会忘记那件事。而我知道他确实在努力忘记那件事，他像安良曾经说过的那样，一如既往地对我好，爱一点也没有减少，甚至更多。每天帮我打水打饭；骑车载我到图书馆；带我去校外他新发现的特色餐馆吃饭；同学们趋之如鹜想看的热门电影，他总是早早买了票和我一起去看；有时约上莫央和安良，一起爬山看桃花，给我拍很多的照片，依然言辞热烈地赞美我，说我的侧面很好看，站在树丛中就像桃花仙子；有时在校园里遇到黎阳，依旧彼此嘴上戏谑干架一番。

看上去，依旧是快乐开心的少年，依旧是单纯美好的爱情。可是，总觉得少了点什么。少了点什么呢？

我忽然发现，他已经很久没有再玩笑般提起“第一次”的要求了，哪怕只是在耳边轻轻地开开玩笑试探逗引一下。那个话题，成为一个不能触及的禁忌。他在想什么？他在嫌弃我吗？后来，和他在一起的时候，我变得像个复读机一样，不停地追问：“你到底爱不爱我？有多爱？”江辰一开始总是很耐心地回答“很爱很爱”，有时兴致所致，还会文艺兮兮地给我朗诵一首酸诗以表忠心：“我冲进火海，因为你在火焰里；我沉入大海，因为你在漩涡里；我跳下峡谷，因为你在悬崖下……”他的声音铿锵有力，深情款款，于是我相信了。

后来，被问烦了，他会懒懒地答道：“唉！唉！唉！”

气得我直推他：“到底是爱，还是唉啊？”

他又气又无奈地抱住我：“天哪！等你变成六十岁的老太太，我一定要被你烦死。”

听到这里，我又偷偷笑了。六十岁，戴着老花镜的老头，听着满脸皱纹的老太太唠唠叨叨，那场景一定很温馨。

可是那样的桑榆晚景，要经历多少坎坷，才能走到面前。

很快，我发现了江辰的游离。那天，我刚刚从教学楼出来，准备给他打一个电话一起去吃饭，这时，看到他骑着单车远远地从林荫道驶来，正要喊他，忽然，车子一转弯，向实验楼驶去。我看到，他的车座上，坐了一个女生，那个女生我认识，是他们班里的文艺委员，有一双细细的丹凤眼，很勾人。

我站在原地，胸口剧烈地起伏着，那个镜头，像一把长长的匕首，直直刺入我的心脏，车子远去，越刺越深。

江辰，你怎么可以这样？

我整整三天没有理他，他不知道发生了什么事，在他不断的追问下，我才委屈地质问他。

听完我的诘问，江辰一拍脑袋，恍然大悟，连连解释：“不是你想的那样，那天我正要去找你，路上遇到她，她说要去实验楼给朋友送一本书，就让我捎她一段，真没什么。”

看着他真诚的目光，我瞬间又原谅了他，可是依旧哭嚷着让他保证：“你发誓，你的车子以后再也不许载别的女生了。”他在相思林里举起手，目光笃定地发誓：“我保证，我的车子以后再也不载别的女生了。”我破涕为笑，那小子又坏笑着低下头到我耳边，悄声问：“载我妈可以不？”而这样的摩擦和误会，只是一个悄然奏响的前奏。他帮漂亮的女教师打了一壶水，他多看了门口卖糖葫芦的“西施”，他和班里的女生走在一起交谈，都会成为我爆发的源头。我像一个愤怒的母狮子，滚扑撕咬十八般武艺都用上，直到他不停地表白“我爱你，我是真的爱你”，也不肯罢休。

有一次，他被逼得无奈，表情痛苦地问道：“茆茆，究竟我要怎么做，你才相信我？”我一愣，一时语结。怎么做？我好想问他，什么时候你才能要我？什么时候才能接纳这个破碎的我？什么时候你才会像从前那样赖赖地说“给我”，可是我这样问，更会显得像一个肮脏不洁的让人轻贱的女孩。

后来江辰身边的人都知道我是个醋坛子，有时他身边的男生故意在我面前揶揄他：“江辰，现在就是妻管严，将来结婚了，就是床头跪。”

连黎阳都隐有耳闻，有一次在雕塑下遇到我，歪着脑袋打量着我说："多亏江辰把你收入麾下了，不然这会儿受苦的就是我了。"

气得我拿书作势要打他。

骨子里深埋的自卑，像一颗黑色的种子，在光线昏瞆的土壤里萌芽，抽枝，冲击着逼仄的心脏阵阵胀痛。我想忍住不猜疑、不嫉妒、不误会，可是我做不到。即使他赌咒发誓了一千遍。

我大四的时候，他大三。即将面对的，是又一次分别。未来的不可预知，正是让人惶惑和迷醉之处。我不止一次问过他将来毕业会如何打算，是回上海、回春里，还是留在锦和？在得到他明确的答复之后，才稍稍安心。他说："你在哪里，我就在哪里。"那么，我决定毕业后留在这里工作生活，我喜欢这座城市。可是我不止一次听他提起过，他的母亲希望他能回上海工作，希望他去国外继续上学。总之，他的未来，是一道选择题，而我只是一道填空题，只要我孤身跳入命运设定好的括号里就好了，如果他能和我一起跳入那个括号，人生就堪称完美了。每每听到他说："我讨厌他们安排我的人生。我要和你在一座城市，工作，结婚，生孩子。"我心里的石头才能落地。

这年的冬天是个暖冬。阳光笼罩，暖如三春。这样的天气，发霉的心情拿出来晒晒，都会崭亮如新。

这天的体育课上，林燕燕兴致很高，打羽毛球的时候，不知怎的，忽然摔倒，因为运动，她外套都脱去了，裸露的手臂和坚硬的地面撞击，很快血流如注，林燕燕吓得一脸煞白。老师派我和另一个女同学送她去医务室。

我们一路跌跌撞撞，伴着她手臂上滴滴答答的血跑到医务室，林燕燕探头一看，做出一个“天要亡我”的绝望表情，扭头就走。学校的医务室，一直是被同学们诟病的地方。只有一个老医生还算有点经验，但恰好这天不在，剩下的几个年轻医生，不知从哪个旮旯挖来的，感冒全开“三九”，皮炎全开皮炎平，看到稍稍惨烈的受伤场面，自己先慌作一团，让学生转大医院去看。

我们陪着林燕燕出门上了一辆出租，直奔就近的医院。

有惊无险，只是擦伤，因为血流太多，看上去比较吓人。处理了伤口，又输上盐水，林燕燕的脸上渐渐恢复血色，疲倦地对我们说谢谢，又不好意思地对我努努嘴。我低头一看，才发现，刚才慌乱之中，她的血溅到我的衣服上，袖口一片殷红。

“对不起！”我大而化之地笑笑：“没事，我先去洗洗。”我好后悔在那个时间出去，没有早一秒，没有晚一秒，我看到那个熟悉的背影，穿着蓝色羽绒服留着清爽短发的背影，提着开水，走进了一间病房。我不由自主地跟了上去，站在病房外，从半开的门望去。

最里面靠窗的床，莫央半躺着，正在输液，江辰给她倒水，剥橘子，两人言笑晏晏。他把剥好的橘瓣亲手送到她嘴里，像平时与我那样，她噙了，甜蜜地笑，江辰不知讲了什么好笑的段子，两人都开心地笑起来。

世界忽然失去声音。

我鼓起勇气，昂首挺胸地径直走进去，像一个女战士。莫央和江辰看到我，都很吃惊。

她惊喜地叫道：“你和他一起来的吗？怎么现在才进来？”

我低着声音，面无表情：“你怎么了？不舒服啊？”

“哦！医生说是低血糖，今天出去买东西，忽然晕倒了。”

“为什么不打电话给我呢？我可以来照顾你。”我语调平缓，却隐藏着显而易见的怨怼，我的脸色，在那一刻悲喜不明。他们都听出了我的弦外之音，江辰连忙解释：“茆茆，是这样的，你听我说。”

我忽然提高了声音，怒视着他：“别和我说话。我在和莫央说话。”

我又将脸转向莫央，语气幽怨地质问她，“为什么？央央，我们是最好的朋友，如果知道你生病了，我会放下一切来看你照顾你，可是你为什么单单打电话找他而不打给我？我知道你喜欢他，可他现在是我的男朋友，你这样，让我心里多难过。”

被我当着江辰的面说穿她喜欢他，她又气又窘，脸上一阵红一阵白，一时气结，不知如何回答。江辰的脸忽然阴下来，语气满含不满地冲我叫道：“苏茆茆，你发什么疯？乱说什么啊？莫央现在是个病人，你是她的好朋友，不关心她也就算了，怎么可以这样说她呢？”他在冲我发火。江辰，你怎么可以冲我发火。我愣住，凄然地对莫央笑笑，幽幽地说：“对，你是病人。央央，你好好养病。”我从病房里恍恍惚惚地走了出去，我确定，他没有来追我。

不知在大街上游荡了多久。我依然隐隐地期待他能打个电话来，哪怕是找个看似合理的理由解释一下，我一定会马上原谅他的，因为我那么怕失去。手机开着，一直没有电话进来。

异乡的夜晚，夜空呈现诡异的灰蓝暗紫，像一张昏昏欲睡的脸。天边几颗寂寥的星星，像破碎的钻石，闪着璀璨光芒，那是夜的眼睛，它望着我，我望着它，我们都不睡。

不知不觉，走到了一家灯火煌煌的酒吧。

我走进去，很豪气地点了一打嘉士伯。冰凉的液体灌进去，仿佛流进了心里，瞬间结了冰，好冷。不知是第几瓶酒下肚，眼前开始模糊起来，看到身边形形色色的男人，每一个都像他，每一个又都不是他。

身体好空，仿佛有一个大洞，再多的酒也填不满，身体好冷，好想找个人靠一靠。

我拿出手机，眼睛模糊，手指颤抖，开始翻电话簿。看到江辰的名字，然后按了拨通键。

“江辰，我想你，来接我啊！”

“你在哪里？”他的声音，听上去那么急促。我就知道，他还是那么在乎我的。

胃里忽然一阵翻江倒海，我站起来，一阵头重脚轻，踉踉跄跄地出了酒吧，在一棵树下干呕起来。一天没吃什么东西，呕出的只是酸水。心里泛酸，胃里泛酸，眼底泛酸，我蹲在树下，呜呜呜地哭起来。

这时，有人拍了拍我的肩，抬眼一看，是两个陌生的男子。“妹子，有啥不开心的事，给哥说说。”拍我的男子流里流气地笑着。我冷冷地叫了一声：“滚开！”“不高兴啊！哥带你去个好地方，保管你很嗨！”男子不依不饶，一边拽起我的胳膊，一边笑道，“来酒吧的女人都是受了刺激的，来酒吧的男人，都是找刺激的，咱就都别装了。”

冷风一吹，我清醒了许多，几年前那个漆黑的夜晚在脑海中迅速闪现，心下暗忖，遇到流氓了，怎么办？

咚——一声闷响，男人的身体忽然在我身边倒了下去，一个巨大的黑影罩住了我，另一个男子正要出手相击，又被一拳击倒，两个男子挣扎站起，口中依然嚣张怒骂不止，跃跃欲试地出手还击，三两招下来，最后落荒而逃。

江辰，是你吗？我的英雄，我从天而降的英雄。我惊喜地抬起头，那个黑影拉着我奔跑起来，离得很近，我听得到他扑通扑通的心跳声。

终于在一片空旷的广场上停下来。他喘着气，重重地跌倒在广场旁的草坪里，忽然呜呜地哭起来，口中夹杂着重复的呐喊："茆茆！我终于可以保护你了，我终于可以保护你了。"

我使劲摇摇头，把那个迷糊的自己从酒醉里拉了回来，定睛一看，身边，是那个熟悉的泰迪熊的影子，是安良。

这一刻，我彻底原谅了他。

我从来不知道几年前的那个夜晚，也像一个病灶一样紧紧长在他体内，无力拔除，他像我一样，一直在寻找那个丢失的自己。我们都是同病相怜的孩子。"安良。"我柔声叫了一句。安良回头。"谢谢你！"他在月光下很好看地笑了，像泰迪熊一样的笑，然后，又有些生气地追问："我还要问你呢！你怎么没在学校，怎么一个人跑到那种地方喝得醉醺醺的？""我……我心里烦。""怎么了？江辰欺负你了？告诉我，我去揍他。"刚刚找回勇气的安良，像一个打了胜仗的士兵，充满了斗志，恢复了少年应有的本色。

我笑了，云淡风轻地敷衍他："没有，他哪敢欺负我。我是考试挂了，和一个同学来的，她先走了。"

安良像一个大哥哥一样宽容地笑笑："我当什么要紧事，不就是考试不及格嘛！我小时候经常考试不及格。"

我也在草坪上躺下来，很奇妙的感觉，温柔的大地，毛簇簇的草地，如同妈妈的手掌温柔地承接着我们，耳边虫叫，头顶月明，心就沉静下来。

"安良，告诉我，在你的字典里，哪两个字最令你伤感？"

“是‘再见’。因为我们不知道说过再见之后，明天是不是还会再见，有些人分开之后，第二天就会再见，可是有些人离开后很长时间，甚至一辈子都不会再见了。那天早上起床，在客厅里吃早饭，听着我爸和我妈说，说他晚上和一个老朋友见面，就不回家吃饭了，然后我们一起出门，爸爸那天依然语重心长地叮嘱我好好学习，我还嫌他烦，于是骑着车子不停地对他说再见再见，谁知道，那个再见，竟成了永别。所以，‘再见’，让我感到莫名伤感，从此以后，我再也不愿和人说再见了，哪怕是做一个没礼貌的人。”

我深深地叹口气：“说明我们都长大了，生活里不仅有欢喜，还让我们感到了疼痛，说明我们在长大。”

“是啊！长大了。”

“何止长大，我甚至感到苍老了。”安良被我突然的多愁善感吓到，伸过手来轻轻地揉揉我的头发：“瞎说什么呢？你还这么年轻，这么好看，微醺的妩媚，迷离的眼神，大把的青春，不许胡说。”原来安良也会说这么多的甜言蜜语，我的心瞬间蹿出一朵花来。在男女相处的世界里，女人只要留一双耳朵就够了。

“走，地上凉，起来，我送你回学校。”他伸出手来，我懒懒地躺在那里不肯起来：“走不动了。”

“我背你。”

他的后背趴上去，如陷入厚实稳妥的棉被，脸贴上去，有阳光的干燥味道。

月亮隐在云朵后面，头顶有星光，夜风微软，这样的夜晚，适合大声唱歌。我们在深夜无人的大街上唱着：“爱真的需要勇气，去面对流言蜚语……”

那一刻，我在想，一个女人的生命中，是不是都应该有这样一个男子，他不是男友，不是兄长，他或许不属于你生命中的任何归类，但你想起他，会觉得心里很暖，他会是救生圈，会是降落伞，一簇火，一束光，明亮，暖人，带你在最黑暗的夜里，踽踽前行。

然后，我睡着了。

江辰第二天在“读书有个毛用”下，堵住了我。“茆茆，对不起，我昨天态度不好，可是，你要相信我，你真的误会了，不是莫央故意只打电话给我，她在街上晕倒了，是路上的好心人把她送去医院的，人家在她的手机里随便就拨了我的电话，问是不是莫央的朋友，说她晕倒了，让我过去照顾照顾她。”他说出了这样无懈可击的理由。

“可是你为什么要亲自喂她水果，那么暧昧的动作，正常吗？”

“她一只手在输液，一只手摔倒时擦伤了，怎么拿水果？”

“可以先不吃的嘛！”被他说得天衣无缝，我开始胡搅蛮缠，无论怎样，想起那样的场景，心里还是很难过。江辰又好气又好笑，握住我的肩：“别这样！莫央也是你的朋友，你们认识得比我早，你们的感情应该更深，你应该关心她才对，怎么这么小心眼吃她的醋？”

我无言以对，也为自己的小心眼感到羞愧，小声地反驳道：“我哪里吃醋了。”

他忽然一把拥住了我，下巴抵在我的头上，深深地叹气说：“安良打电话说你昨晚不知道为什么喝酒了，以后不许这样了。对不起，茆茆，不管怎样，是我让你伤心了，是我不对，是我没有让你感觉更多的安全感，你才会这样闹脾气使性子，是我的问题。”

暖暖的甜蜜，将逼仄心脏里残留的积怨瞬间冲击得七零八散。他将我松开，对着我认真地说：“茆茆，过年，我带你回家，见我的妈妈。等我一毕业，咱俩就结婚，好吗？”

这是江辰给我吃的定心丸吗？他的真诚，让我之前的嫉妒、胡闹，都变得羞愧难安，无处遁形。

莫央还在医院输液，我像个做错事的孩子，买了礼物和江辰一起去看她，红着脸嗫嚅地说对不起。莫央却仿佛已忘记了那天的事，云淡风轻地笑着，捏我的脸蛋，说：“傻姑娘。”

一个星期后，她主动约我们去 KTV 唱歌。她的身边，跟了一位瘦瘦高高的男生，头发略长，眼神干净，微微腼腆，她介绍说是她的男友，叫陈锋。陈锋很体贴，唱歌的时候，帮她倒饮料，拿水果。两人看彼此的目光都柔柔的。

我开始相信那天在医院里，我真的是一个龌龊的小人。

23

寒假来临的时候，江辰恪守承诺，带我回上海去见他的妈妈。一路上，江辰非常兴奋，一会儿指着飞机舷窗外的云层说：“瞧！这是上帝为我们调制的卡布奇诺。”一会儿又说他妈妈的脾气、性格、爱好，看得出，他比我还紧张，我忍不住发怵：“你妈妈会不会不喜欢我？”

“不会，我喜欢的东西，她必须喜欢。”

我不满地嘟嘴：“你才是东西。”

“对不起对不起，口误，你不是东西，你不是东西。”

“你才不是东西。”

……

十里洋场，繁华都会。

他家位于东方明珠附近繁华地段的高档小区。他牵着我的手，用力地握了握，说："别怕！"可是我分明感到他手心的汗和我手心的汗黏在了一起。六楼，一套复式结构的房子，是年轻的小阿姨来开的门。听江辰在路上讲，现在住的房子，是多年前他父母以外祖母的名义买的，所以父亲出事入狱，并没有查到这里。

"茆茆，你会因此而鄙视我吗？我有那样的父亲。"他神情阴郁地问我。

"不，我爱的是你。"

妇人在客厅坐着，微卷的发，围着一条深色披肩，并没有起身，声音朗朗地叫道："儿子回来了啊！"看到我，又略带犹疑地问道，"这位是？"

江辰一边放下行李，一边揽过我，愠怒地叫道："妈！什么记性啊！我不是给你打电话说过吗？我要带茆茆来见你。"

我深深吸口气，尽量让自己显得不那么紧张，清脆地叫了声："阿姨好！"

妇人挪了挪身子，做恍然大悟状："哦！是辰辰的同学啊！来来来，坐坐坐，欢迎啊！"

江辰牵着我在沙发上坐下来，再一次愠怒地纠正："不是同学，是女朋友。"妇人牵动嘴角，没说什么，做出一个似笑非笑、模棱两可的表情。我的心一凉，完了，他妈妈不喜欢我，怎么办？

保姆倒来了两杯茶。我接过来，又放在了茶几上，很拘束，局促不安，不知道该说什么好。

看起来江辰和他妈妈也话不多，他得意扬扬地说了句："今年我拿了全额奖学金。"妇人一句："你那破学校，拿奖学金又怎样？"江辰便恹恹地不再说话了，转回头来问我吃不吃水果、饿不饿。

"你是叫……叫什么？"妇人和儿子言语不合，对我有了兴趣。

“苏茆茆。”

“家在哪里？父母都是做什么的？”

在得到我的回答后，她刚刚提起的谈话兴趣又恹恹地收回了。母亲暴病而亡，父亲死于非命，无依无靠，我虽然有意无意地将云姨和洛秋这样复杂的家庭关系都隐去了，但我在她的脸上，看到了一丝重归懈怠和不屑的表情。

江辰不满地埋怨了一句：“能不能不像查户口的？”

这时，门铃响起，他起身去开门：“你怎么来了？”

“我怎么不能来？”一个清脆的女声。

江辰闪开身，一个面容俏丽的女子走了进来，一边热络地和江辰的妈妈打招呼，一边熟稔地脱外套挂在衣架上，像回自己家一样自如。

妇人轻轻斥责江辰：“怎么这么说话啊？听说你回来了，就说过来看看你。”这位叫作唐小悠的女孩自顾自地靠近江辰身边的沙发上坐下来，看到我，客气地点点头：“你好！”然后，向江辰投去疑问的目光。“哦！这是我女朋友，苏茆茆。茆茆，她叫唐小悠，是我爸爸的战友，唐伯伯家的千金。”女孩埋怨道：“别说得那么生分好吧！咱俩还被他们订过娃娃亲好不！”江辰笑了一下：“胡说什么啊？都什么年代了，还娃娃亲。”

气氛陡然黏糊起来。还好，这时保姆出来，叫大家吃饭。

几道很精致的上海菜，吃饭的时候，江辰的妈妈不停地给女孩夹菜，而转向我，只是客气道：“别客气，多吃点！”

女孩很开朗，兴致勃勃地说着自己大学的趣闻，又热情地请缨明日带我去参观东方明珠，我当然装作心无芥蒂地回答：“好啊！谢谢。”

江辰妈妈在一旁不以为然地说："东方明珠有什么意思啊！也就是你们外地人稀奇去。"

我张了张嘴，什么也没说。江辰白了他妈妈一眼。

这就是上海人的排外心理吧！所有人，仿佛都是外地人，外地人，就代表着低上海人一等。真是可笑的来路不明的优越感。

吃完饭，我们三个年轻人在客厅聊天。唐小悠其实是个非常单纯的人，性格很好，又很健谈，我渐渐放松下来。不知不觉，已是晚上十点多。江辰拍了拍我的肩，说去收拾行李。

不一会儿，唐小悠起身准备回家，朗声向主人告别。

江辰妈妈先从房间出来，热情地挽留："小悠啊！别回去了，这么晚了，给家里打个电话，就说住阿姨家了。"说完，转头埋怨江辰，"辰辰，留留小悠，都这么晚了。"

江辰从房间里出来，也附和道："是啊是啊！别走了！都这么晚了，你要走，我妈又让我下楼送你，这么冷，我才不想送你。"唐小悠扑哧笑了："有你这么留人的吗？听起来这么欠揍。好吧！我不走了。"江辰妈妈犹豫地看看我，又看看江辰，说："茆茆啊！你看，家里就只有一间客房，也没有多余的被子。不如……"只这一句，瞬间像一把钢针刺到我心里，我忍着泪水，咬着嘴唇。我来之前如搭积木般垒砌的信心和勇气，只被她这轻轻一句话，就轻而易举地击溃了。

"妈！你太过分了。"

唐小悠也惶然不安，连声说道："阿姨，我还是回家吧！"

她抬腿欲走，却被妇人死死拽住，女人平静地对江辰说："儿子，你怎么了？发这么大火？"

"你怎么可以这样对茆茆？你太让我失望了。"

“我怎样了？还要我怎样对她，我已经够客气的。”

“好！家里不够住是吧？家里太挤了，我也出去，你一个人宽敞，清净吧！”说完，他几步上前，拉住我的手，说，“走！”我想，那一刻，我的眼神是空茫的，没有泪，也没有光。他拉起我的手的那一刻，那些刚刚被击溃的勇气，又回来了。

妇人被气得仪态尽失，披肩掉在地上，气汹汹地指着他：“好！你走了就别回来，你走了就不要再进这个家门。”

“不回就不回，我早就烦透了。”唐小悠焦灼不安，不知道劝哪边才好。江辰拉起我，提起我们还未打开的行李，大步流星，走出了家门。

24

“你家我家，不如如家。”他打开酒店的房门。难得在这样的时候，还有心情开玩笑。

从他家出来的一路上，他愤愤不平地讲了他妈妈反对我们的原因。因为唐小悠。唐小悠的父亲，和江辰的父亲曾是部队的战友，转业后分配到上海某政府部门，身居要职，用江辰妈妈的话来说，就是能力很大，他妈妈一直怂恿他和唐小悠谈恋爱，唐小悠也很喜欢他，每年他回到上海，都主动来找他玩。他妈妈说，如果娶了唐小悠，她家肯定会动用关系，把江辰父亲从监狱里捞出来。“你妈妈的想法，也有她的道理。”我小声说。

“有什么道理，总想把她的意愿，强加在我的身上。我有我喜欢的人，我有我的人生。”他依然满腔怒火，愤愤不平。

我隐隐担忧，愧疚不安：“可是，你真的再也不回家了吗？”

“她这样对你，我就不回去了。茆茆！我只要和你在一起。”

他捧着我的脸，深深地吻在脸颊上。这个夜晚，像曾经他给我朗读过的诗歌一样——我跳入火海，因为你在火焰中。他的妈妈，用冷漠无情为我们的爱情设置了一个困局，而他，奋不顾身地跳了进来。

这个夜晚，他心照不宣地只开一间房。当所有的郁塞和愤怒都沥净、平息，我们并排躺在床上，他摸索过来，用力地抱住了我，像乞求糖果的幼童，在我耳边深深地呢喃着："茆茆，我要和你在一起，不管她怎样，我都要和你在一起，我要你。爱你！我想以后每个早晨起来，最先看到的是你的脸。"

我在心底不停地嘶喊着，我愿意，我愿意。亲爱的少年，如果我是糖果，我愿给你甜蜜，如果我是花朵，我愿给你芬芳。我们拥抱着彼此，皮肤起了火星，我们深吻着彼此，身体起了潮汐。在如家洁白柔软的床上，我们如庄严仪式一般，交付了彼此。他进入的瞬间，在我耳边轻声喊着：茆茆，我爱你……江辰，我也爱你。我枕着他的臂弯，沉沉睡去。这个夜晚，我做了一个梦，我梦到躺在玫瑰铺满的花床上，又美，又痛。

25

那几日，真的是痛并快乐的日子。他带着我登上东方明珠，带我吃正宗的南翔小笼包，在一家很深的巷子里，买一种形如海棠花的糕点，咖啡色的粉皮，包裹着软糯的豆沙，咬一口，唇齿留香。他说，以后每一天，都要让我的日子过得这样甜。

回到学校，又是新的开始。

黎阳又交了新的女友。

安良偶尔到学校来给我送海胆粥。周末和莫央见面，她和她的男友依旧甜蜜如昔。洛秋开始小有名气，在一部古装戏里，扮演了女二号，大家都说，她比女一号更漂亮。她偶尔也出现在娱乐新闻里，云里雾里地和男演员、男导演传些绯闻，过不久又出来云淡风轻地澄清。镜头前，她总是保持着无懈可击的迷人微笑，只是我总觉得那微笑后面隐藏了一丝哀愁。

大四的最后一个学期，看似很闲，其实比往日更加忙乱，写论文，找工作，每天奔波在宿舍、图书馆，和人才市场之间，忙得晕头转向。我是凡事苛求完美的人，仅仅写论文，前后就花了十几天时间，眼见答辩时间越来越紧迫，急得上火。江辰常常帮我查资料、修改，又买了一包杭白菊每天泡冰糖菊花茶给我喝，每天在宿舍门口依依不舍地分开，他还要嘱咐我，用菊花泡牛奶喝，有助睡眠。虽然很累，却依然感觉幸福。

找工作也并不乐观。我学的是室内设计，然而“设计师”三个字名头虽然好听，其实并不值钱。投了很多简历，面试了很多家，我几乎灰心了。很多小公司的实习设计师一开始是连基础工资也没有的，只有几百块的补贴，要每天顶着烈日坐着公交车出去跑工地，量房子，帮设计师画图，设计师和客户谈单时在旁边虚心地听，熬啊熬，熬到晋升设计师的那天，拿着一千多块钱的工资加未知的提成，继续熬。而一些大公司，压根儿就不要刚刚毕业没有经验的大学生。很多同学开始另谋出路，有人准备继续考研，有人准备考公务员，也有人准备一毕业就结婚做家庭主妇，如李秋，听说她找了个男友家里很有钱。更有人可以不用为找工作考研考公务员发愁，可以直接进自己家的企业上班，在学校里遇到黎阳，听他是这么说自己的。

都有着看似光明的未来，而我却茫然了。难道真的是一毕业就失业吗？我偷偷流泪的时候，江辰抱着我，安慰说：“别担心，工作慢慢找，实在不行，找找和你的专业相似的工作，要相信自己。”

我听了他的建议，不再在一棵树上吊死，另辟蹊径，不久，顺利应聘到一家杂志社做美编。

即将毕业，学校也不能再住了，那些令人脸红心跳的卧谈会也将一去不复返了，那些嬉笑怒骂小女生之间的窝里斗也再不会有了，那些在课堂上打盹阳光在脸上慢悠悠划过的好时光也不会再有了。那些日子，宿舍的同学们都变得友好而亲热，教室里每天有人拿着留言册让写，写下那些祝福的话时心里总是泛酸，每天被一拨一拨的同学拉去吃散伙饭，酒醉的时候有人大胆说起心酸的暗恋，被恋的女生感动得一塌糊涂，竟在离别的时候成就了一段姻缘。

我在离杂志社不远的地方租了一间小房子，一个热闹的城中村，小巷的深处，一座三层的自建房，顶楼的一个不足二十平方米的小套间，带一个小小的厨房和卫生间，房子半新，墙壁有些许污迹，在小小的卫生间的镜子下，用透明胶带紧紧地贴着一张字条，上面写着：“如果不能与你相爱，余生都是负担。”应该是之前住在这里的学生情侣留下的，只有那样的年轻，才有这样的决绝和深情。

我和江辰花了一整天的时间用来打扫房间。在建材市场，买了淡粉的壁纸贴在墙上，又挑选了一块淡紫花纹的软纱窗帘，在花卉市场买了几盆我喜欢的文竹和绿萝，房间里添了绿意，顿时焕然一新。可喜楼顶有一个很大的露台，他一边往上搬花，一边唱着水木年华的一首歌：“亲爱的老屋，不大的窗户，阳光洒进来，告诉我日出，门外的小树，是爱的礼物，你挑了一天的花布，装扮我们的窗户，那时生活有点艰苦，爱是我们唯一的财富……”

我说：“在露台上多种些花，夏天的夜晚我们在这里喝茶看星星，俨然就是豪宅。”

他伸出沾满灰尘的手拥着我说：“茆茆，委屈你了，以后我会努力工作，让你住真正的豪宅。”

“只要和你在一起，住到哪里都是豪宅。”镜子上的那张字条，打扫卫生的时候，我一直没舍得撕掉。

拿到毕业证那天，正是7月盛夏，我们约了莫央、安良一起去钱柜唱歌庆祝。

刚刚走出校门，一辆黑色的宝马便在身边缓缓停下，车窗摇下，黎阳戴着墨镜假装酷酷地笑：“去哪里啊！哥们儿送送你们。”

江辰揶揄：“从哪儿偷来的车，我可不敢坐。”

“这话听着怎么酸溜溜的，哥们儿以前就是低调，这茆茆知道。”

我笑了笑：“我知道什么啊！连自行车都骑不好的人，驾照考了没？”

“上来就知道了嘛！”黎阳依旧热情地邀请着，“我说小子，这都美人抱在怀里了，还这么小心眼，坐一下我的车，我还能把她拐跑了？再说，你还在边上。”黎阳用自己的三寸不烂之舌说动我们上了他的车，到达地方后也没有要走的意思，堂而皇之地挤入了我们的聚会。落座不久，莫央和安良也先后到了。莫央依然带着她的男友陈锋，安良则依然孤身一人，黎阳打趣他：“大家都成双成对了，表哥你怎么还不给我们找个表嫂啊？”安良的脸倏地就红了，反问他：“你不是也光棍一条吗？”黎阳马上恬不知耻地炫耀：“想跟我出来的人排队呢！也不知道带谁出来好，所以还是一个人来了。”

这是最后的狂欢。

我们点了很多歌，喝了很多酒。我唱《勇气》，唱《后来》，和莫央一起唱《姐妹》。黎阳竟是五音不全，唱了一首《光辉岁月》，跑调跑到太平洋去了。安良一直推说自己不会唱歌，在我和莫央的一再要求下，唱了一首《生产队里养了一群小鸭子》，歌库里竟然真有。唱到最后，我们都笑得前仰后合，差点岔了气。

我停下来的时候，黎阳悄悄靠近我低声问："找到工作了没？没找到工作到我爸的公司上班吧！我也在那里，好照顾你，不用看别人的脸色。"

江辰听到了，一把揽我入怀，又作势冲他挥拳："不安好心。我家茆茆早都找好工作了，才不受你资本家剥削。"

两人又互相斗嘴，按在沙发上打闹。后来江辰点了一首《我的未来不是梦》，本来是他一个人唱，后来大家都被感染，争抢着话筒，一起嘶吼起来。大家一起碰杯，祝福声此起彼伏。

莫央成绩优异，留校任教了。安良升为他们饭店的中餐主厨。黎阳帮父亲打理公司。

苏茆茆在一家杂志社做一个小小的美编。

江辰还在金字塔中等待振翅高飞。

祝福我们！我们都会有美好的未来。再见了！我的大学，谢谢你！你的宽松和自由，容忍了我们人生中最癫狂和放肆的部分，烘托了最闪亮和明媚的部分，那个部分，叫青春。

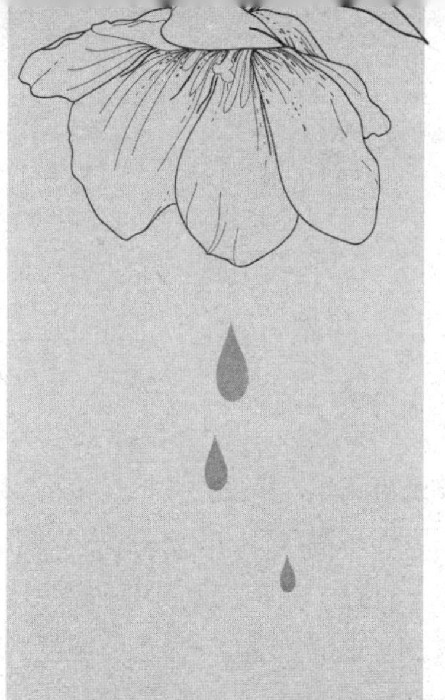

Ⅳ 遇爱窒息

我在错综的故事里迷了路，
寻找出口，不如昏睡。

1

从大学的金字塔，到步入社会的大染缸，是一个鲜明的转换过程，如同从公园里的云霄飞车，换坐到原地打转不知所终的旋转木马上。曾经以为繁华世界是为自己铺设好的华丽舞台，只等着我们闪亮登场，梦想以撩人的姿态等待着我们揭开面纱。其实，都错了。

朝九晚五，按部就班。这世上没有一个工作是“钱多事少离家近”这么完美的。比如杂志社。

一本时尚的女性杂志，也只是一个商品，花哨的外表和空虚的内涵并存，但还要被主编要求做出新意、做出风格来。我每天埋头设计插图，却常常因为不符杂志风格而被压下来反复修改，直到主编满意为止，那曾经对艺术和审美存留的敬畏和骄傲之心，在一次次微小的妥协中，渐渐变得麻木。有时加班，与众编辑通宵达旦沟通和修改排版设计，月底领取两千块钱的工资，坐刷卡五毛钱的公交车回家，看着车上和我一般年轻的脸庞，有的依然稚嫩，有的假装成熟，但都笼着一层或深或浅的迷茫。

依然是有快乐的时候。有时下班早，我会在小小的厨房里，做简单的饭菜，有时是蛋炒饭，有时是饺子，热腾腾地装在饭盒里，给江辰送到学校去。学校后来管理严格，晚饭时间不准学生外出吃饭，就那样，我们隔着那道高高的铁栅栏门，一个在里，一个在外，他吃着我做的爱心便当，我说着傻傻的情话：“我很笨，不会做很多美味大餐，但我一定会每天给你做干净健康的饭菜，把你养得白白胖胖。”他一边津津有味地嚼着饺子，一边回答：“我不要老婆天天烟熏火燎，我将来要好好努力，让你过好日子，天天带你吃香的喝辣的，请一排排丫环伺候你，让你过得像地主婆。”然后我们隔着门，嘻嘻哈哈地傻笑。

周末他来找我，我们在小小的房间里温存。年轻的孩子初尝禁果，有着近乎纵欲的痴迷，彼此贪恋对方的身体，如同贪吃糖果的幼童，无休无止。黄昏时各家窗口的厨台飘起饭香，汇成一曲快乐的交响，我们一起在自己的小厨房里洗洗切切，叮叮当当做一顿晚餐，吃完饭，再在星光满天的露台上，装模作样地抱在一起跳探戈。

郝时雨怀孕了。她在那座能看见星光的山顶别墅里给我打来电话，告诉我这个消息，我惊愕得说不出话来。

“可是，你们还没结婚呢！可别告诉我你现在还不到结婚年龄。”

“这不是意外嘛！现在结婚，要订婚纱、拍照片、订酒席，找婚庆公司，到时候我肚子都大了，还怎么举行婚礼啊？”

“可以简单点嘛！未婚先孕啊这是。”我在这边小声嘀咕。

“那怎么行，人生就这么一次婚礼，怎么能简单凑合。既然已经这样了，我就等生了孩子身材恢复了再举行婚礼，到时你一定要来哦，到时给我的宝宝做干妈哦！”她的声音，听起来那样开心，我怎么忍心再多言破坏她的好心情，毕竟，一个芬芳白嫩的小生命降临，也是一件让人开心的事，我回答：“好！一定。”

再见到江辰，告诉他这个消息，他却只是淡淡地说了句：“真傻！”

郝时雨怀了孕，不再整天外出陪男友应酬，要保胎所以常常待在家里，于是有了更多的时间打电话和我闲聊。有时上网视频，让我看她给孩子买的小衣服，有时多愁善感地说自己很闷，有时又含羞带怯地说怀孕是个非常时期，好害怕他会出轨，说只要他不在她身边，她就会胡思乱想，怕他会被别的女人勾走，她说自己一天能给他打几十个电话，连自己都觉得烦。

我就在电话这边安慰她：“怎么对自己的男人这么没有信心呢？男人要工作啊，总要有自己的空间啊！别胡思乱想了。”话虽这样说，对照自己，我发现自己并没有比她好多少。每天在办公室，看不到江辰，也会像她那样胡思乱想，每天发无数条短信：“你在干什么？”“你在哪里？”他最初会懒懒地回复：“在上课啊！在学校啊！”时间久了，就烦了，也懒得回信息。我气汹汹地打去电话质问，他便有些愠怒地在电话里冲我喊：“苏菿菿你太闲了是不是？我还能在哪儿？还能干什么？不就是在学校里上课下课吃饭睡觉吗？”噎得我没话说，可第二天，又忍不住故伎重演。

郝时雨在电话那端听了我大而化之的劝慰，很语重心长地告诫我：“给男人空间，就是将男人拱手相让。放养的小羊羔，有时候出去了就不知道回来。你别傻了！自己的男人，得自己看紧点。你那江辰，那么大一帅哥，大学的小师妹一茬一茬的，你别不当回事。”

挂了电话，那句话在我心里盘旋不去：“给男人空间，就是将男人拱手相让。”深夜无眠，我打开电脑上网，在母校的贴吧里，看到有人八卦大一新生里的美女，并且戏称：“爱国爱家爱师妹。”下面有跟帖：“防火防盗防师兄。”

周末江辰再来的时候，夜里躺在床上，我假装随意聊天问他：“新生里有没有漂亮的小学妹啊？”

“当然有啊！”他若无其事地答道。

“什么样的？哪个系的？”

“设计系有一个，长头发，大眼睛，长得挺漂亮的，我们系好多男生都追呢！”“你就没动心？”江辰警觉地回头，一副恍然大悟的表情，捏我的鼻子：“好啊！你给我上套。”我生气地甩开他的手，拧住了他的耳朵：“你为什么会上套，你不是答应我，对所有女孩都绝缘，都目不斜视吗？”

“松手松手，你真当我上你的套啊！哪有什么设计系的长头发大眼睛，我知道你试探我，故意逗你的。哪有工夫看什么漂亮学妹。

茆茆，别这么敏感，你在我心里是最美的。”

我不再追问，我知道，再这样神经质，我只会在他心目中，越来越丑，越来越不可爱。

所幸，江辰也很快要毕业了。就业难的问题同样摆在了他面前。自从他和他妈妈因我吵翻后，他果真再没有回过家，寒假过年，也只是回上海看望了他的外婆。在外婆的饭桌上母子相对，他妈妈虽然思子心切，但依旧态度强硬，妇人为了表示她对我和他的恋情的反对，表现出一股杀伐决断的冷漠来，现在每月只付给他普通学生最基本的生活费。他倒是不以为然安贫乐道，说要靠自己的双手、自己的能力挣钱，再也不想花他们一分钱了。

没想到，江辰的求职很顺利，跑了一两次招聘会，面试过几个单位后，有一家阳明地产有限公司录取了他做建筑师，开出的条件也很丰厚，月薪近五千，外带三金和各种补贴。

这真是令人振奋的好消息。江辰兴冲冲地拉我到青都里，要请我大吃一顿庆祝。

金枪鱼刺身、海胆、烤鳕鱼……我喜欢的菜点了满满一桌，很久没有见他这么开心了。他一边咂着清酒，一边信心满满地畅想未来：“我一边工作，一边考建筑师资格证，那时候就很牛了。老婆，到时候，我给你买套大房子，你来设计装修。”一句“老婆”，他就那样随口叫了出来，我脸红了，小心翼翼地说道：“老婆？谁是你老婆？”他的脸陡然逼近，装出生气的样子：“怎么？你还想嫁别人？”

“那我们什么时候结婚？你妈还不同意怎么办？”

“管她呢！她不同意我也娶你。我长这么大干的事，她没有一件是同意的，我最后不都干了吗？小时候我养一只猫，她不同意，趁我不在家偷偷把它赶出去，我又找回来继续养；我考的大学，她不满意，让我去留学，我还不是照样上。前些日子她打电话让我回上海，说让我去她一个朋友的地产公司上班，我才不去，我才不喜欢靠关系找的工作，平白让那些人说是空降部队。你放心，她不同意，我也娶你。”

“可是，没有父母的同意，总归是不好的。我已经没有爸爸妈妈了，不能我们的婚礼上，一个长辈都没有啊！”我委委屈屈地说。

他心疼地看着我，伸出手来摸摸我的脸安慰道：“你放心，不会的，妈妈还是很爱我的，我会说服她的，我会让她知道，你是世界上最好的女孩。”

吃完饭，我兴冲冲地拉着他，到附近的百盛，一定要买一套西装给他。我知道，他卡里的钱不多了，他素常的衣服，都是休闲装，可是，上班了，总要有一套像样的西装才对。江辰百般推托：“我穿什么西装啊，以后免不了经常跑工地风吹日晒的，你以为天天在办公室啊？”

我不满地嘟嘴：“那也不行，总要有一身嘛，新环境新形象。”拗不过我，最后挑选了一套烟灰色的，他穿上西装，更添几分稳重成熟的味道，连一边的导购小姐也啧啧赞叹。我满脸得意的神色，跑去收银台付了款。从商场出来，江辰愧疚不安：“茆茆！我是个男人，本来应该是我给你买漂亮衣服才对。”“不要这样嘛！我们还有长长的一辈子呢！我相信你。”第二天一大早，我们在小巷口告别，我像个小妻子一般体贴地整整他的衣领，小鸡啄米似的在他脸上吻了一下：“加油！”

这一整天我很乖，没怎么打扰他，想，上班第一天，一定很忙。

一下班，我就匆匆往家赶，在附近的菜市场，买了新鲜的蔬菜和肉，准备给劳累一天的战士做顿好吃的犒劳。

当炖着排骨的紫砂煲扑扑喷香，他正好进门。

我把精心做好的菜端上小小的餐桌，虎皮辣椒、干煸豆角、清炒小油菜、排骨汤，都是江辰爱吃的东西，他却淡淡地看了一眼，眼神和语气都透着一丝疲倦，说：“我不饿，你先吃吧！”

我走过去，轻轻地为他按摩双肩：“是不是太累了，休息一下再吃。”

江辰无奈地走过来，应付似的吃了几口，又推说不饿，回坐到电脑前。我想，他大概是真的太累了，自大学校园里走出，我已深有体会。于是，便不再强求，独自吃完饭，收拾了碗筷，拿了本书歪在床上看。他在上网，偶尔我闲闲地问他：“新工作怎么样？”

他也只是淡淡答一句：“还好。”

夜深了，我从一个迷迷糊糊的梦里醒来，发现他还在上网，于是懒懒地催一句：“快睡吧！”

他应了一声，关了电脑，然后摸索上床，从身后抱住了我，迷糊中，好像听他说：“茆茆，我一定会让你幸福。”

第三天，我们依旧甜蜜地在巷口告别，中午吃饭的时候，我给他发了一条信息：“记得吃饭。想你。”隔了几秒，他便回来信息：“我也想你。”下午，又如前一日，我急匆匆地赶回家，买了菜，一打开家门，发现江辰正坐在电脑前忙着什么。“今天回来得这么早啊！好敬业啊！回家了还在忙什么？”我伸头到电脑上瞄了一眼，他手忙脚乱地关闭页面，可我还是看到了，他正在登录一家大型的招聘网站，上传自己的简历。我狐疑地问了句：“怎么了？怎么还投简历啊？”

他不自然地笑笑:“有备无患嘛！说不定有更好的工作呢？”“你这样可不好啊！先在一个地方好好干一段时间，有经验了再跳槽也不迟。”

这时，他的电话响起来，他接起，很快变了脸色：“你不要再说了，我不会再去公司上班了，你另请高明吧……签劳动合同了又怎么样？你故意让我难堪是不是？别在我面前摆你当老板的臭架子……什么？你到我住的地方了？我告诉你，我不在家。”

他气冲冲地挂了电话，正一脸纠结要向我解释，这时，门外响起一重三轻的敲门声，我打开门，一脸惊愕，黎阳正逆光站在门口，玩味地看着我。

“你怎么找到这里来了？”

“我想找，自然能找到。”他依然是一副玩世不恭的样子，一侧身，他自顾自进了屋，像首长视察一般，四处打量。

江辰没好气地瞪他一眼：“看什么看？有什么好看的？”黎阳看看我，又看看江辰，指着简陋的屋子：“江辰，你就让茆茆住在这样的屋子里，还有什么资格不好好工作动不动就辞职。我真想不通你那可笑的自尊心，在我的公司上班就丢你的面子了，在别人的公司每天低声下气你就愿意了？什么逻辑！”

我听明白了，江辰去应聘，到了黎阳的公司。还不待江辰回答，我马上反驳黎阳：“我住这屋子怎么了？这屋子挺好的啊。”

江辰对黎阳的挑衅嗤之以鼻：“别在我面前摆你财阀二世的谱，不就是有个有钱的爹，支持你开个公司玩吗？要玩自己玩，我不陪你玩。”黎阳也不客气，自己找了椅子坐下来，正色道：“我再说一遍，一，我开这个地产公司，不是玩的，我不想和我爸在一起工作，我想自己干点事，就这么简单。二，你是通过正常手续招聘到公司的，事先我也不知道，但是既然能在一起工作，我愿意相信，这真的是缘分。兄弟，咱都成人了，不能永远靠老子是不是？得赶紧好好挣老婆本，把自己心爱的女人娶回家，舒舒服服地过小日子，是不是？

江辰似被他说得心有所动，看了我一眼，还是说："反正，在你手底下做事，心里不爽。"

"别这么小心眼好不好？论家世，我看得出，你小子也不是凡人；论情场，我还是你的手下败将呢！你有什么不爽？到时候隔三岔五地看着你的小媳妇来接你下班，从我面前趾高气扬地走过，我还没说不爽呢！"

我忍不住也劝道："算了，江辰，都是同学，在一起工作也好沟通。"

"是啊！我还能摆老板的谱压你不成，就当咱俩一起创业了好吧？"江辰脸上的不忿终于渐渐平息，说了声："得！你做你的老板，我干我的工作，别跟我套近乎。"

黎阳一听，面露喜色，大手一挥："好好好，不套近乎，吃个饭可以吧！祝贺我们成为同事。走吧，我都饿了。"

江辰站起身，长长地伸一个懒腰，仿佛终于解开了心中的结，与心里那个矛盾的自己握手言和。他露出轻松的表情，在黎阳面前把我一揽，故意气他："走，老婆，吃大户去！"

黎阳笑笑地轻轻捶了江辰一拳："你小子还是这么欠揍。"

"你才欠揍！"两人又闹成一团，像没长大的争抢玩具的孩子。

下了楼，黎阳四下看了看，就在巷口找了个干净点的湘菜馆，点了几个菜，要了两瓶酒。我不禁惶惑，这不是黎阳的风格，以前在学校里他虽然低调，但每次我们一起出来，他总是极尽奢华铺张，什么时候变得这么节俭了？黎阳看着我脸上的表情，问道："小丫头，是不是在想，我怎么变得这么小气了？”“是啊！这么久没见，也不说请吃点好的。”

“是啊！你小子以前不是最喜欢和我抢着埋单，每次专挑好地方？”江辰附和。

黎阳环顾四周，一本正经地说：“这地方也不错啊！干干净净，物美价廉。瞧！这也有硬菜。”说话间，服务员端上一锅水煮鱼。

酒过三巡，黎阳的话渐渐多起来，他像一个卸下盔甲的战士，终于露出脆弱的内里，声音有些困顿，有些疲倦：“其实，说实话，刚才你们说得对，要是以前，我肯定吆喝着去高档的西餐厅吃饭了，可是，现在，不得不节省，钱就是这样一分一分赚，一分一分节省出来的。以前妈妈老说不当家不知道柴米油盐贵，现在懂了。江辰，你知道吗？我弄这个地产公司，不是我随随便便一说，老爸随随便便就拿出钱来让我干的，我也是给他写了详尽的企划书，老头慎重考虑后才支持我的。所以，每一分钱，都要花在刀刃上，和客户出去该讲的排场咱讲，咱老同学，和你们，就不必装了。”

江辰为黎阳的话深深动容，端起酒杯，正色道：“黎阳，说得对。”

我怔怔地望着眼前的男子，他们都在成长，成熟。回想大学四年，到底教会了我们什么？知识？技能？似乎很多，又似乎什么也没有。那些东西，到了社会上，很快显得贫乏苍白，然后被迅速抛弃，而眼前的这个花花世界，既是华丽舞台，可供我们尽量施展长袖善舞，又是一所不会毕业的大学，教我们在一次次跌倒、一次次挫折面前淬炼、成长。

3

郝时雨在这一年的春天生下一个漂亮的男孩。她在 QQ 上传孩子的满月照片给我看，粉嫩的宝宝，睁着滴溜溜的黑眼睛，眼神纯稚。我也为她开心，说等休年假的时候去看她，她在那头说好啊好啊！可是过了不久，她的电话又打不通了，QQ 头像也总是灰灰的。或许，她又在忙着筹办婚礼了吧！又听说，有了孩子的女人，都会忙得脚不沾地，黑白颠倒的。我忽然很羡慕她，人生进入了一个与以往全然不同的阶段。

黎阳的地产公司，也渐渐步入正轨。他们在城东开发了一个项目，叫“春水尚居”，是江辰亲自设计负责，从立项、设计、报建到动土都很顺利。说是建筑师，看起来和包工头没什么两样，每天泡在工地里，在钢筋水泥的簇拥下，正经八百地拿着图纸和一群灰头土脸的工人比比画画。有时候又需要和黎阳一起西装革履地周旋在市政府、质检站、安监站、规划局等各政府部门和官员之间。我见过他在工地风吹日晒的样子，可我无法想象曾经骄傲的少年要小心翼翼甚至赔着笑脸和那些官员打交道的样子。

心疼他会在工地吃不好，有时我会像以前那样做了午饭给他送去，和他一起的施工技术科的同事都羡慕地开着玩笑，说：“嫂子又来给江哥送好吃的了，有没有我们的份儿啊？”被称作嫂子的我，心里涌着异样的甜蜜，淡淡地和他们说笑，这时，总会迎上他一张黑着的脸冲我低声训斥：“怎么又来了？”

“我怎么不能来？”

“给你说多少遍了，这里危险，别有事没事瞎跑。”好心被当作驴肝肺，我委屈地把饭盒朝桌上一放，气冲冲地摔门而去。

出了工地大门，正好遇见黎阳开车进来，在我身边缓缓停下，关切地问：“茆茆！怎么了？那小子欺负你了？”“没有！”我依然气冲冲地往外走。黎阳下了车跟上来：“到底怎么了？大热天的，跑这地方来干什么？”

一听这话我立马火冒三丈："连你也这么说，这地方怎么了？我怎么不能来了？有什么猫腻藏着不敢让我看到？还不是关心他。"

"你看这就是你的不对了，你再怎么小心眼也不能怀疑到这种地方来啊！你们这些女人啊！整天就关心那些破事，能有什么猫腻啊！你去看看，这里头，就一个做饭的大妈是女的，还能有什么猫腻啊！你放心吧！我替你看着他呢！"我嗤笑一声："好笑！你个花心大萝卜，不带坏他就不错了，还看着他。"

黎阳被噎得无话，半晌，才在身后喊道："我花心，我花心吗？那看对谁了。要是你……"话说了半截，又在我身后远远喊道，"哎！别走那么快啊！你去哪儿？我送送你。"

江辰被晒黑了，每天回来都很疲倦，话也很少，有时在电脑上工作到深夜，有时太忙了就住在工地上的集体宿舍里。

有时我一个人躺在床上，会忽然想起那句诗来："悔教夫婿觅封侯。"虽不是觅封侯，可心境却这么相似。

心情郁闷的时候，我会去找莫央聊天。在这座城市里，她依然是我最好的朋友。

一直生活工作在校园里的人，仿佛停止了生长，莫央的脸上，永远看上去那样云淡风轻，明亮的目光里闪着淡定笃定的光芒。而之后我遇见过昔日同学，他们在步入社会之后，无论混得好还是混得糟的，脸上都不同程度地呈现出衰老的迹象。

我们坐在上岛的玻璃窗内，吹着适宜的冷气，她安静地听我倒苦水，然后淡淡地安慰我："茆茆，男人比我们有更多的压力。特别是那些责任感特别强的男人，他们想给自己心爱的女人一栋房子，一个家，他们需要取得一定的成绩证明自己的价值，得到你的认可。虽然有时候，会忽略了女人的感受，可是，你要理解他，他是为了你们的未来，他是爱你的啊！”

莫央的话，几乎和江辰给我的解释如出一辙，可是这话从一个女人嘴里说出来，却让我如此信服，我点点头，喝了一口果汁，好像，心里也没有那么郁闷了。

“你和那个陈锋怎么样呢？”

“就那样啊！”

“就那样是怎样啊？”

“就是挺好的。”

“说了等于没说。你们不打算结婚？”

“急什么啊！再说，我爸妈一直想让我回上海工作，毕竟他们就我这一个女儿，可是陈锋呢，他家就他一个独苗，他也不太可能陪我回上海，所以，未来还是未知数。哪像你，江辰为了你，都不回上海去。你知足吧！”

原来果真是，家家有本难念的经，听她这么讲，我瞬间又觉得自己是这个世界上最幸福的人了。

每一个光鲜的行业背后，都有别人无法想象的艰辛与压力。人们都只看到了地产行业的高额利润、财源滚滚，却不知道他们所承担的种种风险和考验。每次江辰下班回来脚步疲倦、心事重重时，一定是施工时遇到了麻烦。他有时会若无其事地说几句，不是基层土壤不行，要大面积深挖换土，就是水泥抽检化验不合格，要么就是预制板不合格，要另选厂商，诸如此类。

我无力为他分担，只能静静地听他诉说，然后倒一杯菊花茶放到他手边。莫央说得对，男人要承担比女人更多的压力，我不能帮助他，至少我要理解他。

可是，一条突如其来的暧昧短信，轻易地打破了我自以为是的美好假象。

那天是个周末，江辰加班。我为他做了早饭，看他吃完，送他出了巷口，然后在菜市场买了晚饭的菜回家。

这时，听到枕头边一声嘟嘟的短信提示音，掀开一看，原来是他的手机落下了。好奇驱使下，我打开了那条短信。

“帅哥，谢谢你的礼物。”发短信的，是一个叫“小周”的名字。看这短信的语气，应该是个女子，他还送了她礼物。我的眼，仿佛瞬间被无形的暗器刺中，一阵刺痛。什么时间？什么地点？发生过一场荒腔走板的暧昧。他给一个不是苏茆茆的女子送过一份礼物，他们是否在灯红酒绿的包厢里眉目传情？他是否在分别的路口接受过一个芬芳的吻别？她是怎样的女子？比我更漂亮？比我更温柔？比我更善解人意？而我一直以为他真的每天很忙，忙得忘记了风花雪月，忙得忘记了你侬我侬。我好傻。

我一把抹去脸上横飞的泪，头也不梳，就出门坐上一辆出租，直奔位于东郊的工地。

远远地，我看到他正指着脚下的塑钢窗框，和身边的工作人员在说着什么。若是平时，看到这样的场景，我会在心里由衷地觉得，认真工作的男子，是那样好看，可现在看在眼里，只有虚伪，虚伪！

我紧跑几步，冲到他面前，拉住他的胳膊：“江辰，你给我过来，你给我说清楚。”周围的几个人面面相觑，江辰尴尬地笑笑，回头冲我低声呵斥：“你又发什么神经病，我在工作，这儿这么多人，别在这儿丢人了。”“我今天就让你丢人了，让大家看看，你是个什么东西！”我是疯了，我被他气疯了。他又气又窘地拉我到一边：“到底怎么了？我怎么了？”

“你自己看看，这是什么意思？”我把手机举到他眼前。他看到手机，才恍然大悟：“这个啊！你多心了。我……茆茆，小心！”江辰的目光忽然移上头顶，脸色瞬间煞白，一把推开了我。一阵杂乱的轰响，和一声隐忍的惨叫。发生了什么？我呆坐在地上，惊魂未定地看着眼前的一幕。血，好多的血，从他的右臂、肩膀涌出，手臂外侧有粉红的血肉向外翻出，触目惊心。一根钢筋，一根从天而降的钢筋，斜斜地插在了离他肩膀不到一厘米的地面上。一茬一茬的汗珠从他的额头涌出来，他脸色苍白地嗫嚅着，想说什么，忽然，虚弱地闭上了眼睛。

“江辰！江辰！你不能死啊！”我从恍惚中惊醒过来。很多人围上来，很多的血涌出来，漫天的红，淹没了视线。

我焦灼地坐在急诊室门外，不停地自责，不停地流泪，不停地发抖。都怪我，我不该去问，我不该到工地上去给他添乱，如果不是为了我，他也不会受伤。

一双皮鞋出现在我被泪水模糊的眼前，我抬起头，看到黎阳，他在我身边坐下来，伸出手臂，大概是想抱抱我安慰我，最后，又犹豫地收回手，在我肩上拍了拍，柔声说：“没事的，他不会有事。”

我心里一酸，像放下戒备的刺猬，虚弱地靠在他的肩头上，喃喃地说：“都怪我，都怪我。”“告诉我，怎么了？”我委屈又自责地讲了事情的经过，黎阳又好气又好笑：“那个小周，是质监站的检察员，前几天吃过一次饭，是我为了搞好关系，让江辰送她回去的时候送了她一盒茶叶。”“这种事为什么你不做？”黎阳又勾着嘴角坏笑了一下：“嘿嘿！关键是那个小周长得太黑，身材太胖。”

这时，急诊室的门开了。医生说，钢筋虽然只是从手臂擦过，但伤口很深，牵动了许多血管和神经，失血过多。虽然没有生命危险，但病人还是很虚弱。

“去吧！去看看他。”黎阳说。我轻轻推开门，坐在病床旁，看着他手臂上的纱布绷带，心里一阵绞痛。他闭着眼，如睡着一般，眉头好似因为伤口的隐痛而微微蹙起，听见我进来，他睁开了眼，第一句话就说：“茆茆，那个小周是……”

不等他说完，我轻轻地捂住他的嘴，哽咽道：“我知道，那个小周，是个质检员，长得又黑又胖，黎阳那个坏东西，让你送她回家，送她茶叶。我再不问了，不管什么小周小王，我只要你好好的。”

江辰牵动嘴角，爱怜地笑笑，想伸手抚抚我，一动，又浑身疼痛，只好作罢，说：“傻姑娘，你要相信我，别整天胡思乱想。”

“我知道，我再不问了，我只要你好好的。刚才，我以为你要死了，我好害怕，如果，如果你死了，我也不活了。”

“唉！刚才，好像真的快死了，走到半路上，我一想，我可怜的茆茆还一个人孤零零地在世上，我怎么能死，于是，给黑白无常说了两句好话，我又活过来了。”

我破涕为笑。那个瞬间，我忽然想起贴在卫生间镜子上的那张字条：“如果不能与你相爱，余生都是负担。”在江辰昏迷不醒我以为他会死的那个时刻，那种要独自面对余生的孤独和恐惧瞬间涌上心头，就好像，一个人走在茫茫戈壁，不知前路，回望没有尽头。这时，已到中午，江辰叫道：“我饿了！”听到他喊饿，我连忙起身：“你要吃什么？我马上去买。”听说人躺在病床上的时候，伤痛会被无限扩大，此刻，他像个孩子一样：“不，我要吃你做的。”

“好！我马上回去做。你想吃什么？”

“你做什么我都吃。”我急匆匆出门，他又叫住我：“黎阳也来了吧？叫他进来，我有事和他说。”

“你还是多休息休息吧！他可能已经走了。”

“走了也打电话叫他回来，很重要的事。”

“好吧！你这个工作狂。”

在医院门诊楼门口，我看到黎阳的身影，他正在严厉地斥责工地上一个负责人，好像在说关于加强安全的问题。

5

江辰在家休养了一个月，每天被我排骨汤、鱼汤轮番滋养着，伤口恢复得很快。这段日子，竟然是毕业以来最开心的时光，他像一个幼童一般依赖着我，伤口疼痛的时候向我索取一个吻，说那是医他疼痛的药，说他要一辈子做我的病人，不要痊愈。我一边甜甜地笑着，一边敲他的脑袋：“真傻！”

晚上，我们躺在床上看电视，电视里，依旧在播放洛秋早前拍的广告。而这一年，她已很少露面，偶尔见她出现在公众视线和娱乐新闻里，或是匆匆为品牌发布站站台，或是真真假假地传出和某富商的花边新闻，被娱记拍到富商夜宿其香闺，云山雾罩。我不由得想起云姨，便主动拨打她的电话，她很开心，声音听上去又很疲倦，我能想象她微笑时眼角蹙起的纹路，温柔又心酸。

洛秋在横店拍戏。洛秋又接了几个广告。洛秋夏天带我去夏威夷旅行了。说起洛秋，做母亲的总也有说不完的话题。每每这个时候，我总会特别羡慕洛秋，并想念梧桐巷的灯光里，妈妈的微笑。

“茆茆！什么时候结婚啊，一定要告诉我。”

“好的。”

挂了电话，江辰也心有感触：“等忙完这个项目，我们就结婚。我一定会说服我妈，到时候，我们就在这里，举行一个你想要的世俗的、热闹的、有长辈参加、有长辈祝福的婚礼，然后，我带你去蜜月旅行。”

他描述的那个结婚场景，因为真实，仿佛触手可及。我依偎在他怀中，舒心一笑，手摩挲在他的胸口，如弹钢琴一般轻轻弹跳，被无意逗引的情欲如春水悄悄涌起，他坏笑着，翻身上来。

……

“如果分手了，你会很快忘记那个男人吗？你们在一起爱过、伤害过、纠缠过，你怨恨他，想彻底地很快地忘记他，你做到了，你以为你忘记了，可是，你的身体记得他。他的皮肤的温度，他口腔的味道，他手指上的烟草甜香，他的汗水落在你身上那一刻的忧伤，你不会忘记。我们的身体会记住他。男人也一样。有了身体纠缠的关系不一定会长久和深刻，但任何没有身体记忆的关系就注定不会深刻。”

这是郝时雨曾经说过的话。此刻，在这样水乳交融的欢爱中，我那样肯定，我们的身体无比契合，灵魂也靠得很近。他或深或浅的吻印在我的唇、脸颊、脖颈，一寸寸，无休无止。我们仿佛都已经走过那段痛苦过往的荆棘地，我们好像都已经忘记了那件事。真好！

伤口还未完全痊愈，他就上班去了。我现在特别享受做小主妇的感觉，下班的时候，经过菜市场，在菜摊前挑挑拣拣，为一毛钱讨价还价；阳光好的下午，为他洗白衬衫，晾在露台的细铁丝上；换季了，去商场为他买衣服、鞋袜。就是在这样一个平常的逛街时间，我遇到了陈锋。

莫央的男友陈锋，此刻，正站在百盛门口的第三根路灯下，殷勤地捧着一个刚刚买来的热腾腾的红薯，轻轻地揭去焦皮，然后递给身边的女孩。女孩满脸甜蜜地咬一口红薯，他也满脸甜蜜地“咬”一口她，眼睛里，是只有恋爱中的男子才有的水色。

他怎么可以这样？怎么可以背着我的莫央，和别的女孩交往。

当他再一次俯身吻上女孩的脸，我终于忍不住紧走几步，怒气冲冲地站在了他面前。

陈锋一窘，显得很尴尬，他紧张地看看女孩，又看看我，然后，把女孩拉到一旁解释了几句，那女孩很乖巧地点点头，冲他挥挥手，一个人朝站牌走去。

他脸红得像胡萝卜，低着头，搓了搓手，说：“去喝杯奶茶吧！”喝就喝，我看你能解释出一朵花来吗？我随着他走进百盛旁的一家奶茶店，各点了一杯奶茶。我以为他会辩解，找一些奇怪的理由，比如这是表妹啊、干妹啊、亲妹之类的。而陈锋踌躇沉吟了许久，终于开口，说：“刚才那个女孩，其实才是我真正的女朋友，我们马上就结婚了。”

真正的？难道还有假的？

“什么意思？莫央是假的？”他咽下一口奶茶，慢吞吞地说：“是啊！我和莫央只是很好的朋友，不知道莫央为什么要我假装她的男朋友，而且，只是在你和江辰面前。她一定有她的道理，但是我想，你们一定是她很重要的人，她才会这么做。现在，既然你已经知道了，我也不能再隐瞒了。但是我希望你能理解她，无论是出于怎样的原因，她一定是善意的。”假装的？我刚刚喝下一口奶茶，一颗圆子卡在喉咙里，咽不下，吐不出。我怔怔的，不知说什么才好。我知道，她或许依然喜欢江辰，但为了让我安心，才会这样假装幸福，退回安全地带。而我曾经多么龌龊、多么卑鄙地误解她。

周末，我约了她在常去的上岛见面。

莫央已知道我获悉了她的小秘密，但并不见她表情有任何难堪，她依旧那样淡淡地笑着。

她说："其实我只是想让你心无旁骛地去爱，也想让我们继续拥有心无芥蒂的友谊。"

"你还喜欢他吗？"

"又有什么关系呢？你只要记住，我永远是那个希望你幸福的人，你永远都不必担心我会是你爱情中的威胁或隐患……"

听她这么讲，我窘得连忙摆手："不是不是，我只是随便问问。你知道吗？当我知道陈锋是假装的时，我的心情，不知怎么形容，好复杂。我知道，你是为我好，可是，这世上只有一个江辰，我也希望你幸福，而不是假装幸福，你明白吗？"

"其实，有一种喜欢，是这样的。站在距离之外，远远观望，他的举手投足，距离的阻隔筛去了细枝末节，阳光的投影和折射美化加工了他粲然的微笑，阴影和尘埃淡化遮蔽了他的缺点，那种朦胧的美感在自由的想象中，才能存留不染俗世尘埃的清纯本色。那种喜欢，成为一笔自己独有的精神财富，时间久了，到最后，它与被暗恋的对象已无关联，那个曾激发这种美好情感的人，只是一个媒介，只是精神快乐之源。我想，江辰，只是那个媒介罢了。茆茆，我享受这种隐秘的幸福，我也会追求自己真正的幸福。"

我懵懂地点点头。这天，我们在上岛坐了很久，天南地北地闲侃，说到开心处，两人都笑得前仰后合，依旧像年少时那两个偷胸衣的没心没肺的孩子。从上岛出来的时候，外面已是夜影重重，我们在路口分别，走了几步，又听到她叫我，回头，她淡淡说道："我正在考佛罗伦萨美术学院的研究生，也许，很快就要离开这里了。”

我听罢，心下黯然，然后上前，看着她明亮清澈的眼睛，轻轻地拥抱了她。

6

秋天来临的时候，“春水尚居”的一期工程已封顶，历时近一年。听江辰说，现在只剩下一些扫尾的工作，室外散水、路面、绿化等，他的忙碌可告一段落了，而黎阳现在正踌躇满志，在安排筹备开盘仪式。在电话里，他不无得意地对江辰说：“咱的闺女要出闺了，一定要有一次漂亮的亮相。”

两人又交流了一些工作，黎阳一定要我接听电话。

在电话里，黎阳邀请我一定要参加他们的开盘仪式，并且告诉我：“咱自己盖的房子，给你们留了一套房子做婚房。”

我正有疑问，他连忙在那头解释：“别误会，是按照成本价。唉！我怎么这么伟大，给情敌连房子都准备好了。苏茆茆，为了不辜负我这番好意，你和江辰就赶紧结婚吧！免得我整天惦记。”

看似一如既往的“黎式语气”，但每次听到，心里总是会涌起一种淡淡的暖意。这个男子，看似玩世不恭油嘴滑舌，但很多时候我能感受到，他曾经是真的真挚单纯地爱过我。因为我的无以为报，更让这份友谊显得弥足珍贵。我在这边淡淡笑着答：“那就谢谢了，我一定不会辜负你的。”

“还有啊！住着明亮的新房子，和那个幸福的傻小子，多生儿个胖小子，到时候送我一个玩。”我脸一红，说：“烦人！去死！”

挂了电话，看到江辰正用狐疑的目光看着我：“说什么呢？还不会辜负他，还打情骂俏这么开心。”

呵！这小子也会吃醋。我故弄玄虚：“怎么？你还吃醋啊！就不告诉你。”

他假装恶狠狠地将我箍在身下，问道：“说不说？不说我就……”

“你就怎样？”

“我就吻你，我就挠你。”

我们嘻嘻哈哈地玩闹一回，我才求饶告诉他：“你装什么啊？他肯定早告诉你了，以成本价卖给咱们一套房子。你肯定觉得受了他的恩惠，心里不舒服，所以没告诉我。”

江辰正色：“这回你说错了。没有什么心里不舒服的，我甚至觉得，那才是一套房子正常的价格。不入这个行业，不知道这个行业是如此暴利，一套一平方米造价不足一千块的房子，卖给老百姓，就是六七千甚至上万。中国的地产，其实就是一个巨大的吸血鬼，专喝老百姓的血的吸血鬼。”

我叹口气：“‘安得广厦千万间，大庇天下寒士俱欢颜。’杜甫老人家早已有过浩叹了，我们又能改变什么呢？”

江辰就无奈地刮刮我的鼻子：“真是个小女人。”答应去参加开盘仪式，却在那天来临的时候，爽约了。该死的加班。杂志社换了新的主编，新官上任，新主编踌躇满志，全盘否定了那期杂志的策划、排版、风格。那个周末，所有的编辑都留在办公室加班。一整天，忙得晕头转向，回到家里的时候，已是夜里十一点多，江辰还没有回来。我打了他的电话，正在通话中，再打，接通，一阵嘈杂的音乐声、谈笑声、觥筹交错的声浪透过听筒传来，江辰的声音压得很低，微微发紧：“我没喝酒，很快结束了，我很快回去，你先睡吧！”我躺在空空的房子里，初秋的夜，有了轻薄的凉气，拧亮床头台灯，打开一本书闲读，这场景，忽然让我想起云姨来。那些丈夫晚归或不归的夜里，她就是这样，亮一盏灯，像说着一句暖人的誓言，等待那人。而今，那等待的灯光的暗影，又落在了我身上，不知这样一个夜里，有多少女子，甜蜜又心酸地等待着晚归的爱人。

最后，我疲倦至极，沉沉睡去，江辰何时回来的也不知道。

早晨起床，洗漱的空当，我们才谈起昨日的开盘。张灯结彩，礼花齐鸣，各路权贵捧场，千人排队疯抢。他一边刮胡须，一边看似淡淡地说："黎阳为了有宣传效果，很舍得投入，你看新闻了吗？他请了一个女明星参加开盘仪式，你知道……"

还不待他说完，我忙不迭问道："谁啊谁啊？哪个女明星？黎阳这家伙，肯定是喜欢人家女明星。记得他以前说喜欢张曼玉，不过张曼玉他肯定请不动吧！"

江辰转过脸，半天没说话。"不会真是张曼玉吧？"

"是洛秋。"我一愣，轻轻地哦了一声，佯装心无芥蒂地问："她怎样？还好吗？"我极力掩饰，可他还是看出了我眼底隐藏的诘问和隐忧，于是，走上前，轻轻拉住我的手："茆茆，开盘仪式结束后，黎阳在酒店搞了一次庆功宴，大家在一起吃了顿饭，然后，黎阳喝多了，是我送洛秋回的酒店。就是这样。"他这样坦诚，让我的任何狭隘猜想都无颜以对，我淡淡一笑："傻瓜，我知道了。"然后，我们在门口吻别，各自上班去。

办公室的电脑打开，各类新闻铺天盖地地跳入眼帘。黎阳的宣传很成功，洛秋的新闻，成功地占据了那一日的娱乐版，而我的目光，草草掠过开盘时她巧笑倩兮的照片，落在了后面几张被偷拍的模糊不清的照片上。第一张，酒店门口，半开着的车窗里，她侧身双手搂在他的脖子上，彼此纠缠，第二张，他扶着踉跄的她下了车，身体紧拥。

我眼睛一涩，慌忙关闭了页面，这时，隔壁格子间的编辑小王惊喜地叫我：“哎！苏茆茆，快来看看，这是不是你男朋友啊，上次来接你的那个。”

我无奈，伸头过去假装瞅一眼：“不是。”

“哦！看起来好像啊！”

我呆坐在电脑前，喝了一口杯子中隔夜的凉茶，好像一大块冰灌进了心里。找了个借口，溜出办公室来到街上，买了一盒烟，在无人的角落，哆哆嗦嗦地点上。

那个我没有亲临的夜晚，到底发生了什么？暌违已久的旧情人重逢，此情可待的暧昧眼神，杯盏相碰时无声的交流，还有那个，恰好被狗仔队拍到的暧昧拥抱，怎么可能像他早上坦白的那么简单？他们的感情，怎么可能只是高三那年分手后便再无交集那么简单？爱情就如一坛甜美私酿，她是他的初恋，是他私酿开封后的第一瓢饮，浓醇芬芳，弥久不散。

点燃的香烟没抽几口，夹在手指间燃到了尽头，不小心烫到手指，我吃痛地扔掉，眼泪就出来了。这时，电话响起，是江辰，他早上上班后，也看到了新闻，他没有想到会被偷拍，他现在在向我解释。解释是，洛秋这几年，过得并不如意，委身已婚富商，星途无望，爱情无望，昨夜酒醉失态而已。我静静地听完，一言不发。这解释，听起来，无懈可击。我要说什么呢？我相信你，我理解。是这样吗？可是，我做不到，只能不停地默默流泪。江辰见我不说话，在电话那头焦灼地喊道：“茆茆！你别哭，你别瞎想，你等我，我马上过去找你。”那天的交通似乎特别畅通，十几分钟后，江辰就站在了我面前，看到眼神涣散的我，一把就拥住：“茆茆，你千万别瞎想，真的不是你想的那样。她喝了酒，心里很难过，你也看到了，是她主动抱上来的，不是我。真的，相信我。”

你来了，我就好了，你说了，我就信了。

我依在他怀里，只是轻轻抽泣着，心里的疑团立刻烟消云散，喃喃地说："我相信你，我只是好害怕失去你。"

"不会的，不会的。"他的电话忽然响起来，刚刚平静的我立刻像触电一般，从他怀中挣开，一把抢过手机，他一副坦坦荡荡的样子，任我翻看。打开，是一条短信。

"谢谢你昨晚的吻，我走了。"号码没有存储姓名，但我认识，是洛秋一直用的。江辰脸上的坦荡神色，在我的怒视下，渐渐变了颜色，他不安起来："怎么了？"我把电话狠狠地向他胸前摔去，一转身，发疯一般冲向人潮汹涌的街上，上了一辆出租车。

你是否在深夜翻越过母校的铁栅大门？你笨拙地骑跨在大门上，被钩住了裙角，底下那个少年低声而焦灼地喊着："快点！快点！"而那个少年，却已不是曾经深爱的那个。你们蹑手蹑脚地躲过门房闻讯亮起的灯，拉起手，在星光下奔跑起来，脚下虎虎生风。你们爬上最高的楼顶，屋顶的月亮，看上去又大又圆。

小时候听妈妈说，仰望月亮的人，就是在仰望幸福。

夜深人静的时候，到露台上看月亮，是我和江辰最爱做的事，只有在那个时候，才会觉得，整个世界都是我的。可是，他有多久没有陪我看月亮了？以前，拖着他看月亮，他会说我浪漫，现在，他会不耐烦地说很累，说我矫情。

现在，陪我看月亮的人，是安良。

受了刺激的女人，总归是要喝点酒的。从单位门口跑开之后，我故技重施，关了手机，去找安良喝酒，知道江辰找不到我会打安良的电话，于是他也被我勒令关机。红的白的啤的统统灌下，觉得畅快无比，我一会儿哭一会儿笑，最后，我提议回母校看看。

沉默寡言的安良，永远都像一口闷钟。“安良，你有没有喜欢的女孩？”我刚刚问出这句话，就后悔了，

我忽然想起也是一个有星光的夜晚，他忽然灼热的眼神。暗夜里看不到他的表情，他嗯啊了半天，才说：“有啊！”我忽然沉默，不再追问。安良却自顾自地说下去：“我如果爱她，不会让她深夜一个人跑出去喝酒、流泪、不知所措，我不会和任何女人暧昧，她永远会是我生命里的女一号。”我咯咯地笑了，女一号，这比喻真好。那么，我是什么呢？我在江辰的生命里，到底是什么？群众演员？跑龙套？“世上最远的距离是什么你知道吗？”他问。“你好土啊！这个问题好多人都说过了。好多版本啊，你要听哪个？世界上最远的距离是，你在腾讯写日志，我却在新浪写博客；世上最远的距离是我站在你的对面，你却不知道我爱你。”说到最后一句，我忽然意识到什么，脸红了一下，移开了目光。

“不，世界上最远的距离是，那个人是你生命里的女一号或男一号，而你只是那个人生命里死跑龙套的。”

我又咯咯咯地笑起来，累了，将头靠到了安良的肩膀上。

他忽然呼吸急促起来，胸口剧烈地起伏，仿佛下决心一般，鼓起勇气说：“茆茆，我们，还可以再靠近一点吗？”

“不！不可以！”我回答得迅速又干脆，干脆得像一盆冷水一样，从他的头上劈头浇下。他的头低了一低，依然絮絮叨叨地说着什么。我的头昏昏沉沉的，靠在他的肩头。恍惚中，感觉他伸出手，用双手捧起我的脸，放在自己的腿上，轻轻地摩挲着我散乱的发。

我安静下来，混乱的酒话停止。

繁密的星光如五月绿瀑里纷披的蔷薇，这本是多么美好的夜晚，如果身边是我深爱的少年，该有多好。可是，现在我该怎么办？想到要离开他，心里就一阵绞痛，可想到那条短信，我又怎能安之若素？

我的脸贴着安良柔软的肚皮，感受到他起伏的呼吸，很舒适，一枕香甜梦，我耷拉着眼皮，一睡到天明。醒来的时候，我身上还披着安良的外套，而他，却不停地打着喷嚏，感冒了。在学校门口的永和豆浆，我们一起沉默地吃早餐，然后，他打车，送我到住处的大门外，说："无论如何，遇到问题总要面对，逃避不是办法，你和他好好谈谈吧！"

8

看到蹲坐在房间门口的江辰，我吓了一跳。他抱着头，听到我的脚步声，马上站起身，他似乎一夜未睡，眼睛布满血丝，脸上是痛苦煎熬的表情。看到他这副样子。我又马上心软了。

我们都沉默着，什么也没说，拥在一起。

"相信我，她喝多了，那条短信，根本没有的事，她喝多了，真的，相信我，相信我。"他只是在我耳边不断地重复着"相信我，相信我"，我什么也不说，只是默默流泪。

这次误解，最终以他将洛秋的电话拉入黑名单，做了两百个俯卧撑，被逼写了一份保证书而告终，他白纸黑字信誓旦旦地保证，以后遇到类似的事情，一定回避出席，避免接触。

我表面上原谅了他，可是，时不时地，那些臆想的镜头会在脑海中忽然冒出来刺我一下。我像一个患了强迫症的病人，会在任何出其不意的时间打他的电话“查岗”——“你在哪里”“你在干什么”“和谁在一起”；我会在与他缠绵的中途忽然推开他，逼问他：“你到底爱不爱我”“有多爱”“你是不是还爱着洛秋”，如果没有得到满意的答案，我会无休无止地追问，打他、咬他。江辰常常无奈地怒视着不可理喻的我，低声地怒吼：“苏茆茆，你要把我弄废啊！”那一次，我闹得太激烈，抓伤了他的胸口，他吃痛地叫了一声，本能地一把推开了我，我跌到床下，号啕大哭。他很快下床来，紧张地抱起我，在我耳边呢喃：“对不起，对不起，茆茆，摔痛了没有？”我哭得更厉害了，不停地在他怀里挣扎、捶打，忽然，他用力箍住我，说：“茆茆，我们结婚吧！马上。”我依然挣扎踢打着，嘴里嚷着：“谁要嫁你，谁要和你结婚啊！”

结婚被正式提上日程。江辰带我去“春水尚居”选了房子，我很兴奋地在一套灰扑扑的毛坯房里指点江山：买胡桃木的地板，可以光脚在上面走来走去；在这里挂一道珠帘，夏天的时候，就有“水晶帘动微风起”的曼妙；在阳台上，要置两个摇椅，我们在衰老到来之前，提前感受坐着摇椅慢慢变老的味道。江辰勾着嘴角，坏笑道：“还要在卧室里摆一张大床。”

他的妈妈，在江辰的坚持下，终于妥协，不止妥协，而且理解和祝福。一个年近五十的女人，丈夫在监狱里，她不想因为自己的执拗将唯一的儿子也从身边越推越远。她给江辰打来电话，口气里，有了一个母亲应有的温柔，甚至是低哀的乞求：“辰辰，过年带茆茆回来吧！妈妈想通了，妈妈就你这么一个儿子，只要你快乐，只要你喜欢，妈妈就安心了。”

“妈！我和茆茆要结婚了。”

“好，好，需要什么，妈妈给你们准备。在哪里办？上海，还是你们那里，都随你们。”

“妈！”他的声音，微微哽咽，因为母亲忽然示弱的态度，让他感到那个一直企图庇护他的强硬女人正在急速地衰老。她的衰老让他心疼。

他把电话递给了我，他妈妈要和我说话。

我接过电话，忐忑不安，深深地吸口气，润了润嗓子，用尽量平和而甜美的语气叫道：“阿姨，您好！”

“茆茆，以前，是阿姨不对，还生气吗？”“不了不了，不不不，没有，从来也没有生您的气。我知道，您是爱江辰，是希望他好。我也爱他，阿姨，我会对他好。”妇人在那边欣慰地舒了一口气，说：“那就好了。茆茆，过年你们一起回家来，什么时候结婚也告诉我，好吗？”“好的。”我小鸡啄米似的，使劲点头。千山万水，千难万险，寻爱的路途如西天取经一般艰难，还要走多少路，才能走到我顶礼膜拜的殿堂？

“春水尚居”一期的销售获开门红，黎阳心情大好，给自己和江辰等功臣都放了一个长假，本来要约我们一起去甘南自驾游，江辰因为我们要装修房子筹办婚礼而婉拒了。黎阳一副羡慕嫉妒恨的表情，说：“得！我一个人去，看有没有什么艳遇，也赶紧找个好姑娘把我的后半生收罗了，省得你们整天在我面前秀恩爱让我眼红。”

这段日子好快乐啊！我后来时常想起，那段时日的心境，或许此生以后再不会有。我亲自设计画图，亲自购买装修建材，亲自监督装修工人。即使每天累得浑身酸痛，还会兴致勃勃地抽空拖着江辰选影楼、定礼服、定婚宴。晚上，还会劲头十足地翻皇历，据说，3月的某天，黄道吉日，宜嫁娶。我微闭着眼睛，幸福地畅想着，3月，万物苏醒，春回大地，那时，我就是江辰的新娘了。

我急不可待，想把这个消息告诉天下所有的人。我告诉云姨，我要结婚了，到时您一定要来啊！她开心地答应着。我告诉安良，我要结婚了，到时你一定要来啊！他沉默半晌，然后支支吾吾地道祝福。我告诉莫央，我要结婚了，到时你一定要来啊！她用明朗的微笑祝福我。我告诉黎阳，我要结婚了，到时你一定要来啊！那小子在电话那边高深莫测地笑着，说："别得意，哥们儿艳遇了，说不定比你们还早呢！"还有谁，忘记了谁？对，郝时雨，她现在带孩子肯定很忙吧，但也应该能抽空参加婚礼，可电话拨打过去，依然无法接通，登录QQ，给她留言，我要结婚了，到时你一定要来啊！忽然发现，她那如死掉一般的QQ，不知何时改了"墓志铭"："暮色将至，我想寻一条路回家。"发生了什么，她在什么样的心境下写下这样的句子，不得而知。不久，黎阳的甘南自驾游结束归来，在电话里，得意扬扬地吆喝着："苏茆茆，带上你家江辰，一会儿到'中国味'，哥们儿请你们吃大餐，让你们见识一下什么叫美女，哥们儿要赶在你们前面结婚，气死你。"

中国味，是锦和最大的一家酒楼，主营中餐，装饰也颇具中式风格，一色的雕花门窗，大厅里挂着一幅龙飞凤舞的字，不知是谁的手笔，细细辨认，才依稀认出是"宾至如归"四个字。

黎阳早早到了，怕我们找不到地方特意出门来迎，一边走，一边与江辰谈笑，说话间，忽然指着眼前那幅字不屑道："这家店什么都好，就是这幅字挂这儿太不合适。"

"怎么不合适了？"我问。

"你看，'妇女之宝'，挂在这吃饭的地方，像什么话嘛！"

我这才惊觉，上了黎阳的套，他故意将“宾至如归”倒过来念成“妇女之宝”，别说，还真有点像。

我忍不住暗笑，江辰揶揄：“没个正形，我看你才是妇女之宝。”说话间，已到了他定的包厢，我打了个招呼，先去洗手间。没想到，会在洗手间遇到郝时雨。她依然那么美，穿一件米色带镂空花纹的羊毛裙衫，一手抱臂，对着镜子低头抽烟，姿态落寞。我略带惊喜地叫了她，然后开始埋怨，埋怨她这么久不联系，埋怨她又换了号码不告诉我。她的眼里微微闪过一丝无奈和落寞，笑了一下，并没有解释什么，随即拿出她的电话，拨打了过来。我存了她的新号码，兴奋地问她：“是来这边玩吗？怎么不来看我？带宝宝了没？我QQ上给你的留言你看到没？”她并没有正面回答我的问题，只问：“留言，什么留言？”

“我要结婚了，和江辰。你能来吗？”

“应该能吧！这次会在这里待很长时间，可能不走了。”

我惊喜地挽住她的胳膊：“那太好了。你今天是来这里吃饭的吗？走，去见见我的朋友，和他们打个招呼。”

她将烟头按灭在烟灰缸里，随我出了洗手间，穿过走廊，来到黎阳定的包间，她微微一愣，旋即笑了，然后，随我大方地走进去。

黎阳见我们手挽手一同走进来，吃了一惊。

原来，他所说的艳遇，他所说的新的女友，就是郝时雨。轮到我吃了一惊。我不知她发生了什么事，不是已经有了一个待她如珠似宝的男人吗？不是已经生了宝宝吗？不是都要结婚了吗？为什么摇身一变，又成了黎阳的女友？

一时气氛非常活跃，黎阳做出一副心痛要死的样子，大呼：“完了，这下跳不出苏茆茆的手掌心了，被你拿住七寸了。以后你看我不顺眼，就在我老婆面前说我点坏话，还有我的活路吗？”

他称“老婆”的时候，很自然，我看到郝时雨微微一笑。

吃饭的时候，我悄悄附到她耳边说:“我不知道你发生了什么事，但是我想告诉你，黎阳是个好男人。”

她心领神会地点点头。黎阳看到我的神情，猜到我在说他，又做出痛苦的样子：“苏茆茆，做人不要这么狠毒好不好，也不用这么急着说我坏话吧！”郝时雨娇嗔地质问着：“你做了多少坏事啊，这么怕人说你坏话。其实，茆茆说你好呢！”“真的吗？”黎阳忙满脸感激地给我夹菜斟酒。一顿饭的时间很长，黎阳一直洋洋洒洒地长篇大论，计划自己的婚礼、蜜月，以及第一个孩子的姓名。一顿饭的时间也很短，短到我和郝时雨没有机会诉离伤，于是，饭局一结束，我们俩就不约而同地向彼此身边的男人请了假，要求单独叙旧。

黎阳故意用恶狠狠的目光瞪着我，说：“闺密果然是世界上最凶猛的生物，一见面，就要占用我老婆。”

郝时雨温柔地整整他的衣角：“别闹了，我们很久没见了，我会早点回去的。”

一同从饭店走出的时候，黎阳故意落在后面与我并排，忽然附到我耳边道：“我终于遇到一个，无论是坐我的单车，还是坐我的宝马，都从容淡定，宠辱不惊的女人。

10

我们坐在一家 KTV 的包厢里，却并不唱歌，大屏幕上随机播放着或伤感或甜美的歌曲原声，音乐打底，红酒开启，听她讲别后事。

十月怀胎的辛苦，扛一扛也就过去了。生孩子的时候痛得差点死掉，是个漂亮的男孩，自古母凭子贵，她想，她在这个潮汕男人心目中，又多了分量，那个梦中的婚礼，触手可及。

她和孩子，享受了一个月保姆和月嫂的精心照料。而他自从在医院产房里露过一面之后，再没有来过。

当他的妻子出现在山顶的房子里时，她毫无预料，孩子正噙着她的乳头，那种尴尬的气氛，将屋里充满母性的奶香驱逐得无影无踪。

女人让保姆抱走了孩子，扔给她一张支票，让她滚。她不知道发生了什么事情，她不甘心，发丝纷乱的她徘徊在大门口，不停地嘶喊、拍门，直到屋里的女人带来的两名精壮男子将她赶开。而她的男人，一直没有出现。那天，她拿着那张支票离开，沿着山路，步行了很久，才等到一辆回市区的班车。她把那张支票攥得紧紧的。她在某天夜里，梦到云霄飞车般的少年事，忽然觉得自己老了。

曾经以为有大把大把的青春可供挥霍，不经意间，那些青春已从指缝里溜走了，她什么都没抓住，却已老了。

她决定去旅行，跳入最深的海，登上最高的山，深入最广袤的沙漠，寻找最初的自己，或许，会死在路途上。

离开那天，她去了从前他常带她去的那家餐厅吃饭，然后，遇到了他。一家三口，孩子天真地将头靠向女人怀里，女人吻着他粉嫩的脸蛋。可那孩子，分明是数月前经由她娩出。

她以为遇到了爱情，而他，只不过想要个孩子。为了因商业利益而联姻的两方家族，为了不能生育的妻子，他选中了她。他面对她的质问，是这样说的。末了，他怕被她纠缠，变得面目可憎，语气生硬：“你不是已经拿了钱吗？还想怎样？”

还想质问，却哽咽在喉头，一句话也说不出，怕再说下去，只是更深的侮辱。

几个月，她游历了欧洲大部分国家，有时跟团，有时独自一人，言语不通，被骗过，被帮助过，遇见过微笑，遇到过冷漠，浑浑噩噩，不知所终。有时她想，这不就像人生吗？数月后，她跌跌撞撞、风尘仆仆地回到了祖国大地。

遇见黎阳，是在青海湖。她本想找一个风景优美的地方了断自己，面对那一汪碧如蓝宝的湖水，她却不忍相扰，她不愿这肉身腐烂脏污了这块纯净之地，她徘徊在青海湖边，犹豫着，犹豫着。骑着单车的黎阳，就这样猝不及防地撞向了她。她跌趴在地上，被石子磕破了手臂和膝盖。黎阳一边忙不迭地道歉，一边扶起了她，要带她去包扎。她坐上他的单车，忽然，对人世无比留恋起来。“我一直期望能拥有一份像你和江辰那校园单车般的纯真爱情，可是一直不能获得。”她说。一路上，黎阳热情开朗，而她只是淡淡应答。

黎阳载着她来到自己的越野车前，扶她坐在汽车的副驾驶位上，然后拿出医药箱，笨手笨脚地为她清洗伤口，敷药，包扎。他眼含愧疚，姿态温柔，侧脸的黎阳，也是好看的男子。那一刻，她忽然不想死了。

此后的行程，他和她一起。一路上，他话很多，天南地北，古往今来，说到好笑处，她只是淡淡一笑。他说，她的笑，让任何钻石都黯然失色。

第七天，他采了一束路边的野花，向她求婚，她答应了。她想，即使是假的，也如此浪漫动人。

车子开到繁华市区后，他又买了一枚钻戒，正式向她求婚。她收到过很多戒指，银戒指、铂金戒指、宝石戒指、钻石戒指，材质不同，意义也各不相同，有生日礼物，有吵架后的安抚，却全与婚姻无关。这一次，她有点相信，这是真的了。

不问前尘，只求余生，这是他给她的态度。

她接受了那枚戒指，随他回到锦和。她没有忘记，这座城市里，有她年少时的朋友，我，苏茆茆，可是，还来不及相见，就被他猴急地带去见了家长。这是她第一次被男人带去见家长，虽然很紧张，但多年的生活历练，她也知道如何应对。聪明如她，早已脱尽往日风尘和浮躁气质，衣着得体，目光沉静，笑容恰好，言语自如，是一个经过人世沧桑看过万般风景的女子最好的状态。因为她的表现，和黎阳那非她不娶的强硬态度，她轻易获得他父母的认可。

“婚期定在11月的某天，他妈妈说，那天是黄道吉日，宜嫁娶。”她满脸甜蜜地说。即将从KTV离开的时候，我们选唱了一首伊能静的老歌《流浪的小孩》：“流浪的小孩，泪为自己流，流浪的小孩，笑发自心中，流浪的小孩，少年多挥霍，心比世界还宽容，应该要往哪里走，找到一个地方属于我……”

而我们，都曾是流浪的小孩，跌跌撞撞一路走来，不知下一站，是不是，真正的终点？

我忽然想起她在QQ签名上写的那句话：“暮色将至，我想寻一条路回家。”

11

黎阳说得没错，他的婚礼果然赶在了我们前面。

我想，郝时雨之前所受的种种磨难和委屈，都应在那场盛大的婚礼中消失殆尽了。

宾利、劳斯莱斯、兰博基尼等名车，如车展一般，在酒店门口依次排开；各路名流权贵云集婚礼，虚与委蛇；她的婚纱，是名师手工定制，镶嵌8888颗水钻，价格不菲；手中的香槟玫瑰，是从香港空运而来，因为黎阳说，这种香槟玫瑰的花语是“我只钟情你”。

婚礼上，她笑得好开心，仿佛笑窝里盛满了美酒，随时会溢出来。

江辰在桌下悄悄握了握我的手，说："如果你能等待，我会给你一个比这更好的婚礼。"

"庸俗。我不要等，就要现在。"

我娇嗔地撒着娇，这时，他的电话又不期而至地响起。自从那次之后，江辰的电话只要在我面前响起，他就会自觉地先打开给我看，以示清白，因为即使不这样做，我也要抢过来翻看的。我得意扬扬地打开一看，愣住了。"江辰，我好想你。"一个陌生号码。江辰见我变了脸色，忙拿过去一看，眉头一皱，紧张地凑近我低声解释："我不认识这个号码，我不知道是谁。"我没有说话。这是我两位好朋友的婚礼，我不能让他们难堪，我强忍着，冷冷地瞥了江辰一眼，然后，看到黎阳和郝时雨端着酒杯向我们走来。

"祝你们幸福。"我端起酒杯，一饮而尽。"你们也要加快速度哦！"黎阳说。

大家彼此说着热烈的祝福，我恍惚地笑着，看着那对幸福的身影朝别桌走去，才颓然地坐下来。

江辰不安地从桌下伸出手握住我的手，我轻轻地抽开了。我的隐忍和沉默，更让他忐忑。

好不容易婚礼结束，从酒店出来，刚刚走到街角，我们就吵起来。"你到底要怎样才相信我？我说了那个号码我不认识，我不知道是谁。或许是谁发错了。"

"直呼你的名字，怎么可能是发错了？"

"那就是谁恶作剧。""什么恶作剧，我看就是暧昧很久了。还能有谁？就是洛秋，你和洛秋，是不是一直藕断丝连，旧情难忘？"

"胡说什么啊！就算这条短信是她发的，能说明什么呢？她或许过得不开心，心情不好，我们应该关心关心她，看看到底发生了什么，而不是为什么藕断丝连旧情难忘而吵架。”

“江辰！”我忽然提高了声音，像个泼妇一样大喊起来，“好啊！还说不是藕断丝连，要关心她你去关心，去啊！到她身边去关心，不用再发这些短信让我看见，去啊！”江辰气结，眼中曾经的柔情被愤怒击碎，碎裂成厌恶、愤懑，他口气生硬地喊道：“你真是个不可理喻的泼妇。”我的心，一下子重重地落在地上，生疼生疼。他怎么可以，这样说我，曾经在他口中安静美好如茉莉的我，现在，被他说成不可理喻的泼妇。是的，我成了一个失去理智的泼妇，我就泼妇给你看。我向前重重地推了他一把，声嘶力竭地喊道：“我就是泼妇，我就是泼妇，你去找不像泼妇的女人。”

他猝不及防，被我推得向后趔趄几步，他的眼里，是更深的厌恶和愤怒，他站直了身子，整整衣衫，用一种从未有过的冷冽眼神看着我，然后，头也不回地走掉了。

每一次吵架，都是我离家出走，玩失踪，而这次，是他，头也不回地走掉了。

我愣愣地站在原地，路过的行人都用猎奇的目光看着这个眼神涣散泪水横飞的女人。

为什么会是这样？是他爱的温度在迅速下降，还是我，真的做错了？

有我这样的朋友，真是倒霉，郝时雨在结婚第二天，就被我的电话吵醒。

江辰彻夜未归。我打了无数个电话，无人接听，发了无数条信息，没有回应。为什么？明明是他不对，他还要甩脸子给我看。我在打给郝时雨的电话里，哭得一塌糊涂。半个小时后，她赶到了我的住处，看到眼皮浮肿彻夜未眠的我，什么也没说，坐到床边，轻轻地拥住我："别担心，黎阳去找江辰了。怎么了，昨天不是还好好的吗？"说起昨天，我的泪又一茬一茬地涌出来。

听完来龙去脉，她沉默半晌，才说："其实，对江辰，我并不是很了解，但我觉得，他对感情，应该是很认真的那种，至于洛秋现在到底是什么意思、想干什么，我们不得而知。但是，这段日子，偶尔听黎阳闲谈，说起你和江辰这两年的吵吵闹闹，你别误会，他没有恶意，只是将你对江辰的这种爱，和我对他的感情相比，觉得我不够关注他。"

"什么意思，难道是说我太关注江辰了？我不关注他关注谁？"

"可是，情侣之间，爱人之间，也是讲究亲密有间，要把握分寸。"

"可是你以前不是说，给男人空间，就是将男人拱手相让吗？"

她笑了一下："好久以前说的话，你还记得。是啊，我是那样说过，也不知是什么样的心境下，说下那样的话，归根结底，是对爱的不确定，对未来的无把握，和内心深处不知所谓的自卑造成的。那时的我，就像现在的你一样，男人在外，我恨不得能给他装上定位系统时时监控，恨不得一天打几百个电话，不停地问他，你在哪里，和谁在一起，在干什么。可是，后来我才知道，那样，只会把男人越推越远。"

她说到"越推越远"时，我的心，仿佛被重锤狠狠地击中，难道，我的行为，就是将江辰越推越远吗？不，这不是我想要的结果。

我一脸迷茫地看着她。"现在，我不会那样了。如果他去上班或者去应酬，我若找他，通常就打一遍电话，他要是果真在忙，稍后肯定会回过来，他要是因为什么不想理你，你打爆电话也没用，他要是不回电话也不解释，那么，我们为什么要牵挂那样一个男人呢？”

“可是，你以前不是这么说的。你说圈养的才可靠，散养的跑出去就不会回来了。”“那是因为，我长大了，你还没长大。”

“可是，我做不到。”我无助地看着她。她掏出纸巾，轻轻地给我擦掉泪水，看着我：“跑出去，又自己回来了，他才真正是你的，再不会丢了。你听，这不是回来了吗？”

果然，我听到楼下一声汽车遥控锁的嘀嘀声，连忙起身跑到窗边朝外看，果然，是黎阳的车，他正从车后座扶出醉得一塌糊涂的江辰。

这时，一个瘦削的女子身影，从另一侧车门移出，彼此嘱咐了几句，然后，女子转身离开。

莫央！是莫央吗？他一夜未归，和莫央在一起？

刚刚平息的疼痛，像疯长的藤萝，又迅速蔓延开来。我苦笑一下，离开了窗户。

这时，黎阳已扶着江辰上了楼，酒醉的江辰，嘴里还在呢喃着胡话，踉踉跄跄地进门来，看到我，软软地扑抱上来，头垂在我的肩头，叫道：“茆茆！相信我，我真的爱你啊！”

我深深地叹了口气，吸了吸鼻子，说：“我知道，我相信。”黎阳帮我将他扶到了床上。他嘴里含混不清地嗫嚅着什么，一直紧紧地拉着我的手，忽然，眼角淌下一滴泪。

“江辰！江辰！”我在他耳边哽咽地叫着。

此刻，他睡着了。

他往日的千般好，就是为了在此刻，轻易获得我的心软。我刚才还愤懑怨恨的心，在他的脆弱面前，土崩瓦解。

13

一次次争吵，一次次和好，一次次伤害。“再深的爱，也会被种种伤害磨灭的。”那是我年少时在小说中读到的句子，可是至今也未能深谙其意。匿名的暧昧短信，还会时不时出现在江辰的手机里，每一次，都会引发我们之间的一次战事。我惩罚他，撕咬他，逼他“认罪”，逼他写保证书，甚至有一次，盛怒之下摔了烟灰缸，砸破了他的头。我们都知道那些匿名的短信是洛秋发的，她就是想让我们吵架不合，反目分手，而我总是明知故犯地钻入她的圈套。我逼他烧毁了中学时和洛秋的合影，其实已经被我毁得没有几张了，我逼他回拨那个陌生号码，狠狠地骂她、拒绝她，他照做了，那天，他拨打过去，朝着电话大声喊道：“梁洛秋你闹够了没有，请你不要再打扰我的生活，我们已经没有任何关系了。”

然后，他流泪了，我却笑了。

我能想象洛秋接起电话时唇边忽然绽开的笑意，想象她听完他的话之后忽然惨白的脸色。让江辰这样善良重情的男子，对自己深爱过的女人，说出那样绝情的话，我心里，涌起一种莫名的满足和快感。

生活终于平静下来。春节快到了，我们的婚期也近了。

我像一个扫清了障碍的胜利者，兴致高昂地拉着江辰，和他去超市，为回上海看望他的母亲采买礼物。

黎阳在机场候机时给江辰打来电话，春节长假，他要带郝时雨去补度蜜月。

昔日的情敌，已成为很好的朋友，两人依旧在电话里嘻嘻哈哈开着玩笑。

现在，为了免我怀疑，江辰已经将手机通话声调到最大，以便每次他和别人通话时我都能听到。

“忙什么呢？不如咱四个一起去？就当你们提前度蜜月了。”黎阳问。“你们准备去哪里？”“小雨一定要去拉萨，这鸟不拉屎的地方。”

“日光之城，不错啊！”

“都日光了，去有什么意思啊！”黎阳开了句很荤的玩笑，忽然惨叫起来，“哎哟！疼疼疼！不乱说了，不乱说了。”

“那你们好好玩，我俩就不去了，要回家看看我妈。”郝时雨接过了电话，要与我通话，在电话里，她为我打气：“丑媳妇要见公婆了，茆茆，加油哦！”我心一酸，她怎会知道，很久之前，我就见过“婆婆”了，那是我最不愿回忆的一幕，但愿这一次，是真的，新的开始。

谁会想到，这一次“拜见”，是比上次更糟糕的回忆。

出发之前，我特意买了一套香奈儿的新款春装，到美发店烫直了头发，像一个淑女那样，行李包里，装着口服液、脑白金，以及一条我亲自挑选的羊绒围巾，我提着那些东西，像提着自信一样出了门。我的男人穿着一件休闲的驼色夹克，干净的短发，依旧那样帅气逼人。我们牵着手，小心翼翼地握着彼此，延续着曾经浓烈的昨日之爱，浑然不觉它正一步步走向瓦解。

候机大厅的广播里，温柔的女声循环播报着即将起飞的航班。我们并排坐在椅子上，我知道我们都很忐忑，至少我是，我想他也是的，因为他拿着一份报纸，目光未移，看了足足十分钟。候机大厅的暖气很足，我的手心微微冒汗，浑身都燥热不安，这种时候，非常想吃一盒冰凉甜蜜的红豆冰沙压压火。

他仿佛听到了我心里的声音，忽然转头说："想吃冷饮吗？我去买。"我点点头，说："要是有红豆冰沙最好了。"不一会儿，他回来了，手里拿着两个甜筒，将蓝莓味的递给了我，说："只有卖这个的。"我贪婪地舔了一口，好甜！这时他的电话响起来。

很多年后，我依然记得那一天，温暖如春的候机大厅里，阴寒四起，我仿佛瞬间被人扒光了衣服，扔到了茫茫的冰天雪地中，刺骨的寒，彻底的耻。他的妈妈在电话里，冷静淡漠清晰无比地说："江辰，我想，你们还是不要回来了，我们都需要冷静一下，你好好弄清楚，你将要娶的妻子，是一个什么样的女人，我也要好好想想，我能不能接受一个被人强暴过的儿媳。我想，这条短信，应该不会是空穴来风。"

我好恨，恨自己让江辰把通话声调到那么大，那些话准确无误地撞入我的耳膜，我甚至觉得，几十米以外的人都听到了，我觉得往来的人群都将目光投向了我，一个被扒光的羞耻的没有秘密的女人。

他的电话嘟嘟响了两声，是短信提示音，我连忙抢过来一看："茆，花无底，柳无边，残花败柳也，你未来的儿媳，曾被两个男人强暴过，是个残花败柳。"

残花败柳，这四个字，像一把尖刀，重重地刺向我，挑开了心里已愈合的发黑的伤口硬痂，血汩汩地冒了出来。

那四个字，像魔咒一样，扼住了我命运的喉咙。

我的脸，一定在瞬间苍白得可怕，因为我感到脚底阵阵发软，我要逃，赶快逃，逃开这个魔咒，逃开这个让我羞耻的地方。

我刚抬腿要走，便被他一把抓住，他眼含哀求，透着无奈："至少，我们回去解释一下，不要走。"

“解释什么？”“你这样走了，不就是默认了吗？”

我笑了，冷得让自己可怕的笑：“默认，默认总比当面承认让我好受一点吧！难道你要我跟你回去对你妈妈说，没有这回事？不，这是事实，永远也无法抹去的事实。”我跌跌撞撞地朝外走去，他追上来，恳求道：“茆茆！”

我忽然尖叫起来：“不要叫我的名字，我讨厌听到那个字，那个破字，是对我与生俱来的诅咒。”“你冷静一点好不好。我们可以圆滑一点，这件事，让老人知道无益，可以向我妈解释，可以圆滑地遮掩过去。我们好不容易走到了这里，就这么放弃吗？不是你说的，要世俗的热闹的婚礼，要有长辈祝福的婚礼。”“我想要，可是老天爷给我吗？我们遮掩了这一次，解释了这一次，以后呢？你怎么不问问这条短信是谁发到你妈妈的手机上的，是谁？”

“谁？”除了洛秋，还会有谁能说出“花无底，柳无边”这样有“水平”的话？我悲戚茫然地苦笑着。洛秋，难道，你是上天派到我身边的魔鬼？

“谁？”他继续追问着。

“问这个还有用吗？除了洛秋，还会有谁？问你自己吧！你妈妈的电话，她怎么会知道？”

江辰愣在原地，眼神陷入空茫，恍惚的空茫的眼神投向远处，喃喃道：“原来是她。我想，可能是那一次开盘仪式，晚上吃饭时，她曾借我的手机打过电话，或许，妈妈的电话是她那个时候偷看去的。我没想到她会变成这样有心计的女子。为什么？为什么会这样？她为什么这样做？”

14

他独自回了上海去面对母亲的责难，而我做了可耻的逃兵。没有他的城市，是一座空城。我像一个孤魂野鬼，在年味渐浓的大街上游走着，连一个说说心里话的人都没有。莫央也回上海和父母过年去了，而即使她在锦和，我们也越走越远了，身体隔着一张咖啡桌的距离，心却隔着千山万水。是什么，摧毁了我们曾经纯真的友谊？时间？男人？还是别的？郝时雨正在日光之城和她的爱人享受朝圣之旅。于是，我总会在这时，想起安良来。

当我游荡到他所居住的饭店职工宿舍时，他正提着大包小包准备出门，身后，跟着一个圆脸蛋短头发的姑娘。

看到我，他眼睛一亮，连忙退后，请我进门，身后的女孩，腼腆和善地笑笑。

职工宿舍，是他工作的酒店为职工租的一套三室的房子，每个房间都摆满了架子床，床上散乱地叠着散发不洁气味的被褥，有一两只袜子在被子下猥琐露头，床下堆满了洗脸盆、蓝白格子的编织行李袋。那些年轻的来自异乡的年轻人，就是背着这样的行李袋，颠簸在拥挤的火车里，来灯红酒绿的城市寻一块立足之地，城市之大，而梦想最终还是像那只编织袋，以匍匐的姿态，蜗居在灰扑扑的角落。而安良，这个年少就失去父亲的少年，为了一句虚无的临终嘱托，为了寻找勇气，为了庇护我，来到了这里，蜗居在此。

他拘谨地指了指一张干净点的床："坐！"又准备拿热水壶倒水，却发现是空的，然后，不好意思地笑笑，"没水了，我去烧水。"

"不用了，我不喝。"我眼神落寞地落在他刚刚放下的行李和这个圆脸蛋的女孩身上。

安良不安地搓搓手，说：“哦！她……她是小玉，我们准备一起回家，陪我妈妈过年，然后，在家里，把婚结了。”说完，他像做错了事的孩子，又连忙低下了头，说，“你坐，我还是出去给你买一杯奶茶吧！”然后就仓皇逃开了。

叫作小玉的女孩在我对面的床上坐下来，饶有兴趣地打量着我，说：“你就是苏茆茆吧！”“嗯！”“安良很喜欢你，可是，一直不敢告诉你，那一次，是我鼓励他向你表白的，可是，你还是拒绝了他。”我失神地笑笑，想起那个翻越母校的大铁门，登上楼顶看月亮的夜里，他在我耳边说，茆茆，我们可以再靠近一点吗？我大声又干脆地说不能。他在我耳边说，茆茆，我喜欢你，我们在一起，我永远都不会让你哭，这对腼腆的他来说，需要多大的勇气？而我后来一直装醉昏睡，没有应答。

“像金牛座这么好的人，你都不知道珍惜，你后悔去吧！谢谢你的拒绝，把他推给了我。”

“祝福你们！”说话间，安良气喘吁吁地进了门，手里端着两杯热腾腾的奶茶，

一杯递给我，一杯递给小玉，拿给我的时候，说：“这个，你喜欢的香芋味。”

我喝了一口，被烫到，一口奶茶喷到地上，剧烈地咳嗽起来，眼泪也顺势下来。安良手足无措地伸出手，想为我拍拍后背，又迟疑地收回，小玉走过来，坐到我身边，温柔地拍拍我的后背，递来一张纸巾。

这天，面对已有女朋友的安良，面对他关切的询问，我所有的诉说，都失了声。我倔强地擦去泪水，说被呛住了，我倔强地摇头，说我没事，只是来看看你，真的没事。他们还要赶火车，奔向一个

有人做了大桌好饭有人准备了一些唠叨的家，一个温暖的家。而我要继续游荡回我的小窝，舔舐伤口。

15

江辰在初三那天回来。他不在的几天，我不知道是怎样度过的。屋子的餐桌上，有盛着半碗残汤的方便面桶，几袋开了口的涪陵榨菜，半块干硬的馒头，一盘已有些黑斑的香蕉，没叠的被子，没洗脸的女人。

他放下行李环顾四周，微微皱了下眉，上来轻轻抱住了我，无声无息。

我不敢问他回家面对母亲的经过，他母亲说了什么，他怎样应答，我不敢问，他也不说。

抱了许久，他轻轻松开我，温柔地说："还没吃饭吧！我去做饭。"我愣愣地看着他的身影走向小小的厨房，那样疲倦，孤单。屋里很快飘起饭香，他将屋里的剩余食材搜罗起来，做了两菜一汤，番茄炒蛋、香菇肉丝、紫菜蛋花汤，米饭冒着热气。他拉着我到餐桌前坐下来，把鸡蛋和肉丝都夹到我碗里，我吃了一口，泪水就止不住地流下来。

隔着饭菜的袅绕白气，他伸过手来，轻轻地擦去我的泪水，说："茆茆，无论妈妈说什么，无论她什么态度，我们都会结婚，我以前说过的话，不会改变。"

真的不会改变吗？

晚上，我们躺在仅仅一米二的小床上，中间隔着一道很宽的缝隙，大片的冷风灌进来，仿佛一个无形的第三者横在中间，驱之不去。

我们沉默地吃饭，沉默地睡觉，有时躺在床上，不小心碰到彼此，都会下意识地迅速移开，那一刻，我的心仿佛被针忽然刺痛一般，涌起紧缩的颤抖的痛。我知道，那条短信，不仅成功地阻止了江辰母亲刚刚张开准备接受我的拥抱，也狠狠地揭开了我们两个心头刚刚愈合的伤口。它时刻提醒着，我有不洁的过去，不洁的，过去。

而过去，一直没有过去。我们都小心翼翼地维持着摇摇欲坠的现状，不知会走向哪里。初七，上班了。他朝东，我朝西，背向而行。那个 3 月樱花灿烂的婚礼，我们仿佛都忘了，没有人再提起。婚纱照该取了，直到影楼打了三遍电话，我才记得取回。照片里的男女俊美逼人，彼此的笑容如阳光下光斑累叠，仿佛是上个世纪的事了。

影楼赠送了数百张大红烫金喜帖，上面有一帧新人的照片，而我们谁也没想起这些喜帖该写给谁……

冰冷着，隔阂着，沉默着，仿佛彼此的心的尖端，有一个黑乎乎的秘洞，秘洞里盘踞着一条冰冷的蛇，我们小心翼翼，害怕任何风吹草动会忽然惊醒它，它们会出其不意地探出头来，咬对方一口。

而疼的是我们。

可谁也阻止不了人世的风吹草动，阻止不了“渔阳鼙鼓动地来”，阻止不了狼烟四起的流亡。

刚刚消停不久的洛秋，在正月十五的晚上，给江辰打来电话。当时明月当空，烟花四起炸破夜色静谧，我们正在沉默地吃红豆沙馅的汤圆，柔蜜异常。那个电话，也像一枚小小的烟花，炸破了我们的夜色静谧。

江辰接起电话时眉头皱得很深，窗外明灭的光影形成一股昏蒙的沉重的阴影朝他灰扑扑地压过来，表情隐匿。

洛秋从电话那端传来的声音特别聒噪，她言辞激烈语无伦次，她变成一枚一点就着的炸药，她变成一个失心人。她说她做别人的情人自甘堕落，所有的法定节假日注定像冷宫的妃子独守空房，雨打梨花深闭门，零落如泥也无人问，每每这个时刻，她都会想起初恋的情人。她买了飞往锦和的机票，跃上三万英尺的高空，飞越一千多公里来看他，酒店里有白色大床，烛光晚餐，和梨花带雨的芬芳女人等着他，他若不去，三十层之上的楼顶，此刻风声呼啸，那是最完美的跳台。她要用这样的方式，了断自己锦缎成灰的人生。

我想起那年在大学校园里，忽然坠落在我身边的年轻生命，破碎的肉身，柔软的头颅，凝视过情人的多情双目，无法解释的生之绝望。

“江辰，江辰！”她的声音渐渐细细弱弱，依稀像十年前那个仰起粉白脸庞，呼唤小爱人的少女。“你来吗？你再不来，我就走了。”她再一次恳求，她好似喝了许多酒，语带微醺，言辞含混。我看到他脸上的阴影更深，他用那样温柔的语气安慰她：“别做傻事，我很快就去。”然后，用焦灼和乞求的目光看着我。我做了一个在我看来很宽容很伟大的决定：“我陪你一起去。”电话那头咯咯地笑起来：“是苏茆茆吗？我不想见你，你放心，我不要你的男人，我只是想找个人，说说话，说说话而已。江辰，江辰，你在听吗？你不来，我现在就跳下去。”

她的呼唤，像索命的无常，紧紧扼住了他的心魂，他灵魂失重一般跟着那声音抬脚往外走。

我忽然尖叫了一声。

“茆茆！人命关天，即使是一个路人，我们也不能袖手旁观。”

我眼里盛满汪汪的泪水，揪住了他的衣袖。他已没有耐心解释，轻轻地、不容置疑地抽开手。

我是多么多么害怕失去他，就在那一刻，或许是被愤怒之神捉住了手，我冲进厨房抄起菜刀，朝他的背影挥去。

悲伤的我，狠心的我，创痛的我，为了挽留他。

寒光一凛，我的手一松，刀哐当掉在地上。后背的外套上，有一道两寸长的破口，血迹从毛茸茸的破口处渗出来。

他转过头，难以置信地看着我，感到后背隐约的痛，我手足无措，他忽然失笑地抓住我的手腕，很重，又轻轻放开了。

“对不起，对不起，江辰，我不是故意的，我不是故意的。”他面无表情，再次转过头去。我冲上去，一遍一遍抱住他，被他一遍一遍沉默地推开，无声的撕扯中，我终于败下阵来，他还是走了。整夜未归。我一遍遍如往常一样拨打他的电话，无人接听，最后是关机。疲倦至极，泪干涸在脸上，又刺又痒，我跌入混乱的梦境。

16

我才应该从三十层的楼顶跳下才对，可我竟然还有力气去上班。头昏脑涨，双目空茫。

上班的第一件事，是浏览新闻。还好，没有女明星跳楼自杀的新闻，那么，代表她昨夜得到了他的抚慰，饮酒、叙旧、温热拥抱、甜软情话、吻、肌肤相亲，都可安慰一个失心疯的女人。是的，她得到了抚慰，她没有死，这个消息让我安心，又让我难过。

我们走到了万丈绝壁，前不可行，后不可退。

新年伊始，主编召开了一次例会，我坐在会议室一角，只是茫然地看着她的嘴唇一张一合，不知说了些什么。

“苏茆茆，小苏！”直到旁边有人用胳膊肘撞撞我，我才发觉主编在对我说话。

“小苏，咱们杂志今年准备增加一个关于时尚家居的版面，我看了你的简历，你毕业于建筑大学的设计系，这个版面正和你的专业对口，不如，你来负责。”

我想也没想就应承下来。其实在我眼里，除了爱情，其他事都是小事，我可以很用心做得很好，也可以不屑一顾做得很糟。散会后，我被主编留下来。这位年长我近二十岁的女人，用一种善意的洞察一切的目光看着我，说：“小苏，美人鱼不可以失去尾巴，忘记游泳。我相信你会做好。”她的唇边，有一丝微笑迅速绽开又寂灭，非常温暖，让我想起小学时总摸我脑袋鼓励我的老教师。我点点头，从座位上站起时下意识地伸手撑住桌子，没有吃早餐的我，即将失恋失婚的我，不要一盘散沙般晕倒。咦！其实，身体也没那么虚弱。一整天，我把自己埋在画稿、排版、构思新版面这些工作里，尽量让自己像陀螺一样转，尽量不去想昨夜。他，和她，做了什么？他现在在哪里？不去想。

窗外日光明媚，人潮涌动，多么平凡的一天。

快下班的时候，关闭电脑之前，又不经意地浏览了一眼新闻。一行刺眼的黑体字跳入我的眼帘，“春水尚居在建房倒塌”，一枚重磅炸弹在我心里轰然炸开。我揉揉眼睛，继续向下看，句句沥血，字字惊心，数十人被埋，已有五人死亡，武警消防公安已组织一百多人进行救援，国土局、安监局、公安局、质监局组成的事故调查组已介入调查。

江辰，我的江辰会不会在现场？

那个念头一闪而过，很快被我否定了。我抓起包包，冲出办公楼大门，心里不停地祈祷，江辰，我愿你此刻和那个女人在一起，我愿你还在她温香软玉的床上，我愿，我只愿，你好好的，不要有事，活着，在这个热热闹闹的人世间，和谁在一起做什么都可以，唯愿你好。

我一边拦计程车，一边拨打他的电话，关机，仍是关机，这时，郝时雨的电话挤了进来，声音焦灼略带哭腔："茆茆，他们出事了，都被警方带走调查了。"

听到这句，我飘飘忽忽的心倏地放回了肚子。他活着，没事就好。这个下午，我和郝时雨，像两只没头的苍蝇，辗转工地和警局寻找自己的男人。我们都虚无空洞地给对方打气，也给自己打气，说："没事的，不会有事的。"夜色四起的时候，我们在警察局门口，等到了脚步迟滞的江辰，没有黎阳。郝时雨上前抓住他的胳膊："黎阳呢？他怎么没出来？"他疲惫地安慰她："别着急，不会有事的，你先回去吧！"他的目光视若无睹地掠过我，然后，朝前走。

郝时雨追上来还要问些什么，这时，身边驶过一辆黑色保时捷，停下来，五十岁左右的中年妇女下来，上前拥住了她，朝我们笑笑，带走了她。那个女人，是黎阳的母亲，郝时雨的婆婆，在婚礼上，我们见过。在车门关闭之前，我听到妇人心疼地絮叨："你怀孕了，就别乱跑了。他不会有事的。"

她怀孕了。这真是这一整天里，唯一让人开心的事了。可是我和江辰，谁也没有开口说话。春寒还未消逝，半透明的天空，头顶堆满了云，仿佛随时会压下一场灭顶之灾。我们时而一前一后，时而一左一右地走着，走在他身后时，依然可以看到他那件破了口子的外套，张着毛茸茸的嘴。看到这里，我就止不住心痛，我怎么会……怎么会这样狠心，拿起刀砍向他，我是爱他的啊！

于是，我艰难地张开了嘴："那个，对不起，你背上的伤口……"

"没事！"他很快回答。

“洛秋没事吧？”

此问一出，他转过头，略带嘲讽地笑了笑，是笑我假装关心，还是笑我刺探敌情？他盯着我看了半天，仿佛不认识一般，说：“她没事，她根本没来锦和，只是喝多了酒发泄而已。”

我又张了张嘴，想问他昨晚去了哪里，却发现自己没有了质问的底气，一个被他的母亲嫌弃的不洁女子，一个拿刀砍向他的女疯子，我还有什么资格质问他昨晚去了哪里？

他好像猜出我想问的话，又略带嘲讽地勾勾嘴角，直截了当地说：“我昨天晚上和洛秋打完电话之后，和莫央在一起，只是聊聊天。”他这样坦白，一种近乎报复的坦白，那潜台词好像是说，你那么在意我和莫央接近，我就告诉你，我和莫央一整晚都在一起，怎么着？我无言以对，只好转移了话题：“工地上的事故，怎么回事？”

“前些天下了雨，地基下陷，用的是瘦身钢筋，灌浆的桩基水泥桩是空心的，不出事才怪。”他说起来有些义愤填膺。

“和你，没关系吧？”我小心翼翼地追问。

“没有。二期我只负责设计，设计没有问题，是施工方的问题。但是，那些问题我和他们说过很多次了，没人当回事，利欲熏心，拿安全和生命当儿戏，那是几条活生生的人命啊！”

“下午，看到新闻，我吓了一跳，我好害怕你……”说到那一刻的心惊胆战如临末日，我的声音微微哽咽。

他叹口气：“没事了，没事了。回家吧！”

17

黎阳回家了，公司被责令全面停工整改，安抚赔偿死难者，很多事要做，郝时雨心有余悸地做了大桌菜来慰藉劫后余生，请了我和江辰。

我们像一对依旧恩爱的情侣，买了一束鲜花，一瓶红酒，来到他们位于市郊的一栋白色别墅里。

郝时雨的厨艺已非常高超，完全不用保姆帮忙，独自鼓捣了一桌美味，四喜烤麸、海蜇皮拌菜心……每一道端上来都获得惊叹，没想到还有一道我最爱的海胆蒸蛋，端上来的时候，江辰说了句："这个你爱吃。"

他还记得，我爱吃的东西。我以为这些天以来，那些情感都蒙尘了，枯萎了，死掉了，其实都还在，只是都成为一种禁忌，不让对方看到。我舀起一勺，陷入一个恍惚的短暂的回忆，说："爸爸以前很爱吃海胆，我后来也爱上这种食物。他说，海胆也叫，带刺的温柔，他说，有一种爱，就像这带刺的温柔。"我不知道为何要说起这些，仿佛要在江辰面前，对自己的罪行，做最后一次开脱。

他轻轻地哦了一声。吃饭间他向黎阳请一个长长的假，说要休息一段时间。黎阳一口答应，也不深究，用一种"我懂"的口气说："知道，要结婚了，有很多事要忙的。"不由得说起那次事故，黎阳深深自责。他说那些血肉模糊的尸体整晚出现在他的梦里，生活用血淋淋的现实给他上了一节意义深刻的课。他说，当他从警局出来得知时雨有了身孕，才忽然对事故有了深深的自责，想起那些失去父母的孩子，心里有了哀痛和悲悯。说话间，黎阳的脸上笼着一层阴影，他的脸上，仿佛瞬间有了沧桑。原来，女人的沧桑，是岁月的日积月累雕雕琢琢，而男人的沧桑，是一瞬间的事。

吃完饭，我去厨房洗茶杯，黎阳跟了进来。他假装在冰箱里取啤酒，看似很随意地问道：“茆茆，你幸福吗？”

我一愣。从前，他若问这种问题，我会毫不犹豫斩钉截铁地说：“当然了。”可是现在，我没有这样的自信和底气了，可我还是强颜欢笑着，模棱两可地点点头。

他兀自说了句：“那就好，那样我就放心了。”临出门的时候，他又回身，“茆茆，其实，我以前对你，一直都是真的，只是你不相信。”我淡淡地笑，在心里默默地说，我一直都知道，一直都相信，只是一颗心，已许他，难许卿。“其实，不能给你幸福，看着你幸福，我也知足了。”

18

有几种感觉是很相似的。比如，小时候考得不理想，又心怀侥幸等待公布分数的时候；比如面试的主考官告诉你，回去等消息吧；比如男朋友对你说，我们分开一段时间，冷静冷静。

给你一丝希望，却透着无声的绝望。不说分手，却说先分开一段时间冷静一下。

不在等待中苍老，就在等待中死亡。

我只能说好。他没有告诉我他要去哪里，只说出去走走散散心。我为他收拾好旅行包，在巷口沉默地送别，他把冰凉的吻印在我的额头，消失在人流中。

那天有很好的阳光，是个暖春，初春的阳光，燥热烈艳，像一把大刀，把我的影子削得很薄很薄，直到化成一点，消失不见。

他不在的日子，我常常做乱七八糟的梦。梦到童年的我牵着妈妈的衣襟，眼巴巴地要买一串糖葫芦吃，她不给买，我便坐在人来人往的街上放声大哭，从梦中哭醒，泪水把枕巾湿了一大片；梦到我依然是纯稚的女童，趴睡在爸爸的背上，他在我耳边呢喃，我们回家，我们回家。有一天夜里，竟然梦到了云姨，梦里依旧是春里的别墅里，我们放学归来，推开门，她做好了饭菜，扭头微笑，来，来，洗手吃饭！洗手吃饭！电话铃忽然响起，她擦擦手，跑去沙发边接电话。一切依然那样真实如昨……

原来是我的电话在半夜响起，我迷迷糊糊接起电话时，听到一个久违而熟悉的声音："苏茆茆，妈妈去世了，我想，你应该回来一趟。"云姨，去世了？我一个激灵，清醒过来，看看通话记录，是的，刚刚，洛秋来过电话，告诉我，云姨去世了。她一生命运多舛，初嫁遇人不淑，再嫁苏岩，度过了生命中最安顺平和的一段时光，苏岩罹难，她轻信前夫的悔悟，再次将命运交到恶人手中任其摆布，如同一段五彩织锦，被生生龃龉成一片灰扑扑的黑心棉，心里生了愁怨，身体长了病灶。她早在几年前，就患了乳腺癌，却不被重视，不愿为女儿添累，于是错过最佳治疗时机。

云姨留有遗言，她对不起苏岩，无颜葬在他身边。

那时刚刚兴起树葬，墓园的树葬区，一棵桂花树，是洛秋为云姨寻下的最后归处。

这一次，我们都没有哭。是不是经历过太多死亡，最后就会让人变得麻木，还是冷暖人生给了我们一颗禅心，将一切都看通透？

下山的路上，彼此一直沉默，是洛秋先开口："很恨我吧？"

"什么？"

"所有，一切。"

我凄然地笑笑没有回答。

她又说："都忘了吧！"

"什么？"

"所有，一切。"

我再次笑笑。因为不知道除了笑，还能回答什么。

树影分割的一块光斑如舞台的追影灯一般投在她的脸上，微蓝血管、细小茸毛清晰可见，有一层细密汗珠浮在鼻尖，她依然漂亮，恍惚间，仍恍若十年前清新琳琅的少女。而我看到的只是漂亮的肉身，看不到苍老腐朽的内核。她忽然重重地叹了口气，一下子泄露天机，那叹息仿佛在告诉我，她是愁损的，她是忧伤的，她是折堕的。

回到市区，洛秋说饿了，不如先找个地方吃饭，我俩就随便进了一家小吃店。是一家很干净的小店，玻璃阻隔的操作间全透明，供客人参观食物制作的每个环节。包包子的师傅戴着高高的白色厨师帽，左手托皮，右手入馅，拇指前推，食指收紧，微胖的手灵巧地转动，一个褶皱细密，形状美好的包子就成型了。他抬起头来，戴着口罩的脸部只留着一双眼睛，四目相对时，我认出那双眼睛，是安良。

太过深重的情感，最终都沉默无言，我们心照不宣地笑了笑。

那个圆脸蛋的小玉姑娘，过来招呼我们坐，认出了我，也心照不宣地笑："吃点什么？我们这儿的虾肉包和蟹黄包很不错。"

我点头。

包子是安良亲自端上桌的，他摘下了口罩，脸上堆着一如往常的腼腆笑意，说："多吃点。"

洛秋喟然叹口气，忽然说："其实，我一直以来，都很羡慕你。"

"羡慕我？"

“你拥有那么多的爱。”

我又凄然地笑笑。多可笑。她不会知道，我也曾像她羡慕我这样，羡慕过她。

我们吃完饭在小店门口和安良告别，坐上车走出很远，从倒车镜里仍看到他站在原处岿然不动。

这天夜里，我们回到洛秋和云姨的家，是的，是她们的家。那套两室的房子，一切与几年前没有不同，只是客厅的墙上多了一张云姨的遗照，遗照下的条案，是临时设下的灵堂，摆着供奉的果品糕点，香炉里的香已燃尽，我又恭敬地上了一炷新香。

我要走的时候，洛秋拉住了我。她在这时，眼圈红了：“妈妈走了，这里，冷得像墓穴，留下来陪我吧！”那一刻，我们是真正同病相怜天涯沦落的孤儿。从来没有想过我们会像真正的姐妹那样躺在一张床上。不知是洛秋蓄意的安排，还是因为心底的寒冷驱使，让我们躺在了一张床上。会像心怀青春期的小秘密的亲密姐妹，星夜私语吗？我们依旧疏离，各自盖一床被子，占据床的一端，形成“北”字。她背对着我，忽然说：“茆茆，你能原谅我吗？”

“什么？”“所有，一切。”

一轮凉净的月亮挂在窗外防盗网的第二格中，慢慢移向第三格、第四格、第五格，直到看不见。洛秋讲了几个故事，谁的故事，我在醒来时都已不记得，只记得讲到后来，我们都哭了。

19

八岁之前，她生在那个时常乌烟瘴气鸡飞狗跳的贫寒家中，生父好赌，脾气暴虐，常常在输钱后喝得酩酊大醉，回家后妻子言语稍有怨怼就是一顿拳打脚踢，她躲在门后，哭泣也不敢发出声音。

有一天，父亲忽然心情奇好，带她去镇上赶集带她去吃糖葫芦，她好开心，贪婪地舔着糖葫芦上鲜红的糖稀，幻想此后的生活能从此都像这糖稀一样，甜腻软糯红火。可是，一转眼，父亲就不见了踪影，她惊惶地大声叫爸爸时，被一双大手捂住口鼻，掳上一辆乌黑锃亮的轿车。后来她才知道，是父亲欠下赌债，将她卖了。

昏昏沉沉，迷迷糊糊。醒来的时候，已不知身在何处的异乡。被人贩子恐吓毒打，正在燃烧的烟头恶狠狠地按灭在胸背娇嫩的肌肤上，几天后发炎溃脓，她无力反抗无法逃脱，只有妥协，她惊惶地睁大眼睛，等待投降命运的深渊。她和一群年龄不一的孩子被人贩子控制，流散在街头，有人被殴打致残，大腿上的疮口惨不忍睹，在街头讨饭要钱，她因为漂亮可爱，被安排卖花。每天手捧着一大束打蔫的玫瑰，看到一对恋爱中的男女，就跟上去，叫姐姐，叫哥哥，缠着人买花，卖不完不能休息，不能回到那个狗窝一样的住处，不许吃饭。没有书读，没有零花钱，没有新衣服，没有明天，什么都没有。说话间，她忽然一把扯掉自己的上衣，手指哆嗦着，嘴唇哆嗦着。我的心忽然一紧，目光落在那些伤疤上，她的泪水滴在那些疤痕上，大大小小，深红浅红，宛如桃花。后来，她又被转卖，被挟在拥挤不堪的火车上，聪慧的孩子假装顺从，寻找逃脱的机会。她假称上厕所，在车厢上逼仄的卫生间里，看守她的人贩就在外面，她不能呼救，情急之中，用角落的废弃烟盒和燃过的火柴写上“救我”，然后将字条扔向站台上的男孩。外表纯善的男孩，眉目炯炯，左颊上有一颗褐色的痣，她觉得，他是个善良的孩子，他会帮她打一个报警的电话吧！可是，他明明看到了她，那张字条落在他的脚下，却被他视若无睹地用脚踩住，然后，别过脸去。她失去唯一一次被救的机会，从此继续陷入颠沛流离。

两年时间，警方破获了一起贩卖人口案件，她被解救出来，黑瘦孱弱的样子，几乎让云姨不敢相认。彼时，云姨已经和洛秋的父亲离婚，那个恶毒的男人也因卖掉孩子和打架斗殴等诸多罪行而锒铛入狱，那些拐卖虐待过她的人贩也都落网认罪。云姨和丈夫离婚后，在外一边辛苦打工，一边寻找女儿，其间认识了苏岩。洛秋找回来那年，他俩结了婚。据说，苏岩向云姨求婚的时候只说了一句："我很爱孩子。"她就喜极而泣地答应了他。

洛秋一边说，一边流泪："茆茆，我真的很感激你的爸爸，我感谢苏岩，给了我一个温暖的家，让我叫他爸爸，待我如亲生女儿。我对你不那么友好，也是害怕你抢走他的爱，害怕我失去这一切。我感激待我好的人，可我也恨那些冷漠的人。"

在爱知中学的英语课外辅导班，她认识了少年江辰。从他第一次走进辅导班，她就认出他，当年在火车站台上，那个冷漠的少年。她恨他，她要报复，如果报复可以让曾经的伤痛减少。她要他陷入深爱，备受相思的折磨，她在他爱得最浓烈的时候说分手，她以为这样的挫折足以摧毁一个少年的生活，令他痛苦沉沦，她想令他山河失色前途尽毁。她以为已经可以做到。原来，这就是她当年和他分手的原因，多么可笑的校园恋情，多么可笑的原因。

"可是，你为什么不亲自问问他，当年不帮你是为什么。你知道吗？他有先天性白内障，九岁那年犯过一次，或许，就是在那个时候，你遇到他的，他或许根本没看见你的字条。"

洛秋沉默了。

长久的沉默后，传来一声哑然失笑，她说："是什么原因已经不重要了，我想说的是，请你原谅我，时至今日，我必须坦白。"

她的复仇计划因为我而落空，那些日子，我陪伴他，安慰他，少年在短暂的崩溃之后，表面上已是风轻云淡不痛不痒。她将那份无法纾解的仇恨转移到我身上，在离间无用后，找了两个在酒吧偶然结识的混混，想小小地警告我一下。她模仿江辰的笔迹，写了字条约我去老地方，她以为计划完美无缺，她可以掌控全局，可谁也掌控不了两个小混混临时起意的色胆，她只是让他们吓唬我一下。

“真的，我没让他们做那件事，只是让他们吓唬你一下。”

我心里，仿佛有一颗小型炸弹轰地炸开，但很快恢复了平静。时至今日，是谁做的，又能怎样？轮到我哑然失笑：“我一直以为是赵乐乐，其实我也怀疑过你，可是，即使求证是你，又能怎样？”

“其实老天已给了我惩罚。”她意味深长，似有所指。

原来，所有的绯闻，都是真的。她做了那位富商的地下情人三年，卑微谨慎地陪伴，小心翼翼地逢迎。初时还会为她投拍电影安排角色作为补偿，可到底是心眼逼仄的大男子主义，霸占欲极强，不能忍耐她与男演员的任何亲密镜头。在这个削尖脑袋博出位的圈子，身后的新人蜂拥而上，她的路越来越窄，居住在他为她买的公寓里，如笼中雀，不能见光，不给承诺，数度怀孕，数度堕胎。他迟迟未能离婚，虚与委蛇，她渐渐失去信心，却不甘放手，彼此依然纠缠扯皮。

所以她嫉妒一切甜美的幸福的可见光的爱情，她嫉妒后来的我。所以，在开盘仪式上遇到江辰时，她嫉妒，她失落，她故意经常发匿名短信给他，希望离间我们，离间不成，又给他妈妈发匿名短信，一个被锁在樊笼里的情妇，有太多空闲和寂寞，来做这些事。

“我都知道。”我说。

“你会原谅我吗？”

“不知道。”

“不，你一定要原谅我，因为上天已给了我惩罚。”

她从被缝下，慢慢探过手，寻到我的胳膊，轻轻握住："你一定要原谅我，不要恨我，仇恨会让一个人失去一切，而我现在希望你幸福，因为他真的很爱你。"

黑暗中，我们都开始沉默无言，我不记得是模棱两可地点了点头，还是从被子里暗暗拍了拍她覆在我另一只胳膊上的手，只记得后来我们都哭了。月亮不知沉到了哪一处，有风吹着谁家没有关好的窗，像一阵悲怆的哭诉，为我们沉默压抑的流泪和鸣。

后来我们都哭了，后来，我睡了。

20

醒来时她已不在身边，我是被一阵120和110的警笛声吵醒的。

她选择在这样一个夜里，从十二楼的阳台上跳下。穿白色绣花睡袍，发丝纷披如浓密藤萝，化过妆，脸色惨白，胭脂浮在颊上，地上有一摊血，已干涸。这样的死法，在几年前的那个夜里，在大学校园的教学楼下，我见过，那是我很长时间挥之不去的梦魇，在这个夜里，再次重演。她在客厅茶几的醒目处，留下两封遗书，一封是给警方的，阐明是自杀，一封给我，交代了一些事。法医的鉴定结果告诉我，她的腹中，有三个月大的婴儿。

即使是新生命，也阻止不了她自杀的决心，因为那个新生命，带给她的是更深的绝望，没有婚姻容器盛放的感情，带来无地自容的私生子，带给她绝望。

接下来我要面对的是她的后事，这让我手足无措。

已有小股嗅觉灵敏的记者围堵在医院门口，想挖掘一个半红不红的女明星自杀背后的真相。我不知道如何面对这样的残局，我想，死亡是高贵的，死亡可以让所有罪恶得到宽宥，也可以将所有丑陋带入坟墓。我应该为她保持沉默，这是一个死者最后应有的尊严。

站在太平间门口的走廊里，我给江辰打了电话。这些天来，我们一直保持联系，他每到一地，都会淡淡发条短信报平安，仅此而已。

此刻，他在梅里雪山接起我的电话，信号很差，声音时断时续，我是哭着讲完整件事情的，不知电话那头的他，听到没有。

最后我想起了安良。

我们在殡仪馆，眼见曾经美丽的肉体，被表情冷漠的工人送入焚尸炉，不久，变成黑色骨灰盒中微温的灰白色粉末。曾经年轻的生命，美丽的容颜，就这样，化为灰烬。

葬在云姨的身边，这是她在遗书里，交代的第一件事。

我在2月底微温有光的房间里，找出洛秋遗书中所说的，云姨留给我的，爸爸的遗物。一个被黑缎子包裹的小型保险箱，缎子已落了灰，保险箱设有密码，我试了很多可能的密码，每个人的生日、电话号码，最后，竟是妈妈的生日，听到那一声微弱的“砰”，我的心，莫名一紧。没有电影镜头里常出现的千万遗产，没有小说桥段里安排的传家之宝，只有一沓书信，和几张照片。一帧黑白色的照片，摄于七八十年代，照片中的女子，梳独根粗黑麻花辫垂在右肩，穿当时流行的碎花的确良衬衫，眼珠润黑，干净，像颗饱满的黑珍珠，又如光芒内敛的黑曜石，很美。叶青青，我的妈妈。十八九岁的她，在爱人的镜头前，甜美绽放。

他们去过一些地方，照片中留下了痕迹。都是和爱情有关的地方，骊山华清池，西湖断桥，绍兴沈园，完成了一场即兴的私奔后，回到了小城，开了一家店。我望着照片中他们去过的那些地方，其实也该猜到最后的结局，那些发生过凄美爱情的地方，都寓意不祥。

还有一些爸爸手写的书信，没有邮戳，没有地址，未被寄出，与其说是信，不如说是自言自语。

每一封信，都有称呼：青青。舌尖抵上牙齿，轻轻一呼，亲密婉转：青青。内容却是爱恨交织，苦乐参半。他有时深情款款，如被思念煎熬的初恋少年，有时又怨又怒，似被辜负和被不公平对待的戚戚小人。信后有落款和时间，都在他离开妈妈之后。

那些以思念为线索的织锦残片，断纬残线，渐渐还原出他们的情感拼图。我在那些信件里，渐渐为曾经的谜题，找到答案。

那年，酷爱摄影的他，接了父亲的班，在一家国营照相馆工作，而她高考落榜，参加一家工厂的招工，去照一组一寸黑白小照。电光石火，说的就是这样的相遇。私奔归来后，丢了工作，学卓文君和司马相如，没有当垆卖酒，却开起了一家小店。从南方倒腾来的小家电，极受欢迎，虽也历尽艰难，但很快赚钱，不久，又开了一家摩托车店。虽说当初第一批买摩托车的人如今已死伤得不剩几个，可当初的确是那份独一的生意，成就了他，也毁了他。是啊！天知道他有多讨厌做生意，尤其是，做和喜好毫无关系的生意。

如果说最初做生意，只是为赚钱证明自己的能力给岳父母看，只为赚钱让心爱的人过优越的物质生活，可是，后来呢？当他有了经济基础，已可以悠游地选择时，叶青青却再不肯让他涉足摄影，而理由多可笑，因为那是一个每天和美女打交道的时髦职业。她爱他，他的镜头，他的目光，他的焦点，只能对准她一人，她要把他紧紧地抓在自己的手心，掌握在自己的视线之内，太在意，怕失去，她太爱他，所以怕失去他。

他或许只是用余光扫了一眼街上的美女，她便和他回家吵了半个小时。

他帮女邻居搬了一下煤气罐，说笑了几句，她便罚他半夜跪在搓衣板上。

他去参加一次同学聚会，或许只是因为其中有女同学，她便不放行，两人激烈争吵，她抄起菜刀砍了他。

他在信里说：绿眼的恶魔啊，把我的爱人还给我。我想起，莎士比亚在作品中，将“嫉妒”比作绿眼的妖魔。他在信里说：青青，你的爱，就像一道菜名，‘带刺的温柔’。可是，你的刺太尖太硬，已抹杀了所有的温柔，这样的爱，让我窒息。遇爱窒息，不如归去。于是，他逃了。在我不到三岁的时候。可他始终是爱她的。他在春里，重整河山，认识了淡泊的女子方云，他不爱她，但她适合他。他在夜总会认识的年轻女子莉莉，只因她长了一张和叶青青极度相似的脸。他始终是爱叶青青的，他会在日记里，为她写诗：把凉的月光，盛满你空的酒杯，把热的初吻，印在你烫的嘴唇花间，一壶酒，是寂寞的你一舞影零乱，是彷徨的你醉后各分散，是最后的——我们。

他写：

春燕归时，我在花丛中等你；荷花开时，我在露珠里等你；秋风起时，我在落叶里等你；雪花落时，我在第三盏路灯下等你。后来，我在一支烟的燃烧里等你，后来，我在一杯茶的微凉中等你，后来，我在回忆中等你，再后来，我在墓冢中等你……

拙朴而深情的诗。瞧！他一直这么爱她，可是，他再没有回去找她。我在2月底微温有光的房间里，看完这些书信，寒意顿生。二十年前的叶青青，多像二十年后的苏茆茆。背光阴而立，我看到爱情的谶语，我看到，我的爱情的结局。

22

江辰在两天后赶到。路遇雪崩，耽误了行程。看到了屋中云姨和洛秋的遗照，他沉默地上香，又随我到墓园树葬区拜祭，下山的路上，他拥抱了我。拥抱的意义有很多种，而我却感受到，这拥抱，已与往日不同，形同某种虚无的慰藉，礼节的安抚。“去老地方看看吧！”我们几乎不约而同地说。

坐车穿越大半座城市，最后发现迷了路。我们的“老地方”已消失无踪，取而代之的是一座摩天大厦，从前目之所及的农田和村庄，也已被征用，盖起了商品楼、学校、医院。

我们站在大厦前的街心花园前，面面相觑。

都在等对方开口。有一千句话哽在喉头，江辰，我想问你，我们的老地方消失了，我们的爱还在吗？我想问你，废墟里既能建起高楼大厦，那我们在心里的废墟上，能不能重整河山？

他清了清嗓子，如下决心一般，说：“茆茆，我有话要对你说，我们……”

我伸手捂住了他的嘴。是要说了吗？是要说分手了吗？不，我不愿从你的嘴里听到残忍的话。

我仰着脸，眼泪在眼眶里蓄了很久，如江河汇流入海，终于汹涌而来：“不！江辰，你曾经说过，你若爱一个人，在她没有不爱你之前，你绝对不会先不爱她，在她没有想离开你之前，你绝对不会先离开她，在她没有先说分手之前，你一定不会先说。所以，如果说分手，由我来说。”

他没有说话，只是沉默地伸出手，轻轻为我抹去不断涌出的泪水，然后，点点头。要我来说分手？在等我说分手？我要怎样说才会让我们的分手不那么伤心？我说了你会不会假装挽留一下？你若挽留我会不会马上崩溃留下？

“江辰，我们分手吧！”找了那么多词汇，只有这样简单直白，才不会让我的声音更加哽咽。他再次伸出手，轻轻抹去我腮边的泪滴，然后，低下头，一滴泪，从他的眼眶里滑落，滴在脚下。他流泪了，可是，他没有挽留，只是哽咽着，痛苦地将头转向别处。

“对不起！是我不好。”

“不，江辰，对不起！”

他深深地叹口气，更紧地拥住了我，哽咽道：“为什么，为什么会这样？”

“你说得对，不爱的爱情，永远不会变坏。所以，就这样吧！只好这样了。”

“茆茆，对不起！忘记我，可是，记住我们，曾经的爱。”泪水遽然，他的，我的，哭到不能自抑。他抱着我，很紧，紧得我要窒息，我抱着他，久久不敢松开，可是，谁也没有说挽留。哭了多久？一对分手时抱头痛哭的恋人，却无法再走下去。沉默。

流泪。再沉默。

却始终没有说挽留。就这样吧！他不是我的小王子，而我也不是玫瑰。末了，我们并排坐在花园的长椅上，望着平地而起的高楼，最初的排山倒海意难平，已变成潮落的微微心酸。仿佛是单位的年终酒会，每个人做一个年终总结。

“说好了白头到老，为什么我们都没有做到？”他问。

“我想，或许我并不爱你，只是我情窦初开的时候，你恰好就在我身旁。那一天天气很好，你浑身缀满阳光，像缀满宝石的王子坐到了我身边，然后，我忽然就风驰电掣地长大了。”“是我们爱得不够深，还是对爱寄予了太高的期望？或许，爱情里什么都有，有欢笑，泪水，有争吵，和好，唯独没有的，是永恒。可我们偏偏想要的，却是永恒。对不起，茆茆，我给不了你更多，给不了你永恒。”“不，我已经拥有太多，你已给我太多。是你让我知道心动是什么、思念是什么、被爱是什么、失去是什么，这是你带给我的全部意义。有一些爱，因为太深，只有放弃和分手，才能永恒。”

瞧！十五岁与他相识，我成了诗人，二十五岁与他分手，我成了哲学家。

“告诉我，你会好好的，我才会放心。”他说。我转过头，努力挤出一个疲倦的笑：“当然，我要好好的，是我说的分手哦，是我抛弃了你哦，我当然会好好的。”是的，我会好好的。你是我的开辟鸿蒙，情有独钟，可我还要去寻找我的山河岁月，日久生情。我微笑着转过身，这一次，我再没有哭，心静如空谷。

23

退了婚宴，婚期取消，婚纱压在箱底。

工作很忙，偶尔想哭。他和我回到锦和后，很快到公司辞了职，不知他是如何对黎阳解释的，反正我再见到他们，谁也没有刻意提起。郝时雨的小腹已微微显怀，饱满的身体像一个芳香松软的壳，她又说：“茆茆，你要做孩子的干妈哦！”我知道，这次是真的。

他从租屋收拾衣物离开的那天，我像个老朋友一般送他到巷口，然后，我们握手作别，沉默相送。我不知道他去了哪里，是回了上海，还是依然留在这座城市。他临走的时候依然很仗义地说：“有事打电话给我。”可是我再没有打过。工作不是麻痹神经的药，工作是突围失望落寞沉闷郁塞阴霾这些垃圾情绪的出口。主编说美人鱼再爱王子也不能失去双腿忘记游泳，这话说得真好。所幸我还没有忘记。那几期杂志的家居栏目很受欢迎，不久，大 Boss 决定新增一本家园版刊物，我摇身一变，成了副主编。曾经以为爱情以外的事情都是小意思，后来发现其实也有大意思。

有时夜深人静，翻检我们的爱情“遗物”，一些照片，几张油画。

照片里的我，站在桂林山水前，举着同样印着桂林山水的二十块钱，傻笑着，脸红扑扑的，如敷了胭脂。油画里，有两道影子，被一道夕阳的光柱隔开，就像我们的爱情，在路上走着走着，一些不曾预知的安排、误解、玄机，朝我们劈头走来，躲不开，甩不掉，就这样，慢慢将我们分开。

十年，一寸年华一寸灰。十年青春，如同一丈锦，如此贵美，又那样易碎，却用最宽广的胸怀容忍了我们的磨砺、揉搓，烧成灰，碾作尘。

锦缎绽放，锦缎成灰。那样美，那样伤。

莫央打来电话的时候，我刚刚下班回来，她的声音含着喜悦，又透着一丝离别的哀愁：“茆茆，我考上了佛罗伦萨美术学院，我要走了，现在在机场。茆茆，保重！”

我一时哽咽，说不出话来。“茆茆！再见！”除了“再见”，还能说什么呢？我很想问问，她是否一个人？我很想知道，飞机跃上云层的时候，有没有人在身边与她玩笑，说，快看，这是上帝为你调制的卡布奇诺。可是最后，我什么也没有说。莫央，再见！莫央，保重！我亲爱的莫央！一阵风忽然冒失地闯进来，我挂了电话，起身到窗边，关好早晨离开时，没来得及关好的那扇窗。

1

黄昏时分，落日从一片白色的楼群后隐没。一丝余晖，灌入她的眼里。

那座白色的中西合璧的高楼，已成为这座城市的地标性建筑，每一个外地来的游客，经过此处，都会驻足合影，以示到此一游。她每天上班会开车从此路段经过，一层底商有一家蛋糕店，有非常好吃的红丝绒蛋糕，有时，她会停车，进店去尝一尝。

蛋糕的甜，似吻，而她，很久没吻过了。

车子驶出闹区，拐入一条僻静街巷，在一个临水的徽派建筑前停了下来，青瓦白墙，雕梁画栋，门口有一大片竹子。她下了车，款款经过一座小桥，迎面是古朴的木门，开门迎客，门匾上是两个烫金的刻字：“月上”。

她想起“月上柳梢头，人约黄昏后”的诗句，暗忖，这个幽静的所在，一定是情侣们约会的好去处，自然，也是鸿商富贾们宴饮宾客的好地方。她来参加一个楼盘项目的庆功宴。

董事长的秘书小姐在门口迎她，笑容甜美，说着滴水不漏的客套话，她笑了笑，跟她走了进去。

大包厢席开两桌，在座的都是梧桐居项目的功臣，开发商、投资商、建筑设计师、承建方、广告方、营销，还有她这个举足轻重的样板间室内设计师。外面天已渐渐黑了，头顶的水晶吊灯晃眼，她姗姗来迟，席间有人调侃："苏小姐来晚了，应该自罚三杯。"

三只酒杯斟满，她端起一杯酒，又放下，自斟一杯茶，一饮而尽，声音不大："抱歉，来晚了，我以茶代酒，自罚一杯。"茶杯放下，落座。茶杯端起喝下是礼数，三杯酒未动，是拒绝的姿态。男人们面面相觑，无人敢再劝酒。

苏茆茆，金牌室内设计师，从一本家居刊物的主编，经历纸质刊物的没落，发展为一家数百人团队数千万粉丝的家居微信公众自媒体，从一个三十平方米公寓的小单子，到独挑数千平方米的国家美术馆室内设计的大梁，她获奖无数，在专业领域里独树一帜，在男人的世界里进退裕如，也敢于在酒桌上说"不"。

开发方董事长亲自来敬酒，不算屈尊，梧桐居的盘子不算太大，能请到苏小姐担纲室内设计，是楼盘响当当的卖点。她听着董事长的溢美之词，碰了碰杯，小抿了一口，放下了酒杯。这点薄面要给，对方当初出的设计费足够高，但苏茆茆心里清楚，让她心动的，是项目名中的"梧桐"二字。"缺月挂疏桐，漏断人初静"，"梧桐叶上三更雨，叶叶声声是别离"，那童年吟过的句子，犹觉在耳，梧桐巷的记忆，是她内心深处不可割裂的乡情，和对妈妈那份淡淡的缅怀。

男人们开始推杯换盏，有几个女客花蝴蝶一般穿梭其中，人们在宴会中结交四方，联络感情，寻求上升或攀附的契机，虚与委蛇，笑说杯酒情深；职场上通人事的女孩已懂得酒会的重要，攒钱买珠宝和礼服，谓之战袍，每有宴会，盛装出席，情场如战场，以期遇见王子。

在苏茆茆的眼里，这样的宴会却多是索然无味，王子难遇，踩到青蛙的概率却不小。

坐在她身边的两个女孩低声交谈。

“那个就是这个项目的总设计师，叫江辰，还是个海归，很有名的，听说 ×× 广场的白楼就是他设计的。啧啧！”

“哇！这才叫青年才俊，好帅啊！”

……

江辰。她蓦地一惊，抬起头，发现他的目光也朝这边扫来，四目相视，她一怔，果真是他，那熟悉的眉眼，被岁月刻画得棱角分明，更多了几分沉着自信。她嗫嗫着，思忖着该如何说出这重逢的开场白，不料，她身边的女孩早已端着酒杯，走到他的身旁攀谈。那位董事长也好为人媒，热情地向大家介绍江辰，一时间，江辰几乎成了整个宴会的焦点，女人们的目光如追光灯一般专注而热情，矜持是无用的东西，而他看上去早已深谙酒局之道，举手投足大方得体，谈笑风生的样子也令人着迷。

世间始终你好。她暗想。五年了，红颜转瞬老，城市起高楼，大树经冬复历春，长了几茬新芽，天地变了人间，而他们，也都变了。

五年里，他们并没有断了联系，他们保留着彼此所有的联系方式，逢年过节会淡淡问候几句，却也仅此而已。他游学意大利、法国等欧洲国家，走过了大半个地球，回国定居后第一个设计项目就出手不凡，从此在业界声名鹊起。莫央在两年前和法籍男友结婚，后来她辗转得知，他并没有和莫央交往过，只是在这五年间，也断断续续有过恋情，最终都无疾而终。现在，他拥有世俗意义上的事业成功，三十而立，却依然单身一人。她知道他就在这座城市，但他们已没有了相见的理由。

她落寞地坐在那里，沉默地吃东西，觉得自己应该开心一点，于是，当一个胖胖的戴眼镜的男子来和她碰杯的时候，她没有拒绝，并露出了笑脸。对方是承建方的负责人。

“听说苏小姐是春里市人？咱们是老乡啊！”那人热情地套近乎。

她想起一到冬天就萧条冷清的北方小城春里，孤独的雁队，灰色的楼群，枯索的落叶给大地贴出一地昏黄，和一些破碎的年少往事，她曾经的家乡，她已经很久没有回去了。

“是吗？真巧！”她淡淡地回应。

“你住哪个区？中学在哪里读的？”对方刨根问底。

“爱知中学。”她敷衍道。

不料对方听罢，两眼放出精光，兴奋道：“我也读过爱知中学，你是哪一届的？咱们是校友啊！”

她迟疑了一下，没有作答，对这种查户口似的交谈，她本能地抗拒。

那人端着酒杯，再次劝酒时，江辰走了过来，亲兄热弟般搭着他的肩：“巧了，我也是春里市人，也读过爱知中学，咱们是校友吧！”

对方虚与委蛇地回应，两人勾肩搭背地坐回，把酒言欢去了。

她暗吁一口气。为什么会忽然觉得心头一暖——他为她解围，他依然爱护她。灯红酒绿，言笑晏晏，她和他或默默用餐，或与身边人交谈，彼此连一丝眼神交流也无。大家兴致很高，酒酣饭饱，有人提议转场去酒吧或 KTV 一醉方休。苏茆茆忙推托第二日还有工作，匆匆告辞。

刚出酒店，刚才那位李总追上来，殷勤地要求开车送她回去。他面色如猪血红，喝了不少酒。

“不用了，我开车来的。”

“你刚才喝酒了，不能开车。我送你吧！”

“真的不用了，我可以叫代驾。”

“何必这么麻烦呢？我可以代驾。”

“你不是也喝酒了吗？”

“……”

如此一直纠缠到地库，苏茆茆不胜其烦，脸色沉下来：“抱歉，请你让开。”

她欲打开车门，不料对方伸手按住车门，将她挡在两车之间的空隙，一改刚才的温文尔雅，邪魅地笑笑，有些无赖地说：“紧张什么？只是送你回家，又不会怎样？你想歪了吧！”

来者不善。

多年职场磨砺，苏茆茆早已不是当年那青涩的小丫头。兵来将挡水来土掩，她嗤之以鼻：“送我回家的殊荣，不是人人都有。”

对方有些恼羞成怒，脸色一变：“大家都是老相识了装什么贞洁烈女，清纯白莲花？”他打了个令人作呕的酒嗝儿，嬉皮笑脸道，“咱俩的第一次，虽然不那么美好，但是，我却一直没有忘记你。”

她一怔，有些茫然，当她忽然反应过来他在说什么，一条臂膀已伸过来，用力地揽住她，意味深长地笑着：“老地方。苏茆茆，我记得你。你还记得我吗？”

他再次提醒她。

隔世的记忆如雪崩一般轰然而至。她想起多年前那个夜晚。她以为赴一场甜美之约，却不知道，正一步步堕入深渊。他们狰狞的笑容，破碎的夜晚，噩梦般的记忆，她以为，早已连同那个伤痕累累的自己，埋葬在了那个夏天。她甚至没有看清歹徒的长相，也从来没有试图去回想。现在，面对这个她完全陌生的人，她说不出话来，她的世界瞬间失了声，像一场被按了快进键的黑白默剧。

她虚脱地挣扎着，胸口像堵了一团湿棉花，窒息般痛，她没有眼泪，甚至也没有控诉，她闻到隔年的血腥味，那丝丝环扣的疼痛，在身体里窜跑。时至今日，她仍是羞耻地想要逃。

“放开我！”她低声呵斥，眼神惶恐不安。

她的软弱给对方壮了胆，那人得寸进尺，一只手攀着她的肩落下，触到她胸前那团柔软，恬不知耻地说：“你比以前更有味道了。”

她没有一丝力气，无法摆脱，就像多年前那个无助的夜晚，只能眼看着自己被无边的黑暗吞噬掉。

一阵阴风忽地从耳边刮过，她还没反应过来，那人被一记勾拳打倒在地，她险些被拖曳摔倒，却被江辰一双手稳稳扶住，声音是焦灼的：“茆茆，别怕！”

摔在地上的男人仓皇爬起来，挤出一个尴尬的笑：“误会误会。”

从未见过的狰狞，在江辰的眼中升腾，他的拳头一下一下砸了下去，她只听到拳头落在身体上的闷声、头撞击地面的重响、骨骼错位的咔嚓声、怒骂声、求饶声……他已经完全疯狂了，是魔鬼，是野兽……

他脸色阴郁，沉默地开车，认真地看着前方路况，问她：“住哪里？”

她从刚才的惊吓中渐渐平静下来，咬了咬嘴唇，说了自己的地址。

许久，两人再无交谈。气氛尴尬，他打开了音乐。

一阵沮丧涌上心头。物是人非，曾经深爱的两个人，原来已到了这种无话可说的地步。

“不能让他们逍遥法外。他，还有另外一个人，他们应该得到惩罚。”他双目通红，口气隐忍，佯装平静。

她将目光转向窗外，嗫嚅着，思忖许久，怅然地说：“这，很难。”

“我会帮你，有我在。”他忽然伸出右手，用力地握了握她的手，她蓦地一惊，缩了缩，他自嘲地苦笑了一下，松开了。

“那年去敦煌旅行，看到尸毗王割肉喂鹰的壁画，内心很震动。传说尸毗王为救被饿鹰追捕的小鸽，愿割下自己的股肉为偿，可天平失重，他整个股肉臀肉都割尽也没有一个鸽子重，最后，他纵身投在秤盘上，用全部的自己做了抵偿，后来，他的肉身又复原如故。我想，痛彻骨髓后宽待、释怀，最终得以解脱，这何尝不是修行？”她平静地对他讲了这样的故事。

路口红灯亮起，车子停下来，他听完她的故事，沉默不语。灯时过久，绿灯亮起时，前面的车迟迟不动，他略显烦躁地按了按喇叭，有些激动地说：“不，茆茆，我看到了你刚才的恐惧、愤怒、仇恨，你只是为了让自己不那么痛苦，就假装淡忘了这件事，假装宽恕了罪行。不，你没有那么洒脱，你应该仇恨，我们只是凡人，听我说，茆茆，不可否认，这是你人生的一道坎，你不能掩埋、回避、视而不见，我们必须面对它。”

“我们？”她回过头，喃喃地重复着那两个字。

绿灯行，他的车子迟迟未动，他再次伸手握住了她的手，目光灼灼地看住她：“是的，我们，我，和你。”

后面的车子烦躁地按起了喇叭，他才再次启动车子。一路再无言语。车子经过那栋他设计的白色大楼时，他在路边停靠下车：“等我一下。”

她看到他走进了那家蛋糕店。过了一会儿，他回来了，带回一块店里的招牌红丝绒蛋糕，放到她的手上：“刚才你吃得很少。这家蛋糕很好吃，我记得你爱吃甜食。”

关于她的一切，他都记得。

开车再次上路，很快到达了她的楼下。

她疏离地说了声：“谢谢！”打开车门欲下车。

他先下了车，替她打开车门，问她："你住几楼？"

她迟疑地回答了："六楼。"他站在原处未动，并没有要送她上楼的意思。

"再见！"他说。

她独自落寞地进了电梯。到了家门口，一摸包，发现家门钥匙怎么也找不到了。或许掉在了他的车上？或许刚才和那人拉扯时掉了？于是疾奔下楼，到了刚才下车的地方，发现他还没有走，车窗开着，他在抽一支烟。他在那年和洛秋分手后学会的抽烟，心情烦闷时抽得很凶。

关于他的一切，她也都记得。

看到她，他一怔："怎么了？"

"我的钥匙找不见了，也许，掉你车上了。"

他低头在车座和四周寻找一番，抬头："没有。"

她再次低头在包里翻找，问道："你为什么还没走？"

"我想等六楼房间的灯亮了再走。"

依然会觉得忽然心头一热，她怔在原地，手伸在包里收不回——她的手在那只硕大的邋遢的包里已碰到了钥匙，可是，为什么她不想告诉他？

即使是时隔多年，面对他，她依然忍不住想靠近。

她心虚地撒谎："也许，丢在停车场了。我去郝时雨家吧！明天找开锁公司。"她拍拍脑袋，露出自责的表情。

"上车！"他说。

他带她去了自己的家。

双层复式，大挑空，简约美式，干净整洁，一个单身男人的家。他告诉她，父亲前年出狱，母亲把上海的房子卖了，两人在乡下买了一处院子，颐养天年去了，除了偶尔催他相亲结婚，真正勤事桑麻，不问世事了。

她淡淡一笑，想起那个对自己百般挑剔的妇人，心里依然有微微的酸楚。

她吃了那块蛋糕，洗了澡。洗完澡芳香四溢，封闭的空间产生一种奇妙的暧昧，空气如酒，使人醉。她的头发在滴水，他从浴室拿来吹风机，插好电源，吹风机开始嗡嗡作响，他的手指插入她的头发，指间仿佛有微微的电流，她只觉得头皮微微发麻，闭上了眼睛，双手搂住他的腰，脸正好贴在他的小腹上，说："江辰，要怎样才能忘记你？"

"嗡嗡"声戛然而止，那只吹风机掉落在地，他身体僵硬，手颤抖着，轻轻地捧住她的脸，凝视着，俯身吻了下去，喘息的瞬间，在她耳边呢喃："我很想你。"

任性的你，坏脾气的你，患得患失的你，不懂事的你，却也是，独一无二的你。

她心潮起伏，抬起婆娑的泪眼，无意间，墙上一幅画落入她的眼帘——金色的麦浪翻滚，如沃土深处流出的甜蜜汁液，晴空一碧如洗，蜿蜒的路上空无一人，两道长短不一的影子，并排映在地上，像两个意味深长的感叹。

情窦初开，无法忘怀。

温暖如昔，深刻心底。

那是他们最初的情动，爱开始的地方。这幅画，他一直留着。

她伏在他的肩头，流下泪来。

3

这是一段极其艰难的岁月。

伤疤被掀开总是残忍。他陪她去报案起诉，奔走于公安局、法院之间。取证很难，对方那晚酒醒之后，矢口否认。更多时候，是江辰在奔走，她大部分时间窝在家中，不肯出门。像是一个落入凡间独自修炼多年的仙女，忽然被命运再次拖入深渊。她和江辰都在业界小有名气，有嗅觉灵敏的媒体挖掘到事件背后的热点痛点，开始跟踪报道，一些公号盲目跟风，各种角度各种观点切入，抱着悲悯批判的态度，热烈讨论。她不敢上网，害怕看到那些标题党奇奇怪怪的题目，她开始失眠，大把地掉发，停止一切工作，有时想画画平复心情，画着画着，手就抖起来，从噩梦中惊醒，他从背后抱住她，低声安慰："别怕，有我在。"

他对她讲起自己童年的事。小时候因为被猫抓伤过，很害怕猫，但每次去外婆家，外婆都会告诉他，猫其实非常温驯可爱，可以摸摸看，后来，他终于鼓起勇气摸了那只猫，它的皮毛很光滑，它还冲他"喵呜"叫，他知道它对他没有伤害。他告诉她，想要彻底消除恐惧，就要找出恐惧和焦虑的原因，不再逃避，放松和面对，不断地进行刺激，来对抗恐惧，最终获得平静和安宁。这个过程，心理学叫作"脱敏"。她在黑暗中睁着眼睛，若有所思，躺在他的臂弯里，沉沉睡去。

又一个清晨来临，阳光很好，她拉开窗帘，坐在梳妆镜前，开始细细涂抹。他出现在她的身后，轻轻地吻了她的额发："要去哪里？我送你。"

"去和客户谈一个项目合作。这半年来我推掉了太多单子，再这样下去，就要武功全废了。"她淡淡笑着，仰脸望着他。

他宠溺地开起了玩笑："武功废了，我养你啊！"

"好啊！先从做司机开始吧！"她轻轻地嘟嘴亲了亲他的脸颊，

“你送我。”

他载她到一家咖啡馆前，要下车时，她却犹豫了一下，坐在那里迟迟不动。

“去吧！下车吧！告诉自己，没人认识我，没有人特别留意我，我只是一个普通人，我和其他人没有什么不同。去吧！”

她沉一口气，下了车，朝咖啡馆走去。

环境清幽的咖啡馆来客寥寥，她张望许久，根据留言的信息，反复确认，在一个靠窗的角落，找到了约她的客户——一位年近花甲的老妇，衣衫朴素干净，眼神温和。这年龄和装扮，绝不是职场中人，但是，这人看上去有点面熟。

苏茆茆微微眯眼，在记忆中搜寻着，辨认着——她，是江辰的妈妈，那个差点成了她婆婆的女人。

江妈妈一见到苏茆茆，有些不自在，直了直身子，疏离地自我介绍：“苏小姐，我是江辰的妈妈。”

“阿姨您好！”她礼貌地回应她。

江妈妈细细打量着她，有些激动地抓住她的手，言辞恳切：“茆茆，我知道，你和辰辰很相爱，过了这么多年，还是念着对方，割舍不下。以前，是我糊涂了，你们现在也都不小了，就结婚吧！”

结婚？为什么听到这个词，会心头一热？曾经，她无数次想象过她和他的婚礼，中式的，西式的，海岛婚礼，古堡婚礼，教堂婚礼，她笑靥如花，他宛如王子……

现在，终于得到了太后懿旨般的认可，她嗫嚅着，想说一句“谢谢”，不料，江妈妈忽然话锋一转：“只是，那个案子，能不能撤了，不要再追究了？你知道，现在一只小猫小狗都会上网啊！那消息铺天盖地，我每天出门，脸都要装口袋里的，那滋味不好受的。过去的事就让它过去好啦！你和辰辰现在都事业发展这么好，何苦让人家背后指指点点呢？自己也不开心。”

老人的眉头皱成很深的川字，眼神恳切地望着她。

她端起面前的柠檬水，猛喝了几口，强迫自己平静下来：“为什么呢？我为什么要害怕人家指指点点，我又没有做错什么，错的是他们啊！我也想让过去的事就过去，可是这种事，永远不会过去的，像一个毒瘤，像一个烙印，不知道什么时候它就会冒出来，狠狠地咬你一下子。您以为是您的反对和阻挠我们才分手的吗？不是的。是我不能去好好爱江辰，那些经历影响着我，我没法好好地去爱一个人，我失去了最重要的能力，爱的能力。阿姨，我没有做错什么，我只是想去掉心里的那个毒瘤、那个烙印，然后好好去爱他，我爱他。”

年老的妇人有些惊讶地望着她。她早已不是在准婆婆面前畏畏缩缩的苏茆茆了。

“这件事很难，可是我必须去做。”她放下水杯，一字一顿地说。

这件很难的事，多年陈案，历时一年多，终于尘埃落定，那两人锒铛入狱。个中曲折，难以尽述。

他们的婚礼，在秋天举行。浪漫的古堡婚礼，金黄的落叶铺满通向古堡的路，他牵着她的手，缓缓地走进阳光里。

“你是我的开辟鸿蒙，情有独钟！”

“你是我的山河岁月，日久生情！”

誓言回荡在风中。

情窦初开，无法忘怀。

温暖如昔，深刻心底。

“再见！苏茆茆。”她对自己说。

“你好！苏茆茆！”他在她耳边呢喃。

夕阳隐入楼群之后，她目光遥遥地望去，她觉得，明天会是一个晴天。

后记

《十年锦灰》是我的第一部青春校园题材的小说，距离首次出版，已经五个年头。这五年里，很多同期的作者，有人慢慢淡出，也有人取得了不俗的成绩，我有过迷茫，有过焦虑，但我一直在写，虽然不算高产，却坚持了下来。

这五年里，时常有读者在网络讨论书中的剧情、人物的性格，以及自己强烈的共鸣；时常有人在微博私信留言，纠结于男女主没有一个圆满的结局；也有人唏嘘自己从一个少女长成职场新人，再看书时，依然感动常新。

确定要再版时，我把原稿翻出来通读了一遍，天哪！顿时生出不忍卒读之感。那时的文，一路洒狗血，文字够矫情，但读到那些生离死别怦然心动的瞬间，我依然会心潮起伏，为之感动，因为书中呈现的情感是饱满的、灿烂的、真实的、热烈的、赤城的。

我依然记得赶稿的那段时间，我从秋初写到冬尽，我喜欢坐在餐桌的暖气旁，把沙发搬到那里，每天以五六千字的速度赶稿，听着暖气里水流的细微声响，会觉得特别安心，平静，文思泉涌。我在自己布置架构的这方天地里纵横捭阖，当一部小说渐入佳境，作者就只是一个铺排文字的人，那些情节，都是自然而然发生的，人物的命运，都是命中注定，不受作者主宰和支配，你不那么写都不行。

有人问我什么是爱情，我从来不能给出答案，这也是每一部爱情小说探讨的命题。我所认为的爱情便是一见钟情，是贾宝玉初见林妹妹的那句“这妹妹我曾见过”，是一瞬的光，是开辟鸿蒙。可是一见钟情太短暂，就像是那烟花的绚烂与幻灭。

爱过也被爱过，我想我看过太多幻觉之后的幻灭。

作为写作者，我写过太多的爱情。我有桃木剑把人剥皮剔骨还要彻底将心脏贯穿，我碾泪为墨，写爱情短暂，彩云易散，有人笑有人哭，你没有共鸣都不行。

可你若问我什么是爱情，我也依然不能给出答案。

在番外篇，我为江辰和苏莳莳安排了久别重逢、花好月圆的结局。

求仁得仁，信者得爱。那么，让我们依旧相信爱情。